태양제도

·태양제도

다와다 요코

정수윤 옮김

은행나무세계문학 에세 · 20

등장인물

• Hiruko

유럽 유학 중 자신이 태어난 섬나라가 사라진 여성. 북유럽을 전전하며 살다가 스칸디나비아 사람이라면 대략 알아들을 수 있는 언어 '판스카'를 직접 발명했다. 자신과 같은 모어(母語)를 쓰는 사람을 찾는 과정에서 크누트, 아카슈, 나누크, 노라, Susanoo를 만난다.

• 크누트

덴마크에 사는 새싹 언어학자. Hiruko와 '판스카'에 매료되어 Hiruko의 여행에 동참한다.

• 아카슈

독일 유학 중인 인도인. 남성에서 여성으로 성(性)을 여행 중이며 새빨간 사리를 입고 다닌다. 트리어에서 Hiruko와 크누트를 만나 함께 떠난다.

• 나누크

그린란드 출신의 에스키모. 덴마크 유학 중 여행을 떠났다가 트리어에서 쓰러져 노라의 도움을 받지만 도망치고 만다. Susanoo가 머무는 코펜하겐 병원에서 괴팍한 의사 베르마와 성격을 교환한다.

• 노라

트리어의 박물관에서 일하는 독일인. 나누크를 위해 기획한 이벤트 '우마미 페스티벌'에서 Hiruko, 크누트, 아카슈를 만나 교류한다.

• Susanoo

Hiruko의 동향인. 프랑스 아를에서 스시 요리사로 일하는 후쿠이 출신 남성. 어느 시점부터 입을 열지 않게 되었다. 크누트의 소개로 찾아간 코펜하겐 병원에서 실어증 전문가인 의사 베르마를 만나 그 곳에 머문다.

1권《지구에 아로새겨진》·2권《별에 어른거리는》

유학 중 모국을 상실한 Hiruko는 텔레비전 프로그램 출연을 계기로 만난 덴마크 청년 크누트와 함께 동향인을 찾는 여행길에 오른다. 첫 단서로 독일 트리어에서 열릴 예정인 '우마미 페스티벌'로 향한 두 사람은 그곳에서 인도인 아카슈와 독일인 노라를 만난다. 일행은 자칭 스시의 나라 출신 청년 나누크를 찾아 오슬로로 향하지만, 나누크는 사실 자신이 에스키모이며 Susanoo라는 Hiruko의 동향인이 아를에서 스시 요리사로 일하고 있는 것 같다고 말한다. Hiruko와 친구들은 아를에서 Susanoo를 만나는데, 그는 말없이 침묵할 뿐이다. 크누트는 Susanoo가 실어증을 앓고 있다고 판단하여 실어증 전문 의사 베르마를 소개한다. 나누크, 노라와 아카슈, Hiruko와 크누트는 코펜하겐 병원에서 베르마의 치료를 받는 Susanoo의 병문안을 가기 위해 각기 다른 경로로 모여든다. 거기서 나누크는 사람들에게 미움받는 의사 베르마와 성격을 바꾸는 실험을 받고 크게 변화한다. Susanoo의 병실을 찾은 Hiruko는 그에게 말을 거는 와중에 자기 기억과 다른 이야기를 꺼낸다. 그러자 Susanoo가 돌연 입을 열고 폭력적인 말투로 모두를 공격하기 시작한다. 이야기는 생각지 못한 방향으로 흘러, 다 같이 Hiruko가 나고 자란 나라를 찾아 배를 타고 여행을 떠나기로 결심한다.

❶ 상트페테르부르크(러시아)

❷ 헬싱키(핀란드)

❸ 오슬로(노르웨이)

❹ 탈린(에스토니아)

❺ 리가(라트비아)

❻ 코펜하겐(덴마크)

❼ 뤼겐섬(독일)

❽ 슈체친(폴란드)

❾ 그단스크(폴란드)

❿ 트리어(독일)

⓫ 칼리닌그라드(러시아·본토와 떨어진 영토)

⓬ 아를(프랑스)

아일랜드

영국

프랑스

스페인

핀란드

노르웨이

스웨덴

❸

❷

❶

에스토니아

러시아

❹

❺

라트비아

리투아니아

❻

벨라루스

❼

❾

⓫

독일

❽

폴란드

우크라이나

체코

오스트리아

이탈리아

차례

1장

Hiruko는 말한다

우리들의 배는 코펜하겐항을 떠나 잔잔한 발트해를 가르며 나아갔다.

"네가 상실한 것, 네가 찾고 있는 것은 동쪽에 있어. 그것만은 확실해."

바닷바람에 앞머리를 나부끼며 크누트가 말했다. 이 여행은 나를 위한 것인가. 그렇다고 한다면 배를 타고 떠나는 나의 기나긴 여행에 크누트를 비롯한 친구들 모두가 동참한 형국이다. 만약 지금 내가 이 갑판에 혼자 서 있었다면 바닷바람에 뼈가 시릴 만큼 외로웠으리라. 고마운 마음이 몇 초간 가슴을 뜨겁게 달구었지만, 얼마 지나지 않아 멀미와 현기증이 덮쳐 정체를 알 수 없는 불안이 나를 잠식했다. 나는 앞머리를 마구 휘저으며 깊은 한숨을 내뱉었다.

"왜 그래? 뱃멀미해?"

아카슈의 말을 듣고 보니 뱃멀미 같다. 영어로는 시 시크니스, 바다의 병이다. 그러나 내 경우는 어디까지나 병이라기보다 취한 것, 술에 취하고 음악에 취하는 일처럼 도취에 불과했고, 그게 '뱃멀미'라고 생각하자 한결 기분이 나아졌다.

아카슈의 몸을 감싼 새빨간 사리가 바닷바람의 장난에 격렬하게 펄럭였다. 비단에 색색이 실로 우아한 소용돌이 모양 자수가 놓여 있었고, 몇 가닥 금실이 햇살을 받아 점점이 반짝였다. 내 시선을 느낀 아카슈가 반듯한 콧구멍을 살짝 넓히며 말했다.

"이렇게 바람이 세게 불 땐 일반 남성복을 입는 게 편할지도 몰라. 하지만 나는 불편을 감수하더라도 사리를 입고 싶어."

그 말을 들은 크누트가 말했다.

"어릴 적 친구가 스코틀랜드인 여성과 결혼하기로 했는데 신부가 전통 혼례를 원했대. 하지만 그러려면 신랑이 스코틀랜드의 전통적인 남성용 치마인 킬트를 입어야 했어. 녀석이 킬트는 죽어도 못 입겠다고 해서 전통 혼례식을 포기했지."

"그래도 두 사람, 결혼은 했겠지?"

"물론 했어. 전원이 청바지를 입고 참가하는 결혼식이었지. 신랑 신부도 청바지 차림이었고. 그 둘은 행동이 극단적이야."

그때 수평선 근처에 푸른 컨테이너를 실은 배 한 척이 나타났다. 아무런 움직임도 없어 보였지만 움직이지 않았다면 갑자기 눈에 띌 리도 없었다.

"유럽에도 남자가 여자 옷을 입고 거리를 돌아다닌다고 경찰에 잡혀가던 시절이 있었어. 그리 옛일도 아니야."

아카슈의 말에 나는 새삼 내가 입고 있는 옷을 음미했다. 여성복이기는 해도 레이스 장식 같은 건 당연히 없고, 신체 곡선이 드러나지 않는, 직선으로 이루어진 옷이다. 그러나 성욕을 자극하는 일을 최대한 멀리하려고 봉투처럼 생긴 옷을 뒤집어쓰던 중세 수도원 수녀의 패션과는 거리가 멀다. 오히려 성을 마음껏 투명화한 결과 생겨난 옷이었다. 노라가 나를 머리끝에서 복숭아뼈까지 쓱 훑더니 즐거운 듯 말했다.

"그거 MUJI 옷이지, 멋있어."

무인양품(MUJI)은 해외로 진출한 이래 쭉 인기가 있지만, 회사의 발상지는 더 이상 존재하지 않을지도 모른다. 브랜드만 살아남고 국가는 사라지는 일도 가능한 모양이다. 다만 내가 입은 옷은 무인양품에서 산 게 아니어서 묵묵히 고개를 가로저었다. 노라는 포기하지 않고 신나게 말을 이었다.

"아, 그러면 우니클로 옷이구나. 회사 이름에는 적응하기 힘들었지만 파는 상품은 마음에 들어. '우'가 아니라 '유'로 발음해

야 한다고 누가 지적한 적 있는데, 진짜 그래? 독일어 발음으로
는 우니클로거든. 우니는 대학, 클로는 화장실이라는 뜻이야.”

'대학 화장실'이라는 단어가 내 머릿속에서 주사위처럼 굴러
'화장실 대학'이 나왔다.

“화장실은 대학이다, 라고 어느 유명인이 말했어. 화장실은
인생을 배우는 장소, 라는 의미.”

나는 잘난 척 그런 말을 내뱉었지만, 그게 누구의 명언인지는
기억나지 않았다. 한때 잘나가던 전자제품 회사 사장이었나 부
정부패로 체포된 정치인이었나, 이리저리 궁리하는데 노라가
곰곰이 생각해보듯 말했다.

“화장실이 인생을 배우는 장소라고? 그거야말로 선(禪)이네.”

하긴 변소를 깨끗이 청소하는 것도 수행의 일부다, 라는 말을
들은 적이 있다. 그리고 실제로 그 말은 어느 선사의 주지 스님
이 남긴 건지도 모른다.

“대학 화장실, 이라는 브랜드가 있어?”

한동안 몽상에 빠져 있던 크누트가 거의 관심 없다는 듯이, 그
래도 대화에 끼어들려고 살짝 엇나간 질문을 했고, 아무도 대답
이 없자 포기했는지 원래대로 주제를 되돌렸다.

“우리, 지중해로 들어가서 수에즈운하를 통과해 빠져나가는
항로로 가려는 거 아니었나? 그런데 지금 이 배는 발트해로 들

어가고 있어. 발트해는 동쪽의 바다라고 불리니까 동쪽으로 가고 싶어 안달인 우리한테는 딱 들어맞지만, 동쪽으로 향한다고 해서 정말 동쪽으로 갈 수 있을까."

"동쪽으로 가고 싶다면 남쪽으로 가야지."

아카슈가 끼어들며 크누트를 쳐다보았다.

"아무튼 Hiruko를 위해 건배!"

크누트가 길쭉한 물병을 높이 들어 올리며 외치자, 크누트의 관심이 오직 내게 쏠려 있다는 게 마음에 들지 않았는지 아카슈가 우리 사이에 몸을 쓱 비집고 들어오며 아주 진지한 얼굴로 설명했다.

"지금 이 배는 동쪽으로 가는 게 아니야. 남쪽으로 가고 있지. 동쪽으로 가려면 발트해로 나가야 하고, 그러기 위해서는 우선 남쪽으로 가야 해."

"배가 지금 남쪽으로 가고 있긴 하지만, 그렇다고 인도가 있는 위도까지는 못 내려가."

크누트가 장난을 치자, 아카슈가 농밀하게 자란 속눈썹을 격렬하게 깜박이며 대꾸했다.

"그건 그렇지. 이대로 남하한다면 독일을 관통해 이탈리아에 닿고 말걸."

"배가 숲속을 달릴 수 있다면 말이지."

농담하는 노라를 무시하고, 아카슈가 빠른 어조로 이어서 지껄였다.

"이탈리아는 고대 로마제국의 중심이잖아. 그동안 우리가 오래전 멸망한 로마제국의 유적을 이리저리 돌긴 했지만, 이탈리아까지는 가보지 못했어. 하지만 로마로 가더라도 답이 안 나올 때가 있는 법이지. 그러니 이번에는 동쪽으로 직진하자. 다만 직진이라는 게 항해의 속성과는 거리가 멀지만 말이야."

천천히 이야기할 때 아카슈의 목소리는 산들바람처럼 상쾌하지만, 지금처럼 흥분해서 말이 빨라지면 목소리가 완전히 바뀌어서 알아듣기가 어렵다. 아무도 반응이 없자 아카슈는 크누트의 얼굴을 빤히 쳐다보며 물었다.

"크누트, 너 벌써 향수병에 걸린 거야? 너의 고향인 코펜하겐이 점점 더 멀어지네."

크누트가 눈을 가늘게 뜨며 대답했다.

"향수병이라니 말도 안 돼. 고향에서 멀어지는 게 늘 내 꿈이었어. 자립하려고 해도 불가항력이 작용해서 늘 엄마가 있는 곳으로 되돌아가야 했지. 덴마크 왕자는 괴로워. 엄마를 경멸하지 않으면 주인공이 될 수 없으니까."

그러더니 어째서인지 내 얼굴을 보았다. 그 순간, 파도가 철썩 소리를 내며 선체를 때렸다. 나는 어지러워 휘청이면서도 크누트의 자기 아이러니가 부럽게 여겨졌다. 크누트와는 대조적으로 고향을 그리워하며 모두로부터 동정을 받는 미숙한 내가 부끄럽네, 라는 데까지 생각이 미치다 의외로 내가 향수병에 걸린 적이 없다는 사실을 깨달았다. 뱃멀미가 바다의 병이라면, 향수병은 고향의 병이다. 나는 고향으로 돌아가고 싶은 게 아니라 그 나라가 어떻게 되었는지 알고 싶을 뿐이다.

"나는 향수병을 느끼지 않아. 향수병의 대상이 존재하지 않아."

내가 던진 빗나간 공도 아카슈는 제대로 받아쳐주었다.

"대상이 사라졌을지도 모르기에 환상의 향수병을 겪는지도 몰라. 이미 절단된 팔다리에서 통증을 느끼는 환상통이란 것도 있잖아."

바닷바람이 불어올 때마다 돛처럼 부풀어 오르는 사리를 부여잡는 아카슈의 가느다란 손가락을 보던 내 사고가 옆길로 새면서, 나라가 성(性)이 되고 이주가 성전환이 되었다.

"너는 한때 남성이었어. 지금은 여성이 되어가고 있고. 성(性)을 이사 중. 남성에 향수병을 느끼니?"

내가 묻자, 아카슈는 새하얀 이를 드러내며 웃었다.

"남성이었던 것에 향수병을 느끼느냐고? 아니."

"노 리턴 노 리스크."

곧바로 그렇게 대답하자, 아카슈가 입술을 활짝 벌리며 웃었다.

나는 평소 직접 만든 언어 판스카를 쓰지만 아카슈에게는 영어를 쓴다. 판스카는 스칸디나비아 사람과 소통하기 위한 말이므로 독일에서 유학 중인 인도인 아카슈는 이해하지 못할 것이기 때문이었지만, 내가 쓰는 영어도 어느 틈엔가 판스카를 닮아가고 있었다.

판스카 같은 인공어는 의미가 공중으로 붕 뜨는 경우가 있다. '노 리턴 노 리스크'라는, 내가 만들어낸 속담을 듣고 아카슈는 웃었지만, 어떤 의미로 웃었는지는 평생 알지 못하리라. '노 리스크 노 리턴'이라는 표어를 들은 적이 있는데, 위험을 무릅쓰지 않으면 돌아오는 보상도 없다는 뜻으로 기억한다. 그걸 뒤집어 '노 리턴 노 리스크'라고 말한 건 과거를 되돌아보지 않으면 위험도 없다는 뜻이었다. 하지만 말을 뱉고 보니, 위험을 무릅쓰고라도 과거를 되돌아보는 편이 낫다고 말한 듯한 뒷맛이 남는 게 신기하다.

아카슈의 영어는 오래 입어 부드러워진 옷처럼 나긋나긋하게 몸을 감싼다.

"과거로 돌아간다는 건 유년 시절로 돌아간다는 뜻이야? 누구나 어릴 때는 자기가 남자인지 여자인지 자각이 없어. 그런 시

20

절로 돌아가고 싶다고 느끼는 사람들도 분명히 있지만, 내 경우는 조금 달라. 초등학교 들어갈 때까지는 머리끝부터 발끝까지 남자아이로 살았지. 하지만 점차 뭔가 이상하다는 느낌이 들었어. 사춘기가 시작되자마자 주변에서 고립되어 괴로운 나날을 보냈지만, 사춘기가 끝날 무렵에는 여자 사촌들과 사이좋게 지내면서 같이 영화도 보러 가고, 완벽한 숙녀란 어떤 여성인가를 두고 열띤 논쟁도 벌였지. 처음에는 진척이 빨랐어. 화장하고 멋을 부리는 것도 사촌들보다 내가 훨씬 잘했지. 하지만 대학에 들어가고부터는 아무리 노력해도 목표에 전혀 다가갈 수가 없었어. 이 이사에는 끝이 없는지도 몰라."

"너보다 더 완벽한 숙녀는 없어."

"고마워. 하지만 완벽한 숙녀가 되는 게 나의 목적이 아니라는 사실을 깨달아버렸지."

"무슨 소리야?"

"어떤 인종에 완전히 속한다는 게 그저 환상인 거랑 마찬가지 아닐까. 스웨덴인이 되려고 10년 이상 애써온 같은 고향 여성이 있어. 사리를 벗고 금발로 염색했지. 하지만 어느 날, 딱히 어떤 계기도 없이 다시 사리를 입기 시작했거든. 이건 향수병이 아니야. 너무 긴 여행을 떠나면 어느 순간 여행 자체가 목적지가 돼. 그러면 더 이상 서두를 필요도 없어서 뭐든 괜찮다 싶고, 현재와 과거가 뒤섞이는 게 더 즐거워지지. 과거를 떨쳐낼 필요가 없어지는 거야. 그거랑 비슷하지 않을까."

노라가 느긋한 어투로 말했다.

"향수병은 독일어로 고향의 통증, 하임베라고 해. 반대로 먼 곳을 향한 동경으로 마음이 아픈 건 페른베, 먼 곳을 향한 통증이지. 아카슈, 넌 존재하지 않을지도 모르는 먼 나라에 여성이라는 이름을 붙이고 동경하고 있는 건지도 몰라."

그러자 아카슈는 연설을 들으러 온 청중처럼 손뼉을 쳤다.

"그거야. 지금까지 성(性)의 페른베를 느끼며 살아왔어. 어딘가 멀리 있는 성을 여성이라고 부른 거야. 그건 현실의 여성과 다를지도 몰라."

내가 느끼는 건 향수병도 아니고 먼 곳을 향한 동경에서 우러난 통증도 아니다. 일찍이 내가 살던 곳이 어떻게 되었는지 정보가 전혀 없고 현재라는 시간에서 사라져버린 탓에 차분히 현재를 살아갈 수 없는 것인지도 모른다. 넘실대는 파도에 배가 천천히 좌우로 흔들렸다. 난간으로 위장을 꾹 누르며 고개를 숙이고 해수면을 노려보는데 크누트가 말했다.

"뱃멀미네. 차가운 수건을 목뒤에 대면 좋아져. 기다려. 수건을 가져올게."

그러면서 선실로 달려가려는 순간, 배가 다시 크게 흔들리면서 크누트가 비틀거렸다. 그래서 달리기를 포기했는지 큰 보폭으로 천천히 사라졌다. 하늘은 한없이 투명하여 쓸쓸할 만큼 맑게 개어 있었다. 노라가 내 어깨에 손을 올리고 물었다.

"걱정거리가 있으면 뱃멀미가 잘 난다는데, 너 무슨 걱정 있니?"

"죄악감. 모두가 나 때문에 여행을 떠났다."

사실은 '짐'이나 '민폐'라는 말을 쓰고 싶었지만, 영어로 뭐라고 표현하면 좋을지 생각이 안 나서 '죄악감'이라는 과장된 표현으로 튀고 말았다. 노라는 눈을 동그랗게 뜨며 말했다.

"이 여행은 의무 같은 게 아니야. 이토록 멋진 여행을 떠날 계기를 마련해준 너에게 감사해. 다들 관광 여행에는 이미 질렸잖아. 가능하다면 나도 트로이유적을 찾아낸 슐리만처럼 여행하고 싶어. 하지만 그건 불가능하지. 사라진 문명을 발굴하는 여행이 거의 불가능해진 시대에 넌 가슴 뛰는 여행을 떠날 기회를 준 거야."

"그런 거라면 Hiruko의 슬픈 운명을 이용해 우리가 즐기고 있는 꼴인데."

아카슈가 항의했다. 그 말에 나는 기분이 활짝 개어 농담을 하고 싶어졌다.

"나를 마음껏 이용해! 다른 사람을 이용해서 재미를 보는 걸

나의 모어(母語)에서는 '다시로 쓴다'라고 해."

독일에는 우마미나 나시 문화에 관심이 많은 이들이 있다. 노라도 전형적으로 그런 타입이라 우마미 페스티벌에서 워크숍을 기획한 적이 있을 정도였다. '다시'라는 말에 예상대로 노라는 활짝 웃으며 기뻐했다.

"맞아. 제일 중요한 건 다시. 우리가 국물이라면 Hiruko는 거기에 맛을 내는 다시야. 다시마나 가다랑어보다 훨씬 더 맛있는 히루코 다시."

그러면서 갑자기 진지한 얼굴로 이렇게 덧붙였다.

"동쪽으로 가면 풍요로워질지도 모른다는 생각은 오래전부터 수많은 사람의 마음속에 있었어. 광활하고 풍요로운 대지가 남아 있는 동쪽에서 자기 농원을 가꾸길 꿈꾸며 이주했던 거야. 그게 독일의 동방 이민이지."

누가 다가오는 낌새에 돌아보니 등 뒤에 나누크가 서 있었다.

"말하자면 우리는 오래전 가난한 독일인처럼 동쪽으로 향한다는 거로군. 더 재미있는 여행일 줄 알고 참가했는데 실망이네."

나누크가 덴마크어를 써서 노라는 말뜻을 이해하지 못했겠지만, 자신을 향한 미움이 담겨 있다는 것만큼은 민감하게 알아챘는지 어깨를 움찔하며 얼굴을 찡그렸다. 두 사람 사이는 이제 접

착제로도 붙일 수 없는 접시처럼 산산이 깨져버린 것일까. 나누크의 성격이 완전히 원래대로 돌아오면 노라는 잃어버린 나누크를 되찾을 수 있을까.

나누크는 사랑받는 성격의 소유자였는데, 무슨 생각인지 코펜하겐의 병원에서 한 괴팍한 의사와 성격을 바꾸는 실험을 했다. 실험이 종료되어 원래 성격으로 돌아와야 했지만 아직 나누크에게는 후유증 내지는 부작용이 남은 듯했다.

"너 때문에 병원도 관두고 무직이 되어버렸어, Hiruko."

나누크가 심술궂은 눈으로 나를 보며 덴마크어로 말하는가 싶더니, 이번에는 영어 스위치를 켜고 눈[雪]으로 만든 사랑스러운 토끼처럼 말간 얼굴로,

"Hiruko, 네가 없었다면 발트해 일주 여행은 하지 못했을 거야. 고마워. 실은 아주 오래전부터 발트해를 돌아보고 싶었거든. 발트해는 다양한 성격을 가진 사람의 영혼이 모여드는 마법의 원 같은 곳이야. 정말 근사해. 발트해에 접한 나라가 도대체 몇 개나 되지? 덴마크, 독일, 폴란드, 리투아니아, 라트비아, 에스토니아, 러시아, 핀란드, 스웨덴——"

하고 손가락을 꼽으며 말했다. 노라는 그 말을 들으며 차츰 마음이 누그러진 표정으로,

"너도 거대한 물 주위를 돌다 보면 분명 원래의 너로 돌아갈

거야.”

하고 말하면서 나누크를 향해 미소 지었다. 하지만 그 소리를 들은 아카슈가 서둘러 반박했다.

“아니야. 오해하면 곤란해. 발트해를 한 바퀴 돌아 원래대로 돌아오려는 게 아니니까. 그럼 동쪽으로 못 가잖아. 발트해는 동쪽으로 들어가는 입구에 불과하다고.”

어느 틈엔가 돌아온 크누트도 차가운 물에 적신 수건을 내게 건네며 말했다.

“맞아, 원래대로 돌아가는 건 절대 반대야. 나는 고향으로 가기 싫어. 동쪽으로 가고 싶어.”

나누크가 피식 코웃음을 치며 물었다.

“어째서 동쪽이지?”

“그야 휴가가 아니니까. 휴가라면 남쪽으로 놀러 갔다가 집으로 가겠지. 내가 꿈꾸는 건 머나먼 동쪽으로의 여행이야.”

크누트는 나누크의 얼굴을 보며 말하다 점차 내게로 고개를 돌렸고, 끝에 가서는 나의 눈동자에 언어를 흘려 넣듯 이야기했다. 나는 찬 수건을 목덜미에 대고 싶었지만 좀처럼 적당한 위치를 찾을 수 없었다. 마치 뒤통수와 등 사이에 미지의 물웅덩이라도 나타난 것처럼 당혹스러웠다.

아무래도 크누트의 눈을 보느라 목덜미를 찾는 손이 갈피를 못 잡는 듯하여 눈을 감았다. 이윽고 수건이 목덜미에 안착하자 눈을 감은 채 침착하게 냉기를 맛보았다.

"원래의 나로 돌아갈 날이 과연 올까."

눈을 감고 있어서 그 목소리가 크누트인지 나누크인지 판단이 서지 않아 나는 서둘러 눈을 떴다. 내용으로 짐작하자면 나누크가 한 말이 분명한데, 두 사람의 목소리가 비슷해서 헷갈렸다.

나누크가 바다를 노려보고 있기에 그 시선을 좇으니 짙은 녹색 컨테이너를 삼단으로 쌓은 배가 바다에 떠가고 있었다. 배의 측면에 쓰인 글씨는 한글이었다. 아마도 한국산 가전제품이 발트삼국으로 운반되는 중이리라. 노라는 나누크의 어깨를 손끝으로 지그시 누르며 독일어로 무언가를 말했다. 성큼 다가온 친절을 뿌리치듯 나누크가 영어로 까칠하게 대답했다.

"같이 배를 탔다고 우리가 로마제국 유적에서 처음 만났을 때로 돌아갔다고 생각하는 거야? 그때의 내가 진정한 나라고? 솔직히 말하겠는데, 그 의사와 성격을 바꾼 시간 동안 나는 행복하기도 했어. 태어나 줄곧 내 안에 갇혀 있던 악함을 그제야 표현할 수 있었지. 내면의 악함을 밖으로 꺼내는 방법은 한번 습득한 기술이니까 평생 잊지 않으려고 해."

노라가 입술을 깨물었다. 혹시라도 자기 내면에 악함이 있다면 그걸 의식적으로 외부에 발산하는 게 낫다는 것이 나누크의 철학일까. 그렇게 생각한 순간 갈매기 한 마리가 눈앞의 하늘을 가로지르다 휙 고개를 돌려 나와 눈이 마주쳤다. 무슨 말인가 하고 싶은 표정이었다. 만약 갈매기의 언어를 판스카로 번역한다면, '어이, 빵 있으면 이리로 던져줄래?'가 될지도 모르겠다. 그러나 설령 그 번역이 옳다 해도 갈매기가 보는 세상과 내가 보는 세상 사이에는 발트해는 고사하고 태평양의 끝과 끝만큼이나 큰 차이가 있으리라.

나누크가 손에 들고 있던 작은 사이다병을 갈매기에게 던졌다. 흰 날개가 힘차게 바람을 안으며 날아올랐고, 병은 낮게 포물선을 그리며 물결 사이로 떨어져 사라졌다.

"동물에게 병을 던지는 건, 나쁜 성격."

내가 영어로 말하자 나누크는 코웃음을 치며,

"인간을 죽이면서 개는 사랑하는 나치 군인보다는 낫지."

하고 적의로 가득 찬 엉뚱한 대사를 내뱉었다. 아카슈는 대화의 지평에 먹구름이 피어오르는 게 견딜 수 없었는지 맑은 하늘 쪽으로 화제의 방향키를 돌리며 말했다.

"'고 이스트!'라는 독일 체인점 알아? 아시아 각지의 식료품을 파는 가게야. 물론 인도 향신료나 피클도 팔지. 이 체인점에서 취급하는 물건 중에 제일 서쪽에서 온 건 이즈미르 샌드위치라고도 불리는 쿰루일 거야. 튀르키예 음식이지. 튀르키예는 아시아의 서쪽 끝에 있으니까. 유럽에서 제일 동쪽이기도 한가. 그렇다면 '고 이스트!'에서 파는 물건 중에 제일 동쪽에서 온 음식은 뭐라고 생각해? 아마도 가미나리오코시*나 베이브리지 사브레** 겠지. Hiruko, 가미나리몬과 베이브리지 중에 어디가 더 동쪽에 있어?"

갑작스러운 질문에 내 의식은 아사쿠사와 요코하마 사이로 내던져졌다. 도쿄역, 하네다 공항, 가와사키시 같은 그리운 이름이 공중에 깜박였지만, 동서남북이 분명한 지도 위에 이 지명들을 제대로 배치하기는 어려웠다. 나누크는 제일 동쪽에서 온 음식을 묻는 아카슈의 질문은 무시했지만, 가미나리오코시와 가미나리몬에 포함된 '가미나리'라는 단어를 듣는 순간 돌연 선량한 얼굴로 내게 물었다.

"가미나리***의 가미는 갓이야, 페이퍼야?"

언어를 배우는 자의 마음은 솔직하고 상냥하다. 내가 큰 고생 없이 배운 모어를 독학으로 배운 점에 경의를 표한다. 언어 학습자로서의 나누크는 겸허하고 우호적이며 인내심 있고 섬세했다.

---

* 떡에 물엿과 땅콩 등을 넣고 섞어 굳힌 과자. 아사쿠사에 위치한 절인 센소지의 대문 가미나리몬에서 유래한 이름. 오코시는 과자라는 뜻.
** 요코하마의 명물 과자. 베이브리지는 도쿄만에 접한 요코하마의 교각.
*** 일본어로 천둥이라는 뜻이며 '가미'에는 신과 종이라는 두 가지 뜻이 있다.

"신이 큰 종을 치니까 가미·나리*."

내가 판스카로 대답했다. 그러자 나누크가 차갑지는 않지만 시큰둥하게 냉정한 어조로 말했다.

"네가 하는 말에는 관사가 없어."

나는 문득 부끄러웠다. 덴마크에 유학 온 그린란드 출신 나누크는 물론 판스카를 잘 이해했지만, 엘리트인 그에게 판스카는 외국인이 틀리게 쓰는 덴마크어처럼 불쾌하게 들리나 보다.

"미안해. 내 머릿속에는 관사가 없어."

"그런 건 아무래도 상관없어. 내가 알고 싶은 건 그게 고대 그리스 신들처럼 수많은 신들 가운데 하나의 신인가, 아니면 단 하나밖에 없는 유일신인가 하는 거야."

"하나는 전부, 전부는 하나."

그러자 크누트가 흥분해서 끼어들었다.

"관사가 없는 세계는 자유로운 세계인지도 몰라. 복수형과 단수형 구별이 없는 세계야말로, 나누크, 네가 사는 세계잖아. 한 사람 속에 복수의 성격이 공존하니까."

"네 말도 맞아. 내가 단수형을 인정하지 않는 이유는 충분히 있지. 하지만 Hiruko가 단수형과 복수형을 구분하지 않고 쓰는

---

*   일본어로 '나리'는 '울리다'라는 뜻을 가진 '나루'의 명사형.

데는 어떤 이유가 있지?"

이 질문도 크누트가 나를 대신해 덴마크어로 술술 답변해주었다.

"판스카는 스칸디나비아 곳곳을 이동한 결과 생겨난 언어야. 너도 알다시피 지금 시대는 지구상 거의 모든 나라에서 온 비유럽 출신이 유럽에 살 권리를 얻을 수 있잖아. 하지만 한 국가에 머무르지는 못해. 그래서 Hiruko는 여러 언어를 섞어 판스카라는 아름다운 칵테일을 만든 거지. 그건 하나의 언어 같지만 실은 하나가 아니야. 문법적으로 옳으냐를 따지기보다 말이 통하는 걸 목표로 나날이 변해가는 언어야."

"에스페란토를 배우면 되잖아."

"가령 Hiruko가 길을 잃었다고 해보자. 길을 묻기 위해 에스페란토를 할 줄 아는 사람이 나타날 때까지 기다린다면 얼어 죽고 말걸. Hiruko가 쓰는 판스카는 북유럽 사람이라면 거의 다 이해할 수 있어. 결론이 나올 때까지 연구실에 30년 동안 틀어박혀 완벽한 언어를 만들어내는 일은 지금을 사는 데 아무런 도움이 안 돼. 지금 여기서 입에 담는 모든 단어가 결론이야."

"영어를 쓰면 되잖아."

"영어가 가능한 사람은 미합중국에 강제로 이주당해. Hiruko는 지병이 있어서 건강보험 제도가 마련되어 있지 않은 나라에서는 살 수가 없어."

나는 나를 대신해 판스카를 설명해준 크누트에게 고맙다고 인사하고, 나누크에게는 솔직하게 불안을 털어놓았다.

"너는 카약의 노를 이용해 언어를 우아하게 구사해. 차가운 물에 빠져 익사할 일은 없지. 너는 덴마크어와 영어 모두 자유롭게 쓸 수 있어. 나의 모어도 책으로 혼자 익혔지. 판스카라는 배는 발트해에 가라앉았을지도 몰라."

"그때는 내가 곧바로 구해줄게."

나누크가 반사 신경으로 대답했다. 자기도 모르게 선한 성격이 밖으로 튀어나온 모양이었다. 크누트는 놀란 듯이 나누크의 얼굴을 보았다.

우리가 나누는 대화를 거의 이해하지 못하는 노라와 아카슈는 체념한 채 말없이 바다를 보고 있었다. 선박 여행이란 신비로워서 열차 여행처럼 풍경에 큰 변화가 있는 것도 아니고 비행기 여행처럼 영화를 볼 수 있는 것도 아니다. 옹기종기 갑판에 모여 바다를 바라보며 대화를 나누고 다시 바다를 바라본다. 목덜미를 찬 수건으로 식혀서 뱃멀미는 가라앉았지만, 몸 전체가 으슬으슬 추워졌다.

"춥네. 선실에서 아노락을 가져올게."

선실로 돌아가는 길에 좁은 계단 밑에서 덩치 큰 여성이 올라

오는 게 보였다. 스쳐 지나가기에는 계단 폭이 넓지 않았기에 갑판에서 기다렸다. 검은 레이스 장식이 달린 드레스를 입고 하이힐을 신은 여성의 등 뒤로 남성의 목소리가 들렸다. 아마도 러시아어인 듯했다. 여성의 뒤를 이어 위아래로 흰 슈트를 입은 남성이 숨을 헐떡이며 올라왔다. 두 사람은 나를 흘끗 보며 눈인사했지만, 표정은 굳어 있었다. 곧장 무도회에 참석해도 이상하지 않을 것 같은 두 사람의 차림새에 비하면, 내가 입은 옷은 작업복처럼 보였다.

'발트의 빛'이라는 이름의 이 배는 전형적인 여객선은 아니다. 민영 운송 회사가 북유럽과 동유럽 사이 무역으로 이익을 거두면서도, 일찍이 활약한 발트해의 우편선 분위기를 맛볼 수 있도록 한다는 명목으로 소수의 관광객을 태웠다. 그래서 관광지라 할 수 없는 작은 항구에 잇달아 정박하며 짐을 싣고 내리기도 했다. 인터넷에서 상품을 판매하는 회사 이름이 인쇄된 상자도 많았다. 직항으로 가면 몇 시간 안에 도착할 뤼겐섬을 하룻밤 내내 가는 것도 그 때문이리라. 일반 여객선에 비해 저렴하나 선실 침대 매트리스가 얇아서 등허리에 나무판이 느껴진다. 좁고 어두침침한 그 선실이 나는 마음에 들었다.

선실에 들어서자 어느 나라에 있건 육지에 있건 바다 위에 있건, 작은 방 하나만 있으면 안심이라는 기분이 든다. 자기 집 침실에 있든, 아득한 바다에서 흔들리는 선실에 있든, 나를 감싸주는 작은 방이라는 사실에는 변함이 없다. 태아였을 때 우리는 자기가 있는 자궁이 지구의 어디쯤 있는지 생각하지 않았다. 그린란드든 과테말라든 기본적으로는 같다. 미래에는 달 표면에 사는 임산부가 나타날지도 모르지만, 태아에게는 지구든 달이든 마찬가지이리라. 그곳이 어디든, 자궁은 이 세상에 막 존재하기 시작한 시간, 가장 보호받는 장소이다. 태아는 양수에 둥둥 떠 있다. 좁은 선실만큼 그때와 비슷한 안도감을 주는 공간이 또 있을까.

갑판으로 나오자 돌연 거대한 공간으로 내던져졌다. 하늘이라 불리는, 빛이 산란하는 반구가 얼마나 광활한지 인간의 눈으로는 파악할 수 없다. 그 빛이 난반사하는 바다의 물결 또한 수평선 끝까지 이어져 있다. 해수면 아래에 상상을 초월할 만큼 깊은 물이 있다는 건 묵직한 물의 빛깔로 알 수 있다. 간단히 심녹색이라고 표현할 수도 있겠지만, 그러기에 이 빛깔은 너무나도 무거워 무력해질 정도다. 선실에서 나오자마자 나는 그토록 드넓고, 끝이 없고, 안온함이라고는 없는 공간으로 내던져졌다.

갑판이 거대한 바다의 기분에 따라 기울어지는 건 어쩔 수 없다 해도 수평선까지 이리저리 좌우로 기우는 것처럼 보이는 건 어째서일까. 난간에 고정된 주황색 구명튜브 옆에 선 크누트는 약간 떨어져 서 있는 나누크와 키가 비슷했다. 크누트 옆에 바싹 붙어 있는 아카슈는 날씬한 체격이고, 나누크에게 등을 기댄 노라는 살이 찐 건 아니지만 다부진 골격을 지녔다. 나는 아마도 그들보다 키가 작으리라. 그러나 나를 포함한 친구들을 이렇게 외부에서 볼 기회가 이제껏 없었다. 단체 사진도 찍은 적 없다. 단체 관광객도 아니고 같은 반 모임도 아니어서 사진을 찍자는 말을 꺼내는 사람도 없었다. 아카슈가 나를 발견하고 말을 걸었다.

"아노락 입으면 안 추워?"

"너는 사리만 입었는데 춥지 않아?"

"사리는 날이 더우면 시원하게 해주고, 조금 추워지면 몸을 따뜻하게 덥혀주는 천재적인 의복이야. 기모노도 그럴걸. 그런데 Susanoo는 아직도 선실에 틀어박혀 있나?"

"몰라. 저녁 식사 때는 온댔어."

다들 내가 같은 고향 사람이니까 Susanoo를 누구보다 잘 이해할 거라 믿지만, 사실 내게 Susanoo만큼 거리가 먼 존재도 없다. 크누트와는 처음 만난 순간부터 파장이 맞았고, 노라는 언니처럼 가까운 느낌이 든다. 아카슈와는 언어로 유연하게 구석구석 이야기를 나눌 수 있고, 나누크와는 언어를 주제로 이야기를 나누는 게 즐겁다. 하지만 Susanoo는 신화 속 등장인물처럼 멀게만 느껴진다. 입을 다물고 있나 싶다가도 갑자기 거대한 분노가 폭발한다. 그래도 나는 Susanoo를 오빠처럼 대해야 한다, 모르는 척 외면할 순 없다, 어쨌든 같은 배에 올랐으니까. 그런 생각에 선실 문을 노크했다. 그러자 죄수복 같은 잠옷을 입은 Susanoo가 졸린 얼굴로 문을 열었다. 졸려서 그런지 표정이 부드러워 보였고, 나는 안심하고 기분이 어떤지 물었다. 모어를 쓰면 Susanoo가 날 옭아맬까 두려워 되도록 영어를 쓰고 싶었지만, 그러지도 못하니 후쿠이 출신인 Susanoo에게 니가타에서 쓰는 말을 건네며 약간의 거리를 두자는 생각이 들었다. 퍼뜩 떠오른 말은 '나지라네'다.

"나지라네. 우리 지방에서는 그렇게 말해. 하우 아 유, 라는 뜻이야."

그렇게 말해보았다. 결국 영어로 도망친 게 우습기도 하고 언짢기도 했지만, 우선은 그런 기분을 밀어두고 대답을 기다렸다. Susanoo는 평정심을 잃지 않는 무표정한 눈으로 대답했다.

"기분은 오로치*지만, 선실에 틀어박혀 오로치를 내려놓고 있으면 멀쩡한 시민이 될 수 있을지도 모르지. 바다의 시민 말이다. 저녁 식사 때는 가겠어. 그 전까진 방해하지 마. 문을 노크하지 말라고."

---

* 일본 신화에서 바다와 강을 다스리는 거대한 뱀.

어디선가 들어본 적 있는 듯한데 뭔가 어색하고 억지스러운 대사였다.

나는 Susanoo가 두렵다. 처음 봤을 때는 실어증을 앓고 있는 듯한 그가 입을 열어주길 바라서, 마음의 문을 활짝 열고 생각나는 대로 맘껏 모어를 내뱉었다. 하지만 Susanoo는 흙 묻은 발로 내 마음에 들어왔다. 나쁜 꿈이라도 꾼 것처럼 무슨 말을 들었는지는 구체적으로 기억나지 않지만 경계심만은 남아 있다.

내 선실로 돌아오자, 오로치를 '내려놓는다'는 게 어떤 의미인지 신경 쓰이기 시작했다. Susanoo가 거대한 뱀 같은 걸 임신했고 그걸 지우면 온순한 인간이 된다는 의미일까. 아니면 생선을 세 토막으로 자르듯 거대한 뱀을 손질한다는 뜻일까.**
일찍이 요리사로 일한 Susanoo이지만 손에 칼을 들게 하고 싶지 않다.

태양은 저녁이 되어서도 기울기는커녕 더욱 힘이 넘쳐서 환하게 바다를 비추었다. 그래도 태양의 위치는 낮아지고 있는지 물결의 그림자가 짙어지며, 밤으로 향하는 심각한 분위기가 피어나고 있었다.

** 무언가를 '내려놓다', 임신한 아이를 '지우다', 생선을 '손질하다'는 모두 일본어로 '오로스'라고 한다.

배에는 큰 식당이 있는데 중국 음식점에 있을 법한 둥근 테이블 여섯 개가 고정되어 있고, 각각 중앙에는 예약석이라는 문구와 함께 테이블 이름이 적혀 있었다. 테이블 하나를 둘러싸고 의자가 여섯 개 놓여 있기에 때마침 여섯 명이 여행 중인 우리에게는 안성맞춤이었지만, 대부분은 혼자 아니면 부부끼리 여행을 왔기에 합석해야 했다. 테이블에는 '지구', '화성', '수성', '금성', '목성', '토성'이라는 이름이 붙어 있었다. 우리가 둘러앉은 테이블은 지구였다.

어딘가 빛이 바랜 듯한 냅킨, 겉으로는 은처럼 보이는데 손에 쥐어보면 알루미늄처럼 가벼운 나이프와 포크, 미세한 홈이 가득해서 표면이 탁해진 컵과 와인글라스가 놓여 있었다. 제일 먼저 나누크가 자리에 앉고, 그 옆에 노라가 쓱 앉자, 크누트가 그 옆에 앉았다. 재빨리 아카슈가 그 옆을 차지했고, 내가 그 옆에 앉았다. 사실은 크누트 옆에 앉고 싶었지만, 아카슈의 몸놀림이 워낙 빨랐다. 나와 나누크 사이의 자리를 비워둔 채 Susanoo를 기다렸다.

식당 전체를 둘러보니 금성에는 로마노프 왕조풍의 품격 있는 부부 세 쌍이 앉아 있었다. 그중 한 쌍은 낯이 익었다. 토성은 각자 다양한 지역에서 모여든 듯했고, 공통적으로 햇볕에 잘 그을린 피부와 머리칼, 빛나는 눈동자, 마른 체격을 가지고 있어

어쩐지 길거리 곡예사 같은 분위기를 풍겼다. 고개를 돌려 등 뒤를 보니 화성에서는 스페인어, 목성에서는 영국 영어가 들려왔는데 내 자리에서는 말하는 사람의 모습이 보이지 않았다. 좌석 배치는 아마도 언어를 기준으로 정한 모양이었다. 수성이 조용한 건 저마다 다른 언어를 쓰는 다양한 사람들이 모였기 때문인지도 모른다. 우리도 복수의 언어를 쓰는 집단이기는 하지만, 침묵은 없었다.

"Susanoo는 안 오려나."

걱정거리가 있으면 곧바로 입으로 내뱉어야 직성이 풀리는 아카슈다. 내 얼굴을 빤히 들여다보며 물었기에 내가 대답할 수밖에 없었다.

"Susanoo는, 온다고 했으니까 올 거야. Susanoo는, 온다고 했지만 안 올지도 몰라."

"어때 보였어? 우울해 보였어?"

"아니. 액션 영화 주인공이었어."

그 말을 듣고 테이블에 앉아 있던 모두가 웃었다. 웨이터가 연한 양배추 수프를 날라왔다. 문이 열리고 Susanoo가 식당으로 들어왔다. 우리는 어색한 기분이 되어 입을 다물었다. 아카슈가 한 손을 들고 Susanoo를 향해 밝게 인사했다.

"안녕, 저녁 식사에 어서 와."

Susanoo가 아카슈를 휙 쏘아보기에 도대체 얼마나 신랄한 말이 그 얇은 입술에서 나오려나 싶었는데,

"이 배는 도대체 어디로 향하고 있는 건가."

하고 얼빠진 목소리로 물었다. 키득키득 웃을 만큼 유연성 있는 사람은 아카슈뿐이었다. 노라가 따뜻한 목소리로 말했다.

"이 배는 동쪽으로 가고 있어. 우리는 Hiruko가 나고 자란 섬이 정말로 사라졌는지 확인하기 위해 여행에 나섰으니까. 그 섬은 당신이 나고 자란 섬이기도 하잖아?"

Susanoo는 흥 하고 코웃음을 치며,

"사라졌다는 걸 확인하고 나면 그다음은 어쩔 건가?"

하고 대답을 기대하지 않는 질문을 던졌다.

그때 웨이터가 다가와 메인 디시는 채소 요리이며 고기가 필요한 사람은 추가로 소시지를 주문할 수 있다고 말했다. 식비는 뱃삯에 포함되어 있어서 벌써 낸 상태였다. 나누크가 즉각 손을 들고 소시지 두 개를 주문했다.

"보통은 채식주의자가 사람들하고 다른 요리를 주문해야 하는데 여기는 거꾸로네."

그렇게 말하며 아카슈는 안심한 표정을 지었다.

"나도 채식주의자는 아니지만 소시지는 첨가물이 많아서 안 먹어."

노라가 딱 잘라 말했다.

디저트는 어린이용 치약 같은 맛과 향이 나는 딸기 아이스크림이었다. Susanoo가 한 입 먹더니,

"염병할. 이따위 걸 누가 먹나."

하고 모어로 난폭하게 욕했고 다들 그 말투에 놀라 움찔했지만 뜻을 알아들은 건 나뿐이었다.

"무슨 뜻이야?"

아카슈의 질문에 나는,

"이 디저트는 맛이 없다. 누가 이것을 먹을 수 있겠는가."

하고 어색한 영어로 번역했다. 투박하게 해체한 덕분에 오리지널의 악의를 씻어낼 수 있었다.

"음식이 맛없는 나라에 사는 사람이 더 행복하대."

크누트가 장난치는 아이 같은 눈으로 이야기를 시작했다.

"당신은 지금 행복합니까, 라는 앙케트 조사를 하면 상위에 있는 건 대체로 덴마크나 네덜란드. 이탈리아나 프랑스는 한참 아래야."

"그래서 인도에는 불행한 사람이 많구나. 음식이 너무 맛있어서."

아카슈가 중얼거렸다. 나는 문득 슬픔이 밀려와 꺼낼 생각도 없었던 말을 불쑥 내뱉었다.

"바다에 독이 흘러들었다. 두려웠다. 어떻게 하면 좋겠냐고 다들 물었다. 그러자 답은 이러했다. 생선 요리가 맛있는 식당을 찾아라, 그러면 두려움을 잊을 수 있다. 이 답을 믿는 사람들도 있었다. 그 결과 어떻게 되었나. 알 수가 없다."

말하는데 눈물이 앞을 가려 음식이 보이지 않았다.

모두와 헤어져 홀로 침상에 들어가고 얼마 지나지 않아 배가 항구에 닿은 모양이었다. 사람들의 목소리가 들려왔다. 그 항구에 꽤 오래 머무른 것 같다. 배가 다시 파도에 흔들리며 나아갔다. 선실 침대는 요람이라기보다 우주선이다. 하기야 우주선을 타본 적도 없는 내가 이런 생각을 하는 것도 우습다. 이런저런 생각에 잠 못 든 채 한 시간쯤 지나자, 배가 다음 항구로 들어섰다. 이렇게 자주 정박하다니 장거리 버스를 탄 것과 다를 바가 없다. 상당히 오래 머무르는 듯했다. 불면의 시간이 길게 느껴지는 것과 마찬가지로 길었다.

이튿날 아침 눈을 떠 갑판으로 나가자, 놀랍게도 벌써 다들 한자리에 모여 바다를 보고 있었다. 아침 인사를 나누고 갑판 난간에 기대 잠시 바다를 보는데, 문득 새하얗고 거대한 물체가 눈에 띄었다. 흥분한 나는 엉겁결에 외쳤다.

"저기, 저기 봐. 모비 딕이 헤엄치고 있어!"

2장

크누트는 말한다

"모비 딕"이라고 외친 Hiruko가 가리킨 방향을 보니, 아니나 다를까 희고 거대한 물체가 바다에 떠가고 있다. "발트해에 고래는 없어." 나는 그렇게 내뱉고 나서야 Hiruko의 말을 머리로만 부정했다는 걸 깨달았지만 이미 늦었다.

"어째서 발트해에 고래가 없는데?"

곧장 그렇게 되물은 건 Hiruko가 아니라 아카슈였다. 눈을 깜박일 때마다 짙은 속눈썹 브러시가 반짝반짝 윤이 나는 아카슈의 갈색 눈동자.

"그야 발트해는 태평양이 아니니까 고래한테 비좁지. 욕조에서 잉어를 기르는 꼴이잖아."

"그렇다면 발트해에서 고래를 본 사람은 한 명도 없어?"

"소형 고래라면 발트해에 있을지도 모르겠지만 향유고래처럼 큰 고래는 발견된 적 없을걸."

그렇게 대답하며, 나는 고등학생 때 읽었던 허먼 멜빌의 소설 《백경(모비 딕)》을 떠올렸다. 매일 아침부터 밤까지 집 밖에도 안 나가고 소파에 드러누워 정신없이 읽었기에 내가 다 죽어가는 상태로 모래사장에 끌어 올려진 고래로 변신한 감각이었다. 복부에 지방이 쌓여 몸이 무겁고, 눈은 떼꾼했으며, 다리야 이미 오래전에 소멸한 듯했다.

늙은 절름발이 선장 에이해브는 언젠가 향유고래 모비 딕을 다시 만나 복수하고 말겠다는 강박에 휩싸여 있었다. 모비 딕이 최후로 모습을 드러낸 것은 분명 Hiruko가 태어난 혼슈*라는 섬의 태평양 해안이었다. 어쩌면 Hiruko는 그 고래를 찾아내 배로 따라가면 자기가 태어난 나라로 돌아갈 수 있다고 여기는 것일까. 그런 기대감이 지금 모비 딕의 환영으로 나타난 것인지도 모른다.

"소형 고래는 얼마나 작아? 돌고래만 해?"

아카슈가 옆에서 순진하게 물었다. 나는 Hiruko의 머릿속에서 부풀어가는 고래의 환영을 가능한 한 작게 만들고 싶다고 생

---

* 일본 열도 가운데 가장 큰 섬. 위로는 홋카이도, 아래로는 시코쿠와 규슈가 있다.

각하며 이렇게 말했다.

"돌고래도 고래의 일종이야. 예를 들어 쇠돌고래는 몸집이 상당히 작대. 그러니 고래목(目)에 속한다고 해서 반드시 크다고 할 순 없어. 아무튼 발트해에 큰 고래는 없다는 거야."

그러자 Hiruko가 해상의 하얀 물체를 가리키며 항의했다.

"저건 미니 고래가 아니고 모비 딕."

흥분하여 그렇게 주장하는 Hiruko의 어깨에 노라가 조용히 손을 얹고 말했다.

"저 하얀 물체는 고래가 아니라 뤼겐섬의 초크 절벽이야."

고래 환상에 꾀일 리 없는 현실주의자 노라의 설명을 듣고 Hiruko는 맥없이 어깨가 처진 듯 보였지만, 아카슈는 호기심에 더욱 불이 붙었는지,

"초크라면 학교에서 칠판에 글씨 쓰는 분필을 말하는 거야? 백묵으로 이루어진 절벽이구나. 엄청나다. 새하얀 모래로 뒤덮인 해안은 본 적 있는데 절벽이 희다는 건 어떤 거지? 이 섬에만 있는 현상이야? 저 바위를 깎아서 초등학교에서 쓰는 초크를 만들었다는 거야?"

아무도 못 당할 속도로 질문을 연발했기에 노라로서는 마지막 질문에 대답하는 것만으로도 벅찼다.

"맞아, 옛날에는 저 바위를 깎아서 학교 칠판에 글씨를 쓰는

초크를 생산했어. 지금은 관광 명소가 되어 깎아낼 수 없지만 말이야. 절벽 위를 산책하고 있으면 아득히 멀리 청록색 바다가 보이고, 수직으로 서 있는 바위의 벽은 새하얗지. 현기증이 날 정도로 높아."

"자살자가 많아?"

그런 걸 묻는 Hiruko의 마음에는 '절벽' 하면 자살부터 떠오르는 걸까. Hiruko의 친척이나 동급생 중에 벼랑에서 뛰어내려 스스로 목숨을 끊은 사람들이 있을지도 모른다. 노라는 Hiruko의 질문에 조금도 놀라지 않고 침착하게 대답했다.

"여행자가 벼랑에서 바다로 떨어지는 사고는 종종 있지만 자살 이야기는 들은 적이 없어. 동독과 서독이 통일하기 전, 그러니까 이곳이 사회주의권 동독이었을 때 자살자 수는 공개되지 않았지. 통일 후에 자료가 분실되었다고 하는데, 필사적으로 자살 현황을 조사한 사회학자가 있어서, 동독이라는 나라가 존재한 약 40년 동안 20만 명의 자살자가 나왔다는 결론에 이르렀어."

"40년 동안 20만 명. 1년에 5천 명. 대단히 적네."

Hiruko가 그렇게 말하자 노라가 놀라서 대답했다.

"적어? 나는 많다고 생각해. 같은 시기 서독 자살자 수의 두 배라고 쓰여 있었어. 물론 그 연구 결과가 절대적으로 옳다고 말할 수는 없지만, 그래도 내가 자살 문제에는 관심이 있어서 이것 저것 찾아보고 신용할 수 있다고 여겼던 데이터야."

노라가 자살 문제에 관심이 있다는 건 의외였다. 만약 생과 사가 강을 사이에 두고 대립하는 양쪽 강변이라면, 노라는 생의 강변에 튼튼한 두 다리로 서서 맞은편 강변에는 눈길조차 주지 않을 사람으로 보였다.

"내가 태어난 나라는 스스로 죽는 사람이 한 해에 2, 3만 명."

Hiruko가 말했다. 그러고는 뭔가 말하려고 입술을 살짝 열었다가 생각을 고쳐먹었는지 굳게 다물었다. 스스로 목숨을 끊는 사람들과 그 슬픔에 수명이 줄어드는 사람들의 수가 늘어난 결과, Hiruko의 나라가 소멸해버린 것인가. 나는 문득 그런 생각이 들었지만, 그런 사례는 들은 적 없다.

아카슈는 자살 같은 어두운 화제를 듣기 힘든지 볕이 드는 방향으로 이야기의 뱃머리를 돌렸다.

"하지만 자살하기 위해 뤼겐섬에 온 동독 사람은 없지 않았을까. 이 섬은 어디까지나 즐거운 관광지였을 거라고 봐. 실은 사회학 세미나에서 사회주의 오락이라는 주제로 발표한 적이 있거든. 그때 뤼겐섬을 조사했었어."

그걸 듣고 Hiruko의 머리도 음지형 사고 회로에서 양지형 사고 회로로 변환했는지,

"류겐*은 나의 모어로 용, 다시 말해 드래곤의 근원을 뜻해. 류겐지(龍源寺)라는 선종(禪宗)의 절도 있어."

하고 재미있는 이야기를 했다. 노라는 선(禪)이라는 말을 듣고 얼굴이 확 밝아졌다.

"그럼 뤼겐섬은 선종의 섬이네."

노라는 들떴는지 말이 많아져서는 뤼겐섬이 흙을 쌓아 올린 길을 통해 육지와 이어져 있고, 슈트랄준트라는 육지 마을에서 자스니츠라는 섬에서 제일 큰 마을까지 전철을 탄 채 바다를 건널 수 있다는 사실, 그리고 슈트랄준트가 일찍이 한자동맹에 속해 있었다는 것까지 술술 이야기하며 강의를 시작했다.

뭐든 알고 싶어 하는 아카슈가 신나게 맞장구를 쳐주었기에 노라의 혀는 기름칠한 기계처럼 더욱 회전 속도를 높였고, 육지와 이어진 섬 중에는 북해의 질트섬도 유명한데 관광객 수는 질트섬이 더 많지만 크기로 치면 뤼겐섬이 독일 최대야, 같은 우리에게 불필요한 지식까지 속사포처럼 쏟아냈다. 노라가 갑자기 그리운 가족 자랑이라도 하듯 뤼겐섬에 대해 떠드는 것이 나는 별로라,

"뤼겐섬은 말이지, 지금은 독일에 속하지만 옛날에는 스웨덴

---

* 뤼겐과 류겐은 일본어로 발음이 같다.

에 속해 있었어."

하고 말해버렸다. 도무지 좋아질 수 없는 '속하다'라는 단어를 짧은 문장 속에서 두 번이나 사용했기에 기분 나쁜 뒷맛이 남았다. 마치 내가 독일인 노라에게 뤼겐섬은 독일이 아니라 스칸디나비아에 속한다고 주장한 것처럼, 나로서도 유치한 짓을 했다고 후회했지만 이미 늦었다. 노라의 얼굴이 어두워지며 눈동자에 고통스러운 기색마저 드러났다. 남의 영토를 빼앗아 의기양양해하는 민족의 일원만큼은 되고 싶지 않았으리라. 노라는 변명하는 듯한 어투로,

"맞아, 스웨덴령에서 프로이센 영토가 되었다가 독일령이 되면서 몇 차례나 소속이 바뀌었지. 하지만 그건 뤼겐섬만 그런 건 아닐 거야. 질트섬도 북부는 중세부터 쭉 덴마크령이다가 이후 주인이 여러 차례 바뀌고 19세기에 독일령이 되었어. 섬은 언제나 국가 분쟁의 원인이 되니까."

하고 추상적인 차원으로 이야기를 가져왔다. 섬은 국가 분쟁의 원인이 된다. 그걸 들은 Hiruko는 깊이 고개를 끄덕였고, 머리를 들었을 때 그 눈이 슬픈 듯 보였다. 나는 Hiruko에게 위로가 될 수 있을지 자신은 없었지만 이렇게 말했다.

"하지만 이젠 질트섬도 뤼겐섬도 전쟁의 원인이 되지는 못해. 불은 완전히 꺼져서 재가 되었어. 그러니 안심해."

"그러나 세상에는 아직 위험한 불길이 꺼지지 않은 섬이 많이 있어. 분쟁의 불길이 완전히 꺼진 섬과 언제 큰불이 날지 알 수 없는 섬 사이에는 어떤 차이가 있을까."

아카슈의 말에 Hiruko는 입술을 깨물며 아래를 보았다. 한동안 어색한 침묵이 이어지고, 잠시 후 Hiruko가 울 것 같은 목소리로 말했다.

"섬은 해양에 뜬 자유로운 고래. A 국가의 소유물도 B 국가의 소유물도 아니다."

Hiruko가 울 것 같은 목소리로 말했다고 느낀 건 나뿐일지도 모른다. 발언 내용이 밝으니, 목소리도 낭랑했다고 여기는 게 이해는 쉽다. 하지만 그 목소리가 내 귀에는 슬프게 들렸다.

그때 이제까지 난간에 기대 잠자코 있던 나누크가 갑자기 우리 앞으로 나서며 이렇게 말했다.

"강대국끼리 싸운 이야기는 지루해. 뤼겐섬에 독일인과 스웨덴인이 살기 전에 수수께끼의 민족이 살았다는 걸 너희들은 알고 있나?"

"수수께끼의 민족?"

아카슈가 긴 속눈썹 안쪽으로 눈을 반짝이며 묻자, 나누크가 가슴을 펴고 말을 이었다.

"맞아, 뤼겐섬에는 선주민족이 있었어. 어느 틈엔가 게르만계 사람들과 슬라브계 사람들이 이주해 왔고 결국 수수께끼의 민족은 멸망하고 말았지. 운이 나빴던 거야."

"어째서 수수께끼의 민족이야?"

"어떻게 생활했는지 아직 밝혀지지 않았으니까. 지구의 역사에서 사라진 거야. 그에 비하면 우리 그린란드인은 운이 좋아. 그린란드섬이 춥고 너무 멀었던 덕분에 규모가 큰 민족이 대거 이주해서 원주민이 흡수되는 일은 없었어."

"말하자면 뤼겐섬은 위치가 지나치게 좋았던 건가. 만약 인도가 시베리아 동쪽 끝에 있었다면 영국인이 찾아오지 못했을 거야. 하지만 그랬다면 인도는 인도가 아니었을 테니 지리적 위치와 국가를 따로 떨어뜨려 생각하는 건 조금 이상하지 않나."

아카슈가 정리되지 않은 생각을 좇으며 혼잣말로 연달아 중얼거렸다.

그때 강한 바닷바람이 불어와 나는 휘청거리며 몇 걸음 물러났다. 그런 탓에 Hiruko와 거리가 생겨 그녀의 모습이 역광을 받아 실루엣만 남았는데, 등 뒤의 바다와 구름이 전통극 무대의 배경 장치처럼 보이고 갈매기 한 마리가 공중에 정지해 있었다. Hiruko는 독백 장면을 연습 중인 여배우처럼 천천히 이야기를 시작했다.

"나의 나라도 쭉 고립돼 있었어. 하지만 어떤 의미로 지리적

위치가 좋았나 봐. 그래서 미국이 왔지. 고래잡이배의 주유소를
찾으러 왔어."

주유소? 아, 그래, 고래잡이배가 연료를 넣을 기지를 말하는
구나. 그러고 보니《백경》에도 그런 내용이 적혀 있었다. 아카슈
가 눈을 반짝이며 물었다.

"당시 미국으로서는 고래잡이가 그렇게 중요했던 거야?"

"미국은 고래기름이 필요했어."

"어째서?"

"밤을 밝히기 위해서."

"어째서? 귀신이 나오지 않도록 하려고?"

"아니, 밤에도 사무실에서 일하기 위해서."

나는 Hiruko의 소박한 대답을 듣고, 고래기름을 태워 만든
불꽃 아래 일하는 사람들의 모습을 그려보았다. 책상에 앉아 있
는 사람이 있는가 하면, 기계를 만지는 사람도 있다. 마치 그림
책 삽화처럼 따스한 광경이었다. 그러나 현실은 잠자는 시간까
지 쪼개서 달러로 바꿔내지 않으면 살아남을 수 없을 만큼 가차
없는 국제 경쟁의 시작이었으리라. 그 경쟁의 첫 주자가 된 미국
은 고래잡이배를 계속해서 태평양에 내보냈다. 영국도 지지 않
았다.

"태평양의 섬들은 희생양이 되었지."

노라가 마이너리티를 지지하는 문맥을 발견하고 퍼뜩 깨우친 사람처럼 말했는데, 나는 오히려 노라가 Hiruko의 고향인 '혼슈'를 섬이라고 간주하는 것부터 의외였다. 분명 섬이긴 하지만, 그 섬에는 스칸디나비아 전체 인구를 합친 수보다 많은 사람이 살고 있다. 혼슈가 태평양에 뜬 섬이구나. 내가 꾸물꾸물 그리 생각하는 동안, 나누크는 비슷한 생각을 훨씬 더 먼저 하고 있었는지 덴마크어로 술술 이야기를 시작했다.

"Hiruko, 나는 홋카이도라는 섬이 있었다는 걸 알고 있어. 그 섬도 일찍이 어느 나라의 소유물도 아니었고 다양한 민족이 살고 있었지. 사할린도 마찬가지야. 홋카이도나 사할린에 비하면 혼슈는 섬이라기보다 대륙과 비슷할 거야. 말하자면 대륙이니 섬이니 하는 건 상대적인 이야기 아닐까."

나는 나누크와 전혀 안 닮았다고 생각하지만 종종 사고가 일치해서 놀랄 때가 있다. 그러나 나와 나누크의 큰 차이는, 내가 Hiruko를 슬프게 할 말을 입에 담지 않는 데 반해 나누크의 시야에는 Hiruko가 없다는 점에 있다. 다만 결과적으로는 내가 나누크보다 훨씬 더 빈번하게 Hiruko를 슬프게 하는 거 같기는 하다.

새하얀 절벽이 조금씩 선명히 다가오는 것이 보였다. 바라보는 것만으로도 석회 같은 감촉이 손끝에 전해진다. 바다의 색이 짙어 보이는 것도 흰 초크색과 선명하게 대비되기 때문이리라. 초크 절벽의 백색과 발트해의 심녹색 조합이 나와 나누크 조합과 어딘가 닮았다.

나누크는 덴마크어를 할 줄 아니 그걸 알아듣는 Hiruko와 나, 세 사람만의 폐쇄 공간이 생겨서 노라와 아카슈를 쫓아내고 말았다. 나는 그 사실에 반발심을 느끼고 일부러 영어로 말했다.

"바다에서 지구를 보고 있으면 세상 모든 육지가 섬으로 보여. 아메리카 대륙도 섬이고. 그런 의미에서는 뤼겐섬도 마찬가지야."

"이 섬에서 세 시간 정도 정박한다는 것 같던데."

아카슈가 문득 생각났다는 듯 말을 꺼내자, 노라가 핸드백에서 조그맣게 접은 여행 일정 인쇄물을 꺼냈다. 이 배는 우편물을 운반하는 것이 주된 목적이라서 소위 관광선은 아니지만, 승객을 위해 최소한의 관광 계획을 세워두고 있었다. 정박항에서 발트해 문화를 알리는 이벤트가 열리기도 한다고 적혀 있다. '열리기도 한다'라는 게 덫인지도 모른다.

"이제부터 해안선을 따라 돌다가 자스니츠의 항구로 들어가려나 봐. 페리가 닿는 바지선이 보이면 거기가 항구야."

"노라는 이 섬을 잘 아네. 여러 번 와봤어?"

"딱 한 번. 하지만 잊을 수 없는 여행이었지. 잔트도른 잼을 사러 왔거든. 그 무렵 짝사랑하던 남자가 그 잼을 먹고 싶어 한다는 걸 알고 말이지. 이 섬은 잔트도른의 생산지야."

노라는 성격이 털털해 보이면서도 의외로 금세 사랑에 빠지는지도 모른다.

"잔트도른은 영어로 시 베리, 바다의 베리야."

영어에 능숙한 아카슈가 해설을 덧붙였다.

"시 베리, 뭐지."

어리둥절한 Hiruko에게 노라가 미소 띤 얼굴로 친절하게 설명했다.

"잔트도른은 오렌지 빛깔이 도는 작은 열매인데, 그냥 먹을 수 없을 정도로 셔. 그래서 잼으로 만들어 먹지. 잔트는 모래, 도른은 가시라는 뜻이야. 이 과일로 직접 잼을 만들어 선물하면 상대방에게 내 마음이 전해질 것만 같아서 그때 일부러 이 섬까지 왔어."

"그래서 결국 사랑을 쟁취했어?"

노라는 아카슈의 장난스러운 질문에 대답하지 않았다.

배가 천천히 섬 윤곽을 따라 우회하자 정박한 페리가 보이기 시작했다. 그때까지 선실에 틀어박혀 있었는지 코빼기도 보이지 않던 Susanoo가 갑자기 숄더백을 메고 갑판에 나타나서는,

"자, 지금부터 세 시간 상륙이다. 다들 내릴 준비는 되었나."

하고 리더라도 된 듯한 말투로 말을 걸었다. 이 남자의 생각은 신화 속 신들보다 더 알 수가 없다. 처음 만났을 때는 입을 꾹 다물고 있었기에 실어증인가 하고 걱정했는데 어느 날 갑자기 폭포수처럼 말을 쏟아내더니 승선한 후로는 선실에 틀어박혀 있고 그러다가 갑자기 나타나 명령조로 말한다. 민주주의라는 말이 이토록 안 어울리는 인간도 흔치 않다. 그게 아니면 Hiruko가 나고 자란 땅에서 온 남자들은 다들 저런 분위기인가.

"그 스카프, 멋있네."

노라의 말을 듣고 패션에 둔감한 나는 그제서야 Susanoo가 목에 스카프를 두르고 체크 재킷을 입어 한껏 멋을 부렸다는 사실을 알아챘다. 들고 있는 숄더백은 다 닳아서 학생 느낌이 났지만, 그 외에는 어른스럽게 멋을 부렸다는 점이 어딘가 불균형적이고 우스꽝스럽기도 했다.

상륙하면 무슨 리셉션이라도 열리는 걸까. 나는 우리 집 소파에서 뒹굴뒹굴할 때와 비슷하게 칙칙한 옷을 입고 있다. 아카슈는 언제나 눈이 번쩍 뜨이는 새빨간 비단 사리를 입고 있기에 국왕의 초대를 받아도 그대로 들어갈 수 있으리라. 노라는 늘 그렇듯 소재를 중시한 옷을 제대로 다리미질해 입고 있다. Hiruko만은 무엇을 입고 있는지 파악하기 어려웠다. 내가 티셔츠라고 부르는 옷을 Hiruko가 입으면 블라우스가 된다. 탈부착이 가능한 옷깃인지 뭔지 정체를 알 수 없는 것이 목덜미에 붙어 있고, 조끼처럼 보이는 것은 단순히 장식용으로 꿰맨 옷감 조각인 듯하다. 하반신에서 흔들리고 있는 것이 폭 넓은 버뮤다팬츠인지 스커트인지도 알 수 없다. 색감은 구름 낀 하늘처럼 잿빛에 가까운데, 태양이 해수면을 비추기 시작하면 그 색을 반영하여 파랑과 초록 사이를 서성인다. 갑판에서는 캐주얼하게 보이지만, 무도회에 초대되면 정장처럼 고급스러운 빛을 발할 마 재질의 복장은 드레스 코드의 세로축에도 가로축에도 없는 해양에 어울리는 것인지도 모른다.

우리의 배는 페리 옆으로 미끄러져 들어가며 가벼운 충격과 함께 멈춰 섰다. 선원이 물에 젖어 무거워진 줄을 말뚝 쪽으로 던졌고, 한동안 넋을 놓고 그걸 보느라 혼자 갑판에 남아 있던 나는, 주위에 아무도 없다는 걸 깨닫고 서둘러 웃옷을 가지러 선실로 다시 달려갔다.

나는 어째서인지 어릴 때부터 줄을 던지는 인간에게 매력을 느꼈다. 줄이 공중에서 원을 그리며 격렬히 바깥으로 뻗어가다가 중심으로 당겨지면서 점차 세지던 긴장이 확 풀리는 순간, 내 던져진 줄 끝이 대상물에 묶여 고정된다. 어린 시절 좋아하지도 않던 서부극을 꾹 참아가며 텔레비전에서 본 것도, 카우보이가 밧줄을 던지는 장면을 하염없이 기다렸기 때문이었다. 그런 생각에 잠겨 배에서 내리려는데 시민단체 분위기를 풍기는 한 무리가 바지선에서 기다리고 있는 모습이 보였다. 배에서 내려 육지에 발뒤꿈치를 디디자, 대표자로 보이는 오십대 남성이 다가와 인사했다.

"뤼겐섬에 어서 오십시오. 저는 타펠이라고 합니다. 기다리고 있었습니다. 우선 교류의 장으로 안내하겠습니다."

저자세로 아부하는 느낌은 전혀 없었고, 오히려 자신을 위에 두고 나를 내려다보면서도 말투가 거만해지지 않도록 세심한 주의를 기울이고 있는 듯했다.

타펠 씨는 내려오는 승선객 가운데 누가 우리 그룹에 속해 있는지를 정확히 파악하고 있어서, 회원들에게 차례로 동행하라고 지시했다. 친절에서 우러나는 행동임은 분명했지만, 어쩐지 연행되는 기분이다.

"레스토랑은 저쪽입니다. 문화 교류를 위해 가장 유효한 세팅은 점심 식사니까요."

그럴듯한 말을 건네며 내 옆에 딱 붙어 걷는 타펠 씨의 몸에 가려서 Hiruko를 데려가는 사람의 모습이 보이지 않아 다소 불안해졌다. 아무튼 한 사람당 한 명이 배치되어 있으니, '초대'라기보다 '연행'이라는 말이 연상된다.

레스토랑이 있다는 건물은 겉에서 보기에 전혀 눈에 띄지 않는다는 것 말고는 특색이 없었고, 안으로 들어가자마자 어쩌면 이곳은 뤼겐섬과 관련 없는 다른 차원의 공간이 아닌가 싶은 기분이 들었다. 벽에 밴 담배 연기에서는 마른 낙엽 냄새와 어릴 적 병원에서 맡았던 소독액 냄새가 났다.

안내된 방의 정면 벽에는 파스텔색 벽화가 그려져 있었다. 곡괭이를 휘두르는 근육질 남자. 보리 다발을 안은 혈색 좋은 여자. 트랙터에 탄 남자. 컨베이어벨트 앞에서 기계 부품을 조립하는 여자. 사회주의 리얼리즘의 전형적인 모티브이지만 그려진 건 최근인지 노동자의 주머니에 휴대전화가 비어져 나와 있는 것이 보였다.

방 중앙에는 회의실에서 쉽게 볼 수 있는 길쭉한 테이블이 놓여 있었다. 만약 하얀 테이블보가 깔려 있지 않았다면 이제 곧 회의가 시작된다는 말을 들어도 놀라지 않았으리라. 누가 어느 자리에 앉을 것인지는 미리 다 정해져 있어서, 각자의 이름이 적힌 카드가 국기와 함께 테이블 위에 세워져 있었다. 내가 앉을 자리에는 덴마크 국기가 꽂혀 있었고, 그 사실만으로도 자리에 앉기가 망설여졌다. 나는 국가를 대표하는 사람이 아니다.

노라는 휙 자리에 앉았다가 자기 앞에 독일 국기가 세워진 걸 보고 미간을 찌푸리며 소리 안 나게 깃발을 쓰러뜨렸다. 아카슈는 인도 국기를 보고 쓴웃음을 짓더니 시선을 돌렸다. 나누크는 그린란드 깃발을 보고 콧구멍을 부풀리며 씩 웃었다. 다들 무슨 생각을 하고 있는지 물어볼 수 없는 게 아쉬웠다.

나는 문득 그린란드 국기가 Hiruko 나라의 것을 패러디한 것임을 알아차렸다. 한가운데 놓인 붉은 태양의 아래쪽 절반을 하얗게 칠하고, 흰 배경의 아래쪽 절반을 빨갛게 칠하면 그린란드 깃발이 완성된다. 그린란드 깃발에 빨강과 하양, 두 가지 색이 있는 건 덴마크 깃발에 사용된 색이기 때문이라고 엄마는 자주 말했는데 정말일까. 엄마는 어쩐지 덴마크와 그린란드가 부모 자식처럼 떼어놓기 힘든 사이라고 믿고 있었고, 심지어 자신이 믿고 싶은 걸 진실이라고 믿는 버릇이 있었다. 그린란드 국기는 아무리 봐도 히노마루*를 만지작거린 결과 완성된 것이라는 생각밖에 들지 않는다. 두 나라 사이에 내가 모르는 깊은 관계가 있는 것일까. Hiruko는 멍하니 그린란드 깃발을 응시하다가 내 시선을 느끼고는 속삭였다.

"그린란드의 태양은 얼음의 대지에서 떠올랐다가 얼음의 대지로 가라앉는다."

그렇게 듣고 보니 정말로 아름다운 디자인이다. 같은 빨강과 하양을 썼어도 내 앞에 있는 덴마크 깃발은 십자가가 그려져 있

---

*   둥근 태양이라는 뜻으로 일본의 국기를 이른다.

어서 종교심이 없는 사람에게는 친숙하기 어렵다. 태양은 석기
시대부터 현대에 이르기까지 국가와 종교에 관계 없이 인간이
관심을 가져온 항성이며, 실제로 태양이 없다면 애초에 우리는
존재하지 않는다. 그런 태양이 얼음의 대지에서 떠올랐다가 얼
음의 대지로 가라앉는 땅에서 살아가고 있음을 주장하는 듯한
그린란드 깃발이 지혜롭고 현대적이라고 생각한다.

나는 나누크가 그린란드 출신이라는 사실마저 질투가 나기
시작했다. 나누크에게는 짜증 나는 면도 있지만, 도무지 당해낼
수가 없다. 그렇다, 나누크는 멀리서 온 것뿐만이 아니다. 자신
과 다른 방향으로 먼 곳에서 온 Hiruko의 언어를 자신의 힘으
로 습득했다. 그에 비해 나는 결국 내 소파 주변을 빙글빙글 돌
고 있을 뿐 아닌가. 그 소파는 열다섯 살 무렵부터 쓰던 걸 이사
할 때마다 가지고 다녀서 대학원생이 된 지금까지 잘 사용하고
있다. 덴마크 제품이고 품질도 좋아서 내가 몇 년 동안이나 매일
같이 뒹구는데 전혀 부서지지 않는다. 소파가 부서졌다면 나도
일어날 수 있었을지도 모르는데, 오래 쓰는 물건의 품질은 신중
히 고려할 필요가 있다.

그때 나는 엄청난 사실을 깨달았다. Hiruko와 Susanoo 앞에
는 깃발에 세워져 있지 않았다. 본인들은 그 사실을 눈치채지 못
했는지, 아니면 알고는 있지만 굳이 신경 쓰지 않으려는 것인지

다른 사람들의 깃발을 바라보며 몽상에 잠겨 있었다.

제복을 입은 웨이터가 방으로 들어오자마자 순식간에 보드카가 담긴 유리잔을 전원에게 나누어주었다. 거절할 여유 따위는 없었다.

"자, 여러분. 건배합시다."

아까 그 단체의 대표자처럼 보이는 남자가 유리잔을 높이 들고, "나즈다로비에"라고 외치며 건배했다. 이건 분명 러시아어다. 독일어는 고등학교 시절 수업이 있었기에 잘하지는 못해도 알아들을 수는 있다. 하지만 러시아어라면 냉전 시대가 배경인 스파이 영화에서 들은 말밖에 생각나지 않는다. "건배!", "가자!", "좋아!"밖에 모른다. 목이 타드는 투명한 액체를 한 모금 마시고 일행을 둘러보았다. 아카슈와 Hiruko는 유리잔 끝을 핥기만 했다. 나누크와 노라는 꿀꺽 마시고 얼굴을 찡그렸다.

대표자 분위기의 남자가 독일어로 말했다.

"초크 절벽 섬에 잘 오셨습니다. 항해자 대부분은 지중해에서 수에즈운하를 지나 동쪽으로 나아가는 이슬람 근본주의적 항로를 선택합니다. 여러분이 그런 항해를 일부러 피한 건 주목할 만한 가치가 있는 선택이라고 믿습니다. 우리는 원유(原油) 중심의 세계 정치에 의문을 가진 사람들입니다. 또한 대서양으로 나가 아프리카 서해안을 따라 나아가서 케이프타운의 희망봉을 돌고 동쪽으로 향하는 항로도, 아프리카를 고래처럼 거대한 그물로 낚아서 기름진 이익을 착취하려는 신제국주의적 항로입니다. 그러나 여러분은 일부러 막다른 골목이라고 불리는 발트해로 들어왔습니다. 이것이야말로 미래를 잇는 항로입니다. 이 현명한 선택에 건배합시다."

남자가 그렇게 말을 마쳤을 때, 웨이터는 이미 두 번째 유리잔을 족제비처럼 빠르게 나른 뒤였다. 대표자가 "나즈다로비에"라고 외치며 다시 잔을 치켜들었고, 힘없는 목소리들이 뒤를 이었다. 나는 딱히 그럴 필요도 없었는데 보드카 두 잔을 다 비웠고, 취해서 기분이 좋아지기는커녕 불안해서 심장박동이 빨라졌으며, 이런 짓을 하고 있어서는 안 된다는 생각이 들기 시작했다. 우리는 발트해로 들어가려 하고 있다. 이 불합리한 항해는 정말로 우리 자신이 자유의지로 선택한 것일까.

다 같이 항로를 결정할 때의 기억은 이미 비바람 속에서 바래진 간판처럼 읽을 수 없게 되었다. 작은 로봇이 나타나 배의 승선권을 우리에게 건네준 기억도 어렴풋이 나는데, 이건 오래전 본 어린이용 애니메이션의 한 장면이리라. 인도 쪽으로 향하는 걸 아카슈가 기뻐한 기억도 있지만, 정말로 그랬나, 이건 나중에 본인에게 확인해보자. 아무튼 수에즈운하를 지나거나 희망봉을 돌 예정이 아니었던가. 그랬는데 어느 틈엔가 전혀 다른 항로를 따르게 되었다. 중동 혹은 아프리카에서 커다란 정치 변화가 일어나, 최초의 계획이 실현 불가능해진 것인지도 모른다. 만약 그렇다면, 어째서 나는 그걸 기억하지 못하는 것일까. 선내 응접실 비슷한 공간에서 벽걸이 대형 스크린으로 그날의 신문을 읽을 수 있게 해둔 걸 지나가다가 흘끗 보았다. 수에즈운하를 지나가지 못하는 이유, 희망봉에 다가가지 못하는 이유가 혹시 있다면 신문이 단서를 제공해줄 것이다. 나중에 확인하자.

그야말로 스파이 영화처럼 있을 수 없는 일이지만 코펜하겐 항에서 누가 클로로폼이라도 써서 날 마취시킨 채 배에 태운 건 아닌가, 아니면 모조리 전염병에 걸려 고열로 정신을 잃은 사이 마인드 컨트롤을 당한 것은 아닌가 하는 의혹이 들 정도로 선박 여행의 출발점은 수수께끼에 싸여 있다.

배의 흔들림에 신체가 익숙해져도 육지에 있는 방바닥과 벽이 천천히 흔들리고 있는 것만 같아 위장이 줄곧 편치 않았다. 밥을 먹으면 지구의 인력이 다시 나를 끌어당겨줄 거라는 생각이 들었다.

전채 요리로는 프랑스 빵과 캐비아가 나왔다. 반달 모양으로 잘라놓은 노란 레몬들이 상큼하게 반짝였다. 나누크와 아카슈는 검게 빛나는 물고기 알에 정성스럽게 레몬을 뿌리고 있다. 노라는 자기 손으로 쓰러뜨린 독일 국기를 걱정스러운 눈길로 바라보다가, 때때로 그린란드 깃발과 나누크의 얼굴을 훔쳐보았다. 만약 나누크와 결혼해서 덴마크 국적을 얻는다면 독일 국기를 보며 느끼는 모순된 감정에서 해방될 것이다. 그런 생각을 하는 중인지 노라는 온통 다른 데 신경이 팔려서, 숟가락으로 뜬 캐비아가 블랙베리였다 해도 알아채지 못했을 것이다.

Hiruko는 멍하니 레몬을 응시하고 있었다. 가만히 레몬을 바라보는 사람은 어쩐지 슬퍼 보인다. 이것이 오렌지였다면 인상이 완전히 달랐을 것이다.

Susanoo만은 자세를 수그리는 일 없이 당당히 가슴을 펴고 캐비아를 무시한 채 테이블에 앉은 사람들의 얼굴을 자신 있는 표정으로 하나하나 확인하며 선언했다.

"아무래도 한 가지 오해가 있는 모양이군요. 안타깝게도 우리는 돈을 내고 다른 나라 문화를 공부하는 계급에는 속하지 않습니다. 우리는 사라진 나라를 찾고 있는 버려진 아이들입니다."

나도 이 발언에 놀라긴 했지만, 식사에 초대해준 사람들의 얼굴에는 갑자기 불어닥친 바람에 휘날리는 깃발과 같은 동요가 드러났다. 대표자는 입을 쩍 벌린 채 대답하지 못했는데, 이제껏 침묵하고 있던 여우상을 한 미인이,

"사라진 나라라니, 도대체 어디를 말하는 건가요?"

하고 싸늘하게 유혹하듯 물었다.

"당신은 모르는 나라다."

Susanoo는 불쾌하다는 듯 나직이 대답했다. 그러자 여우 여자가 적개심 가득한 눈으로 노려보며 경멸 어린 투로 말했다.

"당신은 자기밖에 생각하지 않는 모양이군요. 자신이 어린 시절 살던 나라로 돌아가고 싶나 봐요. 하지만 아이였던 때로 돌아갈 수는 없잖아요. 당신은 정신적으로 부모에게서 독립하지 못한 거예요."

Susanoo도 지지 않고 조롱하는 표정을 지으며 질문했다.

"당신들이 부모한테서 독립했다면 어째서 보드카를 마시고 캐비아를 먹나?"

나로서는 이해할 수 없었던 그 질문의 의미가 상대에게는 금세 통했는지, 잠자코 있던 넥타이를 맨 남자가 당황하며,

"이 캐비아는 러시아에서 보낸 뇌물이 아닙니다."

하고 얼굴만 봐서는 상상할 수 없는 새된 목소리로 말했다.

"그렇다면 묻겠는데 문화 교류라는 건 뭘 말하나?"

"술과 음식의 문화, 인사말부터 시작해서 농업정책, 교육 시스템, 건강 대책 등 여러 정보를 교환하는 일입니다."

"이 섬의 것을 말인가? 이 섬에서 캐비아가 나는가?"

"아니요, 저희는 이 섬의 사람이 아닙니다. 실은 당신들을 입구로 초대하기 위해 특별히 조직된 단체입니다. 저희는 섬에 그

리 관심이 없습니다. 섬 같은 건 잊고, 저 너머에 있는 발트해 전체, 더 나아가 그 배후에 있는 커다란 세계를 알리고 싶은 겁니다."

넥타이를 맨 남자가 그렇게 말하며 Hiruko의 바로 눈앞에 있는 책상을 주먹으로 가볍게 퉁 하고 쳤고, Hiruko는 움찔하며 자다가 깬 사람처럼 눈을 깜박거리면서,

"잠깐 졸다가 섬의 꿈을 꿨어. 나는 일찍이 내가 살던 섬을 잊지 않았어. 하지만 찾지도 않아. 원래대로 돌아갈 계획은 없어. 그 섬이 어떻게 되었는지 알고 싶을 뿐."

하고 말했는데 판스카를 썼기에 상대방에게는 전해지지 않은 듯했다. 내가 영어로 통역하려 하자 대표자가 빈정거리는 투로 가로막았다.

"우리 교육 시스템에는 영어 수업이 없어서 말이야."

나는 하는 수 없이 Hiruko가 한 말을 부족한 독일어로 통역했다. 고등학생 땐 독일어 수업을 수면 시간으로 생각했기에, 나의 문법은 괴상하고 발음은 제멋대로였으며 명사의 성별 따위는 늘 무시해왔다. 그래서 이 순간에도 독일어의 '섬'이 남성명사인지 여성명사인지 떠오르지 않았다. 그보다 애초에 배운 기억조차 없었다. 다만 울림이 비슷한 '붓(빈젤)'이 남성명사여서 '섬(인젤)'도 남성명사 취급했다. 그러자 여우 여자가 얄밉게 매

니큐어 바른 손톱 끝을 입술에 대며,

"호호호, 당신한테 섬은 남성이로군요."

하고 쓸데없이 끼어들었다. 보통의 인간은 대화 도중에 상대방이 쓰는 관사가 틀렸다는 걸 크게 신경 쓰지 않는다. 틀렸다는 걸 알아차리더라도 의식의 저편에 흘러가는 안개와 같은 것이라 굳이 그걸 입에 담는 사람은 별로 없다. 이 여자는 상대방 언어의 특색에서 스파이를 찾아내는 비밀 조사관이라도 되나. 나는 내가 게으르다는 지적을 받더라도 화가 나지 않지만, 관사 같은 문법의 세세한 부분이 틀렸다는 걸 지적받으면 피가 거꾸로 솟을 정도로 화가 난다. 이것은 되도록 온화한 인간으로 살아가고 싶어 꼭꼭 숨겨둔 내 은밀한 약점이기도 하다. 약점을 간파당했을 때는 웃음으로 얼버무리는 게 제일이기에 농담이라는 천을 둘러 진실을 토로했다.

"하하하, 붓이 남성이라 섬도 남성인 줄 알았습니다."

여우 여자는 대단히 진지한 얼굴로 딱 잘라 말했다.

"붓은 팔루스입니다. 하지만 섬은 버자이너입니다."

그러자 대표자 남자는 당황한 얼굴로 여우 여자를 감싸듯 말했다.

"죄송합니다. 저희 사회에서는 현재 젠더론이 크게 떠올라 일상생활에서 아무도 신경 쓰지 않는 세세한 일도 큰 논쟁으로 번지는 경우가 있습니다. 하지만 세세한 부분부터 바꾸지 않으면 사회는 변하지 않으니까요."

Susanoo가 갑자기 또 스위치 켜진 사람처럼 흥분한 목소리로 말했다.

"당신들은 자기네 사회가 상당히 진보했다고 착각하고 있어. 그러니 자기들 문화를 우리에게 가르치기 위해 문화를 교류하자는 거지. 계몽 사업을 벌일 생각인가 본데, 나는 그저 초크 절벽을 보고 싶을 뿐이다."

상대측이 놀란 얼굴을 하자 노라가 중재하듯 Susanoo에게 설명했다.

"Susanoo, 그건 아닐 거야. 이분들이 문화를 소개해주시는 데에 나는 감사하고 있어. 한 나라 안에도 여러 문화가 있잖아. 그걸 알 수 있다는 건 기쁜 일이지. 관광명소를 일방적으로 소비하기만 하는 여행은 지루해."

노라의 말을 듣고 정의감이 솟구친 아카슈가,

"맞아, 섬의 문화에 대해 더 알고 싶어. 이 섬에 오는 건 처음이니까."

하고 동의했다. Susanoo가 불만스럽게,

"하지만 이 섬에 대해 아는 게 우리 여행에 무슨 도움이 되지? 그저 딴 길로 새는 거잖나."

하고 말했기에 나는 여기서 머리를 짜내 모두를 위해 도움이
될 말을 꺼내자고 결심했다.

"Susanoo, 그건 아니야. 이 섬의 사람들은 동쪽이라는 개념
에 대해 독특한 지식을 갖고 있어. 그걸 배우는 것만으로도 동쪽
으로 향하는 우리의 돛에 꼭 필요한 바람이 되어줄 거야."

"하지만 다음 정박지를 보면 아시겠지만, 거기 있는 사람들
대부분은 서쪽으로 향하는 게 아닐까요."

이제껏 말없이 등을 말고 바닥을 보고 있던 남자가 갑자기 몸
을 일으키며 신기한 국기 손수건을 주머니에서 꺼내 땀을 닦으
면서 말했다. 그 국기는 가로 삼등분으로 나누어져서 위가 푸른
하늘, 아래가 푸른 바다였고, 가운데 흰 부분에는 눈과 코와 입
이 달린 태양이 뜬 매우 신비로운 디자인이었다.

3장

아카슈는 말한다

국기가 특이하네. 하지만 어디선가 본 적이 있다. 3분의 1씩 가로로 띠가 나누어져 있고 맨 위가 하늘색, 맨 아래가 바다색, 가운데 흰 부분에는 태양이 떴다. 태양에는 눈, 코, 입이 달려 있는데, 그 표정에는 인간이 이해할 수 없는 신비로운 구석이 있다. 어느 나라 국기더라? 우리 인도 국기와 약간 공통점이 있어서 어렴풋이 기억에 남아 있다. 인도 국기는 맨 위가 사프란색, 맨 아래가 초록색, 가운데 흰 부분에 역시 둥근 물체가 떠 있다. 어릴 때 나는 이 둥근 물체가 뭘까 궁금했다. 얼굴은 아니다. 태양도 아니다.

남자는 특이한 국기로 얼굴에 흐르는 땀을 닦고는, 허공에 국기를 팔락팔락 흔들어 주름을 쫙 펼치더니 사람들에게 보여주며 말했다.

"여러분, 이것은 아르헨티나 국기입니다. 저는 폴란드의 어느 마을에서 태어나 바르샤바 대학에서 법학을 공부했습니다. 그 뒤 대서양을 건너 남미로 가는 여객선을 탔습니다만, 그곳에 도착하자마자 전쟁이 발발해서 폴란드로 돌아갈 수 없게 되었습니다. 전쟁을 피해 배를 탄 건 아니고 그저 멀리 떠나고 싶었습니다."

남자는 영화에 나올 법한 귀족 같은 인상이었다. 중심으로 몰린 내성적인 눈매, 가늘고 곧게 뻗은 코, 방심한 듯 살짝 열린 얇은 입술, 파르스름한 뺨. 그가 상대측 단체 내에서 어떤 역할을 담당하는지는 확실하지 않다.

애초에 이 단체는 너무 불투명하다. 자신이 대표자라는 태도로 발언하는 남자가 정말 대표자인지, 여우상을 한 여자는 종종 큰 목소리로 웃으며 모두의 혼을 빼기 위해 고용된 것인지, 튀지 않는 남자는 튀지 않는다는 특성을 살려서 동석하고 있는 것인지 아무것도 알 수 없다. 어디서 긁어모은 어중이떠중이라는 생각밖에 들지 않는 단체이지만, 자신들이 서민을 대표한다는 자세만큼은 비슷했고, 귀족풍의 인상을 지닌 남자만이 그런 점에서 붕 떠 보였다. 주위 사람을 하찮게 보지는 않는 듯했으나, 자신이 이질적이기에 아무도 이해하지 못할 거라고 단념한 채 타

72

인을 신경 쓰는 일을 포기하고 멋대로 행동하는 면이 있었다.

"태어난 나라에 머물러 사는 건 훌륭한 일입니다. 그러나 그렇지 않은 인간이 어느 나라에나 몇 퍼센트는 있지요. 그 비중이 큰 나라가 있고 작은 나라가 있습니다. 예를 들어 아르메니아는 그 비중이 큽니다."

아르메니아 이야기가 나오면 뭔가 불편해지기라도 하는지 대표자 분위기를 풍기는 남자가 서둘러,

"여기서 국제 문화 교류 점심 식사를 마칩니다."

하고 갑자기 선언했고, 의자를 뒤로 밀며 끼익하는 큰 소리와 함께 일어섰다.

거북한 모임이 마침표를 찍은 건 안심이었지만, 신기한 남자의 이야기를 더 듣고 싶었기에 이대로 헤어지는 건 아쉬웠다. 남자는 빈손으로 가볍게 식당을 나갔다. 나는 서둘러 그 등 뒤를 따라갔다. 건물 문을 밀던 남자가 뒤돌아본 순간,

"죄송합니다, 잠시만 기다려주세요. 저는 아카슈라고 합니다."

하고 상대방 이름을 몰랐기에 내 이름을 먼저 말했다. 남자는 내가 어떤 인간인지 읽어내기라도 하려는 듯이 갈색 눈동자를 재빨리 상하좌우로 움직이며,

"비톨트입니다."

하고 자기소개했다. 그가 내민 손은 손가락이 길고 흰 손등에는 혈관이 드러났다. 나는 그 손을 잡으며 대리석처럼 차갑다고 느꼈다.

"아까 하신 이야기를 더 듣고 싶은데 시간이 없어서 아쉽습니다."

"배에 타면 지루할 정도로 시간이 많을 겁니다."

"당신도 배에 탑니까?"

내가 기쁨을 감출 수 없어서 흥분한 목소리로 말하자, 비톨트는 주위를 둘러보며 의미심장하게 고개를 끄덕였다.

"그렇습니다. 저 단체 사람들에게는 이야기하지 않았지만, 당신들이 탄 배에 저도 같이 타려고 티켓을 끊어두었습니다."

"짐은요?"

비톨트는 입술을 뾰족하게 내밀고 웃으며 재킷 단추를 풀어서 열어 보였다. 안주머니 여섯 개에 여권과 칫솔과 수첩이 꽂혀 있었다. 마른 체격의 비톨트가 헐렁하게 큰 재킷을 입은 이유가 이로써 밝혀졌다.

"짐은 그것뿐입니까."

"망명의 비결은 되도록 짐을 갖지 않는 겁니다."

그때 크누트가 쫓아와 숨을 헐떡거리며 물었다.

"어, 망명이요?"

마치 "당일치기 하이킹입니까, 아니면 호텔에서 일박 묵습니까" 하고 묻는 듯한 크누트의 가벼운 말투 탓에 비톨트가 기분이 상하지 않았을까 걱정되어 얼굴을 들여다보니, 그런 건 전혀 신경 쓰지 않는 듯 오히려 즐거이 대답했다.

"오늘부터 일주일 일정으로 제가 나고 자란 나라에 망명합니다."

아, 그렇구나. 비톨트는 다음 정박지인 폴란드의 항구까지 가는구나. 그 항구의 이름은 발음하기가 무척 어려웠다는 것밖에 기억나지 않는다. 그러고 보니 폴란드에서 정박하는 건 두 번 아니었나. 만약 그렇다면 어느 항구일까. 아무튼 망명이라는 말에 필요 이상으로 심각해지는 나보다도, 농담을 섞어 대화에 끼어든 크누트 쪽이 훨씬 더 정확하게 상황을 파악하고 있었던 거다.

나는 '망명'이라는 단어를 들으면 늘 긴장한다. 어느 날 갑자기 편안한 집을 떠나 가방 하나 들고 먼 나라로 이주해야 하는 꿈을 몇 번이나 꾼 적이 있다. 나 자신은 그런 체험을 해본 적이 없는데 왜 그런 꿈을 꾸는지 늘 이상했다.

누구나 반복해서 꾸는 악몽이 있다고 한다. 어째서 그런 꿈을 꾸는지 원인을 알게 된 날부터는 더 이상 그 꿈을 꾸지 않게 된다. 나의 악몽은 소년 시절을 보냈던 집 거실에서 시작한다. 부엌 식탁에서 나는 간디의 전기를 읽고 있다. 그건 삼촌의 책장

위쪽에 꽂혀 있던 책이고 어릴 때는 건드려본 적도 없다. 식구들은 집에 없고 집 안 분위기는 싸늘했다. 무언가가 푸덕푸덕 격렬하게 부딪히는 소리가 들려서 눈을 드니 수십 마리의 꿀벌이 유리창으로 달려들고 있다. 충돌해 정신을 잃고 떨어지는 녀석이 있는가 하면 곡선을 그리며 되돌아와 다시 자세를 갖추는 녀석도 있다. 검은 덩어리로 뭉친 벌의 무리는 눈썹을 치켜올린 성난 표정의 인간 얼굴을 만들어낸다. 벌들은 머리끝까지 화가 났다. 벌의 표정을 인간이 해독하기는 어렵다. 크기가 작고 로봇 같은 이목구비라 코 옆에 주름지는 일도 없다. 그러니 떼를 지어 날면서 화가 난 인간 얼굴을 만들어 보인다. 소름이 끼칠 만큼 훌륭한 발상이다.

문득 돌아보니 식탁 위에 벌꿀을 넣은 우유가 놓여 있다. 그걸 마시고 있는 건 나다. 꿀벌들은 자기들이 열심히 모은 꿀을 훔쳐 먹는 인간에게 화가 나는 게 당연하리라. 벌꿀은 꿀벌의 식량이니 인간이 먹어서는 안 된다고 주장하는 종파가 있다. 예를 들어 나의 친한 친구도 그 일파였는데, 나는 웃으며 그에게 말했다. 벌은 인간에게 조금 빼앗기더라도 자손을 번식시킬 만큼 충분한 양의 꿀을 항상 모으잖아. 그러나 꿀벌에게는 그렇게 설명해도 의미가 없다.

나는 컵을 가득 채운 우유의 하얀빛을 노려보며 저 속에 벌꿀이 들어 있다는 걸 어떻게 꿀벌에게 들켰는지 신기하게 생각했다. 흰색은 모든 걸 순수 속에 숨길 수 있는 색이라고 안심하고 있었는데 꿀벌은 흰색 너머에 있는 걸 꿰뚫어 볼 수 있었다. 조만간 벌떼가 창문 옆 환기구를 찾아내 실내로 몰려들리라. 얼굴을 쏘이는 건 공포다. 목덜미 부근 얇은 피부를 쏘여도 아플 것이다. 손가락이나 손바닥도 쏘이고 싶지 않다.

그렇게 생각하는 사이에 꿀벌이 창문에 푸덕푸덕 부딪히는 소리도 잠잠해지고, 이번에는 문을 힘껏 때리는 소리가 들렸다. 노크가 아니다. 몸집이 큰 동물이 문을 부수고 안으로 들어오려 하는 것이다. 젖소가 틀림없다. 원래는 송아지가 마셔야 하는 우유를 내가 빼앗아 마시고 있기에 어미 소가 분노하여 나를 덮치려는 거다. 더는 이 집에 살 수 없다. 이 집에 있는 한 벌꿀 넣은 우유를 마시는 가족의 일원이라는 사실을 들키고 만다.

이 마을에는 다양한 종파에 속하는 가족이 공존하는데, 각자 집을 지은 양식을 보면 알 수 있다. 삼촌 말에 따르면 처음에는 단순히 외벽 색깔로만 구분되었다. 채식주의자의 집은 사프란색, 돼지고기는 안 먹어도 양고기는 먹는 집은 녹색이었다. 그 사이사이에는 마치 양쪽 대립을 완화하듯 외벽을 새하얗게 칠한 집이 있었다고 한다. 흰색은 순수함도 무조건항복도 아닌, 화해를 의미했다고 한다.

그러나 내가 마을을 혼자 걸어 다니게 되었을 무렵에는 사회가 복잡하게 변해서, 생선은 먹어도 육류는 안 먹는 가족의 집은 지붕 기와가 물고기 비늘 모양을 하고 있었다. 소고기를 먹는 가족이 사는 집은 설익은 스테이크 같은 색의 벽돌로 지어졌다. 우리 집은 창틀이 노랑과 검정의 줄무늬를 이루고 있었다. 그건 고기나 생선은 안 먹어도 벌꿀과 우유는 섭취한다는 의미다. 힌두교 사원과 이슬람 모스크도 외양상 금세 구분되니 개개인 집도 그렇게 한다고 해서 이상할 건 없는데, 평화로울 때는 편리해 보이는 이 구분도 한번 내전이 일어나면 엄청난 문제로 번져서 힘들게 지은 집에 계속 살 수 없게 된다.

여기서 악몽은 더 속도가 붙어, 이번에는 내가 시간에 쫓긴다. 집 안 서랍을 잇달아 열고, 팔찌나 목걸이를 덥석 움켜쥐어 봉지에 넣는다. 벽에 걸려 있는 유화 속 돛단배는 너무 커서 들고 갈 수가 없다. 소중한 그림이었기에 슬픔으로 가슴이 꽉 차오르는 걸 억누르며, 서랍이나 찬장도 두고 갈 수밖에 없겠다고 생각한다. 나는 앞으로 몇 년 동안 서랍에 넣을 만큼 의류를 가질 수도 없고 식기를 사용하여 식사할 수도 없겠다고 생각한다. 전부 다 이 집에 두고 갈 수밖에 없다. 신체 일부가 된 물건을 몸에서 하나하나 떼어내 가방 하나 들고 먼 땅으로 옮겨 가 살면서, 두 번 다시 이 집에 돌아오지 못하겠지. 그렇게 생각한 순간 잠에서 깼다.

딱히 큰 고생 없이 자라온 내가 그런 꿈을 꾸는 것은 인도 역사의 상처가 아직 다 아물지 않은 탓일까. 딱지는 이미 딱딱하게 굳었지만 그걸 톡 떼면 그 밑에는 피가 맺힌 분홍빛 살이 드러날지 모른다.

나와 달리 덴마크에서 자란 크누트는 조부모 세대 때부터 이미 내전이나 기아를 체험한 적이 없는 게 분명하다. 망명이나 난민도 외국인의 운명이며 자기들은 언제나 도망쳐 오는 사람들을 받아들이는 쪽이었으리라. 그래서 크누트가 타인의 운명에 무관심한가 하면 그렇지도 않다. 소파에서 뒹굴뒹굴하며 텔레비전이나 보고 있는 게 편할 텐데 Hiruko를 가엾게 여겨 난관이 많은 여행에 마지막까지 함께하려는 듯하다. 그렇게 두서없이 이런저런 생각을 하고 있는데 비톨트가 내 어깨를 가볍게 두드리며 말했다.

"나중에 갑판에서 만납시다."

그러더니 배의 트랩을 뛰듯이 올라가 선박 안으로 사라졌다.

바지선에서 올려다보니 검게 칠한 선체에는 압도적인 양감이 있었다. 고래를 본 적이 없는 내가 꼭 고래 같다는 비유를 하는 게 설득력이 없을지도 모르지만, 달리 비교할 대상이 떠오르지 않는다. 뱃머리에서 배의 밑바닥으로 이어지는 곡선은 내가 살고 있는 트리어 마을에서는 볼 수 없는 특수한 것이었는데, 그건 트리어가 발생한 고대 로마 시대에서 현대에 이르기까지 육지 생활에서는 이와 같은 곡선이 필요치 않았기 때문이 아닐까. 돌고래의 등지느러미나 고래의 꼬리지느러미도 물살에 밀리며 물을 차고 나가는 독특한 곡선을 그리고 있다. 건축가의 이름은 '해양'이라고 해야 할까.

고개를 든 채 걸어나가다가 균형을 잃고 비틀거리며 쓰러진다 싶었을 때, 뒤에서 강한 팔이 날 잡아주었다. 크누트의 냄새다. 남성용 향수에 종종 사용되는 중후하고 건조한 동물성 냄새. 나의 체내에서 정체를 알 수 없는 불길이 날름거리며 타올랐다.

"조심해. 여기는 미끄러워."

그렇게 말하는 크누트의 얼굴을 볼 용기가 없었다. 파도에 젖은 바지선은 청동색을 띠고 있었다.

"넌 어째서 Hiruko의 여행에 동행하게 되었어?"

몸을 바로 하며 어색함을 감추기 위해 나는 문득 그렇게 물었다. 작심하고 크누트의 얼굴을 보는데 그리 놀란 기색도 없이,

"그야 언어학적인 관심에서지."

하고 산뜻하게 말하더니 그 대답이 자기가 생각해도 우스웠는지,

"그저 내 삶이 지루해서 타인의 모험에 편승한 건지도 몰라."

하고 말하며 느긋한 미소를 지었다. 그러는 너야말로 왜 동행

80

했느냐는 질문을 받는 게 두려웠던 나는,

"선실에서 상의를 가져올게. 갑자기 추워졌네. 그럼 이따 갑판에서 보자."

라는 말을 남기고 빠른 걸음으로 혼자 배의 트랩을 올랐다. 내게는 크누트에게만큼은 알리기 싫은 것이 있다. 그것에 대해서는 누구와도 말할 수 없고, 누구도 눈치채지 못했을 거라고 본다. 만약 알아차린 인간이 있다면 Susanoo일 것이다. 언젠가 Susanoo의 가차 없는 혀를 통해 내 마음속 본심이 터져 나오는 날이 올 거라 상상하면 소름이 끼친다. 옷을 입는 건 잘하지만 벗는 게 어려운 나에게도 언젠가 알몸이 되는 날이 올까.

선실 침대 위에 벗어둔 청록색 블루종을 붉은 사리 위에 걸쳤다. 여장하는 나도 블루종은 중성적인 색과 디자인이 좋다.

바닥을 보자 얇은 가죽으로 만든 여성용 샌들이 침대 옆에 쓸쓸한 듯 아무렇게나 벗겨져 있었다. 맨발에 이 샌들을 신는 게 사리에는 더 어울리겠지만 장시간 갑판에 서 있으면 발이 시릴 테니 딸기색 양말과 스니커즈로 발을 보호한다.

스니커즈를 산 건 작년이다. 캘리포니아에 있는 대학의 일상을 찍은 다큐멘터리를 보는데 사리를 입고 조깅화를 신은 멋진 인도인 여성이 인터뷰에 답하고 있었다. 대학에서 영문학을 가르치고 있다는데, 매일 아침 자기 차로 운전해서 초원으로 나가

차를 세워둔 후 부드러운 흙이 깔린 오솔길을 따라 숲을 향해 천천히 달린다. 사리 차림에 조깅화를 신고 달리는 모습이 그럴듯했다. 그렇구나, 저런 패션도 있구나. 나는 묘하게 감탄했다.

Hiruko의 나라 여성들도 기모노 차림에 조깅화를 신고 달릴까. 기모노는 텔레비전에서 방송하는 오래된 영화 속에서 본 적이 있는데, 사리와 달리 너무 화려하고 고급스러웠고, Hiruko와 어울릴 법한 디자인은 없었던 듯하다. 유일하게 이건 Hiruko에게 입혀도 어울릴 거다 싶었던 건 아시아 마트에서 팔던 Yukata*라는 브랜드 상품이었는데, 국화와 모란 무늬가 들어간 디자인이었고 같은 꽃 모양이라도 짙은 남색과 백색만으로 이루어져서 차분해 보였다. 조깅화와도 잘 어울리겠지.

갑판으로 나가자 아직 출항 전인데도 스니커즈를 통해 배의 진동이 느껴졌다. 당연한 일이지만 배의 밑은 지면이 아니라 헤아릴 수 없이 방대한 바다다.

구명튜브의 오렌지색이 눈에 들어오자, 나도 모르게 그쪽으로 발길이 갔다. 튜브 너머에 구명보트가 있었다. 그대로 바다로 띄우면 당장 노 저어 나갈 수 있을 것처럼 수평으로 매달려 있

---

* 유카타는 일상적으로 입는 용도의 일본 전통 의상이자 기모노의 일종이다. 아카슈는 이를 브랜드 이름으로 착각한 듯하다.

다. 줄에 걸려 있는 것이 아니라, 금속 파이프로 앞뒤 위아래가 고정되어 있었다.

구명보트는 다 해서 몇 척이 있을까. 승객 전원이 탈 수 있으려나. 이 배에는 몇 사람이 타고 있을까. 선내 식당에는 테이블이 여섯 개 있었고, 각각 여섯 명씩 승객이 앉아 있었으니, 전부 서른여섯 명쯤 되리라. 물론 식당은 그곳 말고도 몇 군데 더 있고, 거기서 식사하는 사람들도 있을지 모른다. 우편선이기에 호화 크루즈처럼 몇백 명이나 승객을 태우지는 않지만, 승무원까지 합치면 그래도 상당한 인원일 것이다. 구명보트가 배 앞머리, 중앙, 꼬리의 양측에 구비되어 있다면 다 해서 여섯 척이라는 말이 된다. 한 대에 열 명은 탈 수 있을까.

그런 생각을 하며 구명보트의 크기를 눈으로 가늠하고 있는데, 어느 틈엔가 비톨트가 비스듬히 뒤로 다가와,

"당신은 구명보트에서 가장 가까운 곳에 서 있길 좋아하는 타입이군요."

하고 의외의 소리를 했다. 나는 아직 누구에게도 말하지 않은 속마음을 들킨 것만 같아서 가슴이 철렁했다. 확실히 나는 배에 타면 반드시 구명튜브의 오렌지색을 찾아 그쪽에 서 있는 버릇이 있다. 구명튜브를 몸에 끼운 채 혼자 남아 바다에 둥둥 떠 있는 상상까지 해본 적 있다.

"수영을 못해서요. 인도 학교에서는 수영을 배우지 않았습니다."

그렇게 변명한 뒤 인도 전체에 오명을 씌우고 싶지 않아서,

"하지만 요즘은 인도도 올림픽 수영경기에서 메달을 따는 선수가 나오고 있죠."

하고 덧붙였다. 이런 곳에서 애국심의 잔영 비슷한 게 드러나는 게 우스웠다. 비톨트는 재미있는 말 상대를 찾았다고 생각했는지,

"올림픽 말입니까. 늘 생각하는 것인데, 어느 마을 출신 선수가 메달을 딴 뒤에 그 마을이 다른 나라에 속하게 되면 메달은 어떻게 될까요."

하고 의외의 주제를 던졌다.

"나라가 없어진다고 해도 메달은 선수 개인의 손에 남지 않을까요. 메달은 나라가 아니라, 개인이나 팀이 받는 거니까요."

"그렇다면 어째서 시상식 때 국기를 게양하고 국가(國歌)를 연주할까요."

"조금 이상하기는 하네요."

"제가 태어난 마을은 당시 폴란드가 아닌 러시아의 영토였습니다. 폴란드로서는 국가가 사라지는 사건이 그리 드문 일은 아닙니다. 그러니 나라보다 마을이 더 믿을 만해요. 마을은 돌

과 벽돌로 이루어져 있으니 그리 간단히 소멸하지 않지요. 국가는 서류상 약속에 불과해서, 다시 말해 종이로 이루어져 있는 겁니다."

그때 크누트가 다가와 이야기의 꼬리를 잡고 되물었다.

"뭐가 종이로 이루어져 있어?"

"나라. 우리는 Hiruko가 나고 자란 나라가 소멸했을지도 모른다고 허둥대고 있는데, 비톨트에 따르면 나라가 사라지는 건 자주 있는 일이래. 폴란드도 없어진 적이 있다네. 설령 나라가 사라졌다고 해도 마을은 사라지지 않는다는 거야. 나라는 종이로 이루어져 있지만, 마을은 돌과 벽돌로 이루어져 있으니까."

크누트가 잠시 생각하더니,

"돌과 벽돌이라. 하지만 Hiruko가 나고 자란 마을은 종이로 이루어져 있을지도 몰라."

하고 신기한 말을 꺼냈다.

"어째서 그렇게 생각해?"

"어릴 때 만국박람회에서 봤거든. 박람회에 참가한 나라들이 각기 미래를 이미지화해 파빌리온을 만들었어. 싱가포르는 빛으로 만든 고층 빌딩을, 아이슬란드는 얼음으로 만든 화산을 지었지. 네덜란드의 파빌리온은 백 대의 자동차 위에 실린 유령선이었고, Hiruko의 나라에서 건축한 파빌리온은 거대한 거북 등

껍질 모양이었는데, 벽과 지붕, 바닥은 물론 창문까지 재생지로 만들어져 있었어. 천장은 꽤 높았지만 그래도 나무로 만든 기둥 조차 없었고 벽돌이나 콘크리트나 금속도 사용하지 않았지. 전부 재생지로 이루어져 있었어. 더욱 놀라운 건 그 파빌리온 속에 종이로 만든 자동차가 전시되어 있었다는 거야. 차체나 타이어도 전부 종이였어."

비톨트가 빙긋이 웃으며 끼어들었다.

"동독의 자동차도 차체가 종이 상자로 이루어져 있었다는 소문을 들은 적이 있지요."

크누트는 정색하고 반론했다.

"그거와는 다릅니다. 철이 부족해서 종이를 쓴 게 아니에요. 비용을 절약하기 위해서도 아니고. 고도의 기술을 사용하면 종이만으로 자동차를 만들 수 있다는 걸 증명한 거죠."

"종이로 만드는 게 어떤 이득이 있을까요?"

"여러 가지가 있죠. 예를 들어 유럽만 해도 매일 얼마나 많은 자가용 차가 처분되는지 아십니까. 납작하게 판으로 만들어도 쌓아놓으면 금세 알프스산맥도 울고 갈 정도로 높아져요. 그래서 자기들끼리는 처분하기 어려우니 폐차를 아프리카에 떠넘깁니다. 아프리카에는 폐차를 해체해서 건져낸 부품만으로 자동차를 조립하는 기술을 가진 사람들이 있습니다. 그건 재생하는 거니까 좋은 일이라고 생각할 겁니다. 하지만 그렇게 만들어진 차는 엄청난 양의 배기가스를 배출하죠. 그 결과, 주민은 병에 걸립니다. 한 번이라도 나이로비 도로에서 숨을 쉬어본 경험이 있는 사람이라면, 제 말이 금방 이해될 겁니다."

"어, 너 나이로비를 여행한 적이 있어?"

나는 마치 크누트의 숨겨진 개인 생활을 발견한 것만 같은 기분에 흠칫하여 엉겁결에 물었다.

"아니, 텔레비전에서 봤을 뿐이야."

부끄러운 듯이 그렇게 대답하는 크누트의 뺨은 해풍을 오래 맞아서인지 벚꽃색으로 물들어 있었다. 여행하기보다는 자기 집 소파에서 뒹구는 걸 좋아하는 크누트의 이미지는 아무래도 수정이 필요 없을 듯하다. 나는 어쩐지 안심이 되었다.

그때 Hiruko가 약간 고개를 숙인 채 계단을 올라왔다. 바람에 나부끼는 나뭇잎처럼 좌우로 팔랑거리는 Hiruko의 가느다란 몸은 그냥 내버려두면 그대로 어디론가 날아가버릴 것만 같았다. 내가 서둘러 Hiruko의 이름을 부르자 그 자리에 서서 이쪽을 보고는 무표정한 얼굴로 다가왔다.

"Hiruko, 너희 집은 종이로 만들어졌었니?"

크누트가 갑작스럽게 질문을 던졌지만, 그 순간 바닷바람이 윙 하고 공중으로 휘날리며 불어왔기에 Hiruko는 크누트의 질문을 듣지 못한 듯했다. 차갑진 않지만 바닷물을 머금고 집요하게 불어오는 바람이 휘날린 Hiruko의 머리칼이 입을 가로막았나 하면 눈까지 전부 감추어, 마치 해풍의 신이 Hiruko의 얼굴을 조금씩 삼키고 있는 듯 보였다. 크누트는 Hiruko의 어깨를 안고 잡아끌며 안심시키는 듯한 상냥한 목소리로 또다시 물었다.

"너의 집은 종이로 만들어졌니?"

Hiruko는 영문을 모르겠다는 표정으로 반문했다.

"오덴세에 있는 집?"

나와 크누트는 동시에 웃음을 터뜨렸다.

"너는 집이라는 말을 들으면 곧장 지금 살고 있는 오덴세의 집을 떠올리는구나. 말하자면 너의 경우, 집이라는 단어는 이미 이사를 끝마친 거네."

"너희들, 집 이야기를 하고 있었어?"

"하나의 나라가 사라지는 일이 가능한가에 대한 이야기였어. 나라는 사라져도 마을은 사라지지 않는다고 비톨트가 말했거든. 나라는 서류상으로밖에 존재하지 않지만, 마을은 건물의 집합체니까, 그 건물 하나하나가 돌과 벽돌로 이루어져 있는 이상 짧은 시간 안에 흔적도 없이 사라지는 일은 불가능해. 그렇다면 네가 나고 자란 마을의 집은 어때. 돌과 벽돌로 이루어져 있니?"

크누트가 그렇게 묻자, Hiruko는 단숨에 고개를 가로저었다.

"Hiruko, 하지만 너는 마을이 사라지는 걸 상상할 수 있어? 예를 들어 집이 불타도 마을 그 자체는 사라지지 않잖아."

내가 그렇게 말하자 Hiruko는 작게 끄덕이며 말했다.

"집이 무너져도 같은 장소에 다들 또 집을 지어. 섬이 좁아서 달리 집을 지을 장소가 없어."

Hiruko의 목소리가 슬프게 들렸기에 나는 기운을 북돋아주기 위해 이렇게 말했다.

"그건 런던도 마찬가지야. 몇 번이나 큰불이 났지만, 주민들이 다 타버린 땅을 그냥 버리고 교외의 다른 터전으로 옮기는 일은 없었어. 그러니 집들이 불탔다고 마을이 사라지는 일은 없을 거야."

Hiruko는 나의 말에 딱히 힘을 얻은 기척도 없이 여전히 슬픈 목소리로 말했다.

"집을 짓는 재료는 종이만이 아니야. 나무나 콘크리트도 있어. 그래도 집은 무너져. 자연은 콘크리트까지 무너뜨리지. 홍수, 쓰나미, 산사태, 화산 폭발. 집이 무너져도 인간은 같은 지역에 집을 지어. 선조의 뼈가 묻혀 있으니까. 선조의 뼈가 고독한 생을 보내길 원치 않으니까. 그렇게 생각하는 사람이 많아. 선조의 뼈를 캐내 상자에 넣고 주민들이 다 같이 마을을 뜨기도 해.

그렇게 되면 마을 자체가 유령이 돼."

"주민들이 다 같이 마을을 떠난다니, 도대체 왜?"

"그곳에 계속 살면 병에 걸려."

비톨트는 그 말을 듣고 진지한 얼굴이 되어 몸을 내밀면서, Hiruko의 눈 깊은 곳을 들여다보며 이런 질문을 했다.

"당신은 고향에 살 수가 없어져서 유럽으로 망명했습니까?"

"아니요. 대학에서 공부하기 위해 왔죠. 하지만 내가 없는 사이에 더는 인간이 살 수 없게 되었는지도 모릅니다."

"그건 내 경우와 조금 비슷하군. 나도 당시 살 수 없어져서 폴란드를 나온 게 아니야. 하지만 폴란드를 떠나 있는 동안 나라에 격변이 일어나서 내가 살 수 없는 곳이 되어버렸지. 이런 건 망명이라고 부르는 게 아닐 거야."

그걸 듣고 나는 흥분해서 거의 외치듯이 말했다.

"그건 마그누스 히르슈펠트와 같은 경우죠. 그 사람은 해외에서 강연하기 위해 배를 타고 여행을 떠났는데, 독일을 떠난 사이에 나치가 권력을 잡았고 독일로 돌아가지 못하게 되었습니다."

비톨트와 크누트와 Hiruko는 내가 계속 말을 이어가길 기다렸다.

"히르슈펠트는 의사였는데 젠더를 과학적으로 연구하는 분야에서 선구자였습니다. 이성의 옷을 입고 싶다는 욕망을 가진 사람들에게 증명서를 써주면서 그들이 체포되지 않도록 도왔죠. 당시 여장하고 베를린 거리를 걷는 남성은 경찰에게 체포되었지만, 그 증명서를 갖고 있으면 괜찮았습니다."

"그 증명서에 뭐라고 쓰여 있었는데?"

"이 사람은 여장하지 않으면 병에 걸린다, 같은 내용이 쓰여 있었다고 해. 여장하고 싶은 기분이 성욕과 비슷할 정도로 가슴 깊은 곳에 존재하고 있어서 그 욕망을 억압하면 병에 걸린다. 그러니 억압해서는 안 된다. 그런 내용이었을 거야."

"말하자면 건강을 위한 여장?"

Hiruko가 재미있다는 듯이 물었다. 그늘진 얼굴이 조금 밝아진 듯 보였다.

"뭐, 그런 거겠지. 하지만 나치에게는 안 통했어."

"어째서? 나치는 건강을 중시했는데."

Hiruko의 질문에 나는 풋 하고 웃음을 터뜨렸는데 Hiruko의 얼굴에 아이러니의 그림자는 보이지 않았다.

"건강이라는 말에는 여러 가지 뜻이 있어. 아마도 나치는 남자 전원을 정자 생산 기계, 여자 전원을 임신 기계로 만들고 싶었던 게 아닐까. 그게 그들에게는 건강이었어. 전쟁으로 인구가 점차 줄어드니까, 그걸 메꾸기 위해 막무가내로 생산하려고 했지."

내가 비꼬는 투로 그렇게 말하자 비톨트가 말했다.

"생산 기계는 문제가 많습니다. 여자든 남자든 그 밖의 성이든 모두 반짝반짝 빛나는 포르노그라피아이기를 바라니까요."

포르노그라피아라는 이 자리에 어울리지 않는 말이 갑자기 튀어나와 나는 당황스러웠다. 비톨트의 품위 있는 풍모에서 에로 잡지의 강렬한 사진은 잘 연상되지 않았다. 분명 '그라피아'라는 울림에 예술의 향기가 없다고 할 수는 없었지만, 그렇다 해도 어째서 포르노그라피아인지 그건 포르노와 뭐가 다른지 당장이라도 캐묻고 싶었지만 우선 내가 꺼낸 이야기를 매듭지어야 했기에 나는 말을 이었다.

"만약 그대로 독일 내에 머물러 있었다면 히르슈펠트는 분명 나치에게 살해당했을 거야. 그 사람은 말이야, Hiruko, 네가 태어난 나라에도 초대받아 강연했어. 거기 머무는 동안 남성이 여성 옷을 입고 여성 역할을 연기하는 전통 연극에도 흥미를 가졌지. 온 나가타*라는 배우를 인터뷰한 기록이 남아 있어. 세계를 여행하면 다양한 성의 형태를 직접 경험할 수 있어."

"그 세계여행은 얼마나 오래 이어졌습니까?"

---

* 가부키에서 여성 역할을 하는 남성 배우를 이르는 말. 아카슈는 온나가타(女形)라는 이 연극 용어를 '온 나가타'라는 이름의 배우로 착각한 듯하다.

"더 이상 독일에 머무르다가는 목숨이 위태롭다고 느낄 때쯤 미국에서 강연 부탁을 받고 승낙해 배에 올랐죠. 4년 후에 죽기 전까지 다양한 나라에 갔어요. 그걸 다 여행이라고 부른다면 긴 여행일 겁니다."

"중요한 건 우선 미국으로 향했다는 겁니다. 다시 말해 서쪽으로 향했다."

그러면서 눈을 가늘게 뜨고 만족스러운 투로 말하는 비톨트를 노려보며 크누트가 말했다.

"서쪽으로 향한 사람들이 있었다는 건 이해할 수 있죠. 서쪽은 태양이 저무는 방향이므로 미래를 상상하게 만드니까요. 그에 비해 태양이 떠오르는 방향인 동쪽은 과거라고 말하는 사람이 있을지도 모르겠네요. 하지만 이렇게 생각할 수도 있지 않을까요. 동쪽으로 향하는 여행은 기억을 따라가는 여행이다. 그러니 우리는 어디까지나 동쪽으로 향한다."

비톨트는 미간을 찡그리며 추궁하듯 물었다.

"하지만 사실상 동쪽에 무엇이 있다는 겁니까? 시베리아의 끝에 도대체 무엇이 있다는 거요?"

무언가 대답하려는 크누트를 가로막으며 Hiruko가 분명하게 대답했다.

"고래입니다. 유라시아 대륙이 끝나는 곳에서 태평양이 시작하잖아요. 그 바다에는 모비 딕이 헤엄치고 있습니다.”

Hiruko는 동쪽으로 향하는 이유로 자신이 나고 자란 나라의 이름을 말하는 대신 최대급 포유류를 끄집어냈다.

“고래? 고래라면 서쪽 바다에도 있겠죠.”

“모비 딕은 동쪽에서 발견되는 걸로 나오는데요.”

“그랬나? 늙은 에이해브 선장이 탄 배는 자바해에서 북동쪽으로 나아가는데, 너희 나라 연안 낚시터를 통과하여 남태평양으로 나간 거 아니었어?”

크누트가 그렇게 말하자 Hiruko의 표정이 슬퍼졌기 때문에, 나는 도움의 배를 띄우고자 무리해서 이렇게 말했다.

“고래를 쫓다가 남태평양까지 더 내려갔을지도 모르지만, 최초로 발견된 건 Hiruko의 나라 연안이었을 거야.”

사실 나는 《백경》을 읽은 적이 없고 친구가 대충 말해준 줄거리를 들었을 뿐인 데다가 고래잡이배의 항로에 대한 기억은 전혀 없었기 때문에 완전히 허풍을 떤 거였다. 다행히 크누트는 내가 《백경》을 읽었다고 믿고 있는지,

“그럴지도 몰라. 미국 동쪽 해안을 나와 아르헨티나로 향하는 동안은 남하하지만, 희망봉을 지나면서부터는 네 말대로 쭉 Hiruko의 나라를 향해 간 건 분명해.”

하고 대답했다.

"그것 봐. 그러니까 그 고래의 흔적을 따라가면 Hiruko의 나라가 있었던 장소에 접근할 수 있지 않을까. 설령 세계의 국경이 전부 틀어졌다고 해도 고래의 기억에 새겨진 바닷길은 바뀌지 않을 거야. 그게 세계지도보다 더 믿을 만하다고 생각해."

나는 내가 무슨 이야기를 하고 싶은지 목적지를 잊어버리고 입을 다문 채 울룩불룩한 해수면을 응시했다. 그러자 그것이 어쩐지 정밀한 산맥 모형처럼 보이기 시작했다.

문득 언젠가 북이탈리아 마을 산악박물관에서 알프스산맥을 재현한 모형을 보았던 게 생각났다. 몽블랑, 마터호른, 융프라우 등 4천 미터가 넘는 높은 봉우리 사이에 무수한 산봉우리가 솟아 있어서 놀라웠는데 모든 산에 저마다 이름이 있을까 궁금했었다. 바다에도 봉우리나 골짜기가 있지만, 물은 바위와 달리 초 단위로 변모하기에 이름을 붙일 수가 없다.

파도는 해수면에 나타나는 주름에 불과하다. 심지어 그것은 옷감을 공중에 흔들 때 천 표면에 생기는 주름과 달리, 측량할 수 없는 깊이로 꿈틀대는 생물들의 움직임을 전하는 무거운 주름이다. 마물의 손과 같은 해초가 흔들리고, 납작한 물고기가 땅을 치며 해저를 나아가고, 문어가 바위 그늘에 가만히 숨어 있으며, 수백 개나 되는 바늘처럼 생긴 작은 물고기 떼가 수중발레 수영 선수들처럼 서로 동작을 딱딱 맞추어 자유자재로 방향을 바꾸면서 추격자를 따돌리고 헤엄쳐 간다. 바다 밑은 빛도 닿지 않는 듯하다. 사물을 볼 필요가 없기에 눈이 없어진 심해어 얼굴 사진을 본 적이 있다. 일찍이 눈이 있던 부분은 마치 창문이 있었던 자리를 콘크리트로 메우고 그 위에 칠을 한 외벽 같았다. 그만큼 깊고 어두운 해저와 내가 바라보는 해수면 사이에는 얼마나 많은 양의 물이 있을까.

"소설 속 이야기라고는 해도, 고래를 쫓는 선장이 지도도 보지 않고 나침반도 쓰지 않고 정신없이 고래의 뒤를 따라 배를 몰았다는 식으로 쓰여 있어서 읽으면서 불안했어."

크누트가 웃으며 말을 이었다.

"하지만 지구는 바다로 뒤덮여 있으니까, 배가 밖으로 나가버리는 일은 없어. 그런 의미에서는 선박 여행이 안심이야. 지구가 접시 모양이라고 믿었던 아주 오래전 사람들이었다면 접시 테두리에서 배가 떨어질까 두려웠을지도 몰라."

그때 또각또각하고 경쾌한 구두 소리를 내며 노라가 다가왔다.

"어머, 승선하셨네요."

밝은 목소리로 말을 건네는 노라를 보며 비톨트가 주저 없이 대답했다.

"당신들의 여행에 잠시라도 동행할 수 있어서 기쁩니다."

그때 갑자기 바람과 파도의 음량이 올라갔는지 비톨트와 노라의 대화가 내 귀에 들리지 않았다.

비톨트 같은 남자는 분명 노라처럼 건실한 여성을 좋아할 것이다. 아르헨티나에 이주했을 당시에 노라 같은 부인이 동행했을지도 모른다. 그래서 폴란드와는 기후가 완전히 다른 남미에 이주해서도 식탁에 양배추 수프가 올라오고, 딱 알맞은 두께의 베개를 찾아온 아내 덕분에 매일 밤 달콤한 꿈을 꿀 수 있었다. 어떻게든 폴란드식 수프를 만들고자 양배추를 찾아서 선인장들 사이를 뛰어다닌 아내는 망명 생활에서 상당히 고생했으리라. 비톨트는 귀족적인 외모를 하고 있다. 설령 귀족이 아니더라도 당시 남성이라면 방 청소 같은 건 하지 않았을 테고, 망명하고 당장은 가사일을 도울 사람을 고용하지 않았을 테니 아내가 콜로니얼양식으로 지은 집 마룻바닥을 걸레로 열심히 닦아냈던 것은 아니었을까. 닦아도 닦아도 밖에서 새어드는 모래가 조금씩 마룻바닥을 덮어 손이 거칠어지고, 마룻바닥도 피부도 점점 가칠가칠해져만 가는 생활의 감촉으로 아내가 남몰래 눈물을 훔친 날도 있지 않았을까.

이것은 모두 나의 망상에 불과하다. 비톨트에게 부인이 있었는지 없었는지조차 알 수 없다. 그런데도 문화인 냄새가 나는 남성 망명자를 본 것만으로도 이 사람의 부인이 얼마나 고생했을까 생각하는 나는, 여성의 위치에서 사물을 보는 경향이 더욱 짙어진 듯하다.

크누트와 Hiruko는 둘이 마주 보고 이야기를 나누고, 비톨트도 노라에게만 말을 걸었기에 나는 외톨이가 되었다. 남자와 여자가 계속해서 커플이 되고 나만 혼자 남을 듯한 기분은 독일 대학 파티에서도 종종 있는 일이다. 그럴 때는 포기하지 말고 적극적으로 나서서 대화에 참여해야 한다.

"당신은 어째서 아르헨티나로 이주했나요? 전쟁 탓에 도망친 건 아니라고 했죠."

비톨트의 얼굴을 들여다보며 물었는데 내 질문의 뜻을 파악하지 못했는지, 멍한 얼굴로 비톨트는 한동안 입을 다물었다. 노라가 발하는 여성의 향기를 흡수한 탓에 지성이 마비된 것인지도 모른다. 자세히 보니 비톨트의 얼굴 생김새가 미세하게 변화해 있었다. 흰자위의 표면은 축축하고 콧구멍은 벌렁거렸으며 아랫입술이 축 늘어졌다. 내가 비꼬는 마음을 가득 담아,

"괜찮습니까. 뱃멀미하나요. 아니면 포르노그라피아라는 이름의 마약이라도 했습니까."

하고 말하자 겨우 원래의 얼굴로 돌아와,

"왜 외국으로 이주했는지 묻는 겁니까? 그건 말이죠, 제가 자란 환경에서 벗어남으로써—"

하고 앞으로 진지하게 대답할 의지가 있다는 것만큼은 드러

냈지만 그 뒤가 좀처럼 이어지지 않았다. 나는 비톨트의 다음 말을 기다리며 몰래 노라의 옷에서 나는 향기를 맡아보았다. 노라처럼 꾸밈 없고 산뜻하며 이성적인 여성도 향수를 뿌리는지, 아니면 체내에서 만들어진 천연의 향기로 노라가 비톨트를 취하게 만든 것인지 알고 싶었다. 그러나 코로 흘러든 건 바다의 향뿐이었다. 인간 따위는 한 명도 그곳에 없다는 듯이 가차 없이 공기를 씻어내는 바다가 조금 두려웠다.

나는 남성에서 여성으로 이동하고 있기는 하지만, 체내에서 여성적인 향기를 생산할 수 있느냐 하는 데는 자신이 없어서 장미와 바닐라를 베이스로 한 오일 향수를 쓰고 있다. 신체에 인공적인 향을 뿌린다는 걸 상대방이 알게 되면 신뢰를 잃는 경우가 많아서 아주 소량만 뿌린다.

"자기가 자란 환경에서 벗어나면 어떻게 됩니까."

비톨트는 내 질문으로 뱃멀미가 사라져 자신이 하고 싶은 말을 겨우 찾아낸 듯했다.

"자기 나라에만 있으면 말이죠, 어느 틈엔가 애국자가 되어버리잖아요. 힘이 약한 나라라면 약하다는 게 이점처럼 반짝여 보입니다. 예를 들면 폴란드가 그래요. 대국 사이에 끼어 지리상으로는 불리했지만, 용감하게 싸워나가서 독립을 얻어낸 작은 나라다. 그런 이야기에 눈물이 날 만큼 자긍심을 느끼게 됩니다.

자기가 그걸 자랑스럽게 생각하며 살 생각은 아니었다고 해도 어린 시절부터 주변에서 그런 이야기만 듣기 때문이죠. 눈물을 뽑아내는 유행가 같은 겁니다."

그 말을 듣고 Hiruko가 노래하듯 말했다.

"나도 같아. 우리 나라가 세계 최고라는 이야기를 많이 들었어. 예를 들면 우리 나라 아이들에게 7 곱하기 7 구구단을 시켰더니 세계 최고로 잘하더라든가, 우리 나라 우산이 세계 최고로 성능이 좋다든가."

비톨트는 Hiruko의 가슴 부근을 음미하듯 바라보며 고개를 끄덕였다.

"그럴 겁니다. 국내에 쭉 틀어박혀 살다 보면 주변 사람들이 모두 자기 나라 자랑에 만족하여 살고, 주위에서 아무도 의심하지 않으니 점점 그런 분위기에 젖어가는 거죠. 하지만 아르헨티나 사람들에게는 폴란드의 어느 부분이 대단한지 같은 건 아무래도 상관없는 이야기니까요. 외국인에게 둘러싸여 살다 보면 자기 나라를 자랑하는 병이 치유됩니다. 그래서 아르헨티나에 살자고 생각했지요."

그렇게 단숨에 단언한 비톨트는 다시 노라를 빤히 쳐다보기 시작했기에, 나는 그의 뇌를 망명이라는 화제로 이어가도록 만들어야겠다고 생각했다.

"사실은 제 경우도 같습니다. 인도에서 살 때는 깨닫지 못했는데, 예를 들어 간디의 물레에 관한 이야기를 들으면 지금도 가슴이 뜨거워집니다."

아무래도 나의 화술은 여성이 뿜어내는 향기에 대항하여, 언어의 힘으로 남성의 주의를 내게로 끌도록 단련되어온 것 같다. 예상대로 비톨트의 관심은 노라에게서 벗어나 내게로 향했고,

"간디의 물레?"

하고 눈을 반짝였다.

"그래요. 당신은 아까 점심 식사 자리에서 아르헨티나의 국기를 보여주었지요. 인도의 국기도 비슷합니다. 전체가 가로로 삼등분되어 있고 한가운데에 동그란 것이 있죠. 아르헨티나의 원은 태양이지만, 인도의 원은 아소카왕의 법륜이라고 불리는 수레바퀴입니다. 아소카왕은 불교 신자였고, 이 원은 배의 타륜 형태에서 가져온 것으로 올바른 가르침에 조종 키를 달아서 조난하는 일 없이 인생을 항해한다는 의미라고 생각됩니다. 그 이야기를 들은 건 독일에서 유학할 때인데, 불교에 심취한 독일인이 알려준 겁니다. 물론 그것이 옳은지 어떤지는 확실치 않습니다. 인도는 불교 신자의 수가 적어서 제 주변에도 가까이 이야기를 나눌 법한 불교도 친구는 한 사람도 없었지요."

불교라는 말을 듣는 것만으로도 노라는 표정을 바꾸며 진중

하게 물었다.

"그렇다면 인도는 불교가 성행하지도 않으면서 불교적인 내용이 국기에 드러나 있다는 말이야?"

나는 그 질문을 무시할 마음은 없었지만 더 중요한 이야기가 떠올랐다.

"삼촌 집에는 인도 국기가 벽에 압정으로 고정되어 있었는데, 잘 보면 한가운데가 수레바퀴가 아니라 물레였습니다. 삼촌에게 어째서냐 물으니 그 깃발은 영국에서 독립하기 전에 존재하던 것으로, 독립 인도를 상징한다는 겁니다. 간디는 스스로 물레를 돌려 자기가 입을 옷은 자기가 만든다는 정신이 없으면 독립할 수 없다고 주장했습니다. 그 말을 하는 삼촌의 눈가가 어쩐지 촉촉하게 젖어들었고 그것이 소위 애국심 때문인지는 확실치 않지만, 불명확한 채로 짙은 감정만이 내 가슴에 남고 말았지요."

"영국은 인도에서 싼값에 목화를 들여와 섬유공업으로 부유해졌지만, 인도의 목화밭에서 일하는 사람들은 가난하기만 했고 섬유공업도 발달하지 못했어. 그러니 자기들이 생산한 목화를 해외에 파는 게 아니라 물레를 돌려 직접 실을 잣고 천을 만들고 그 천으로 옷을 지어 스스로 만들어 입는 게 독립을 위한 길이라고 간디는 생각했어."

노라가 물 만난 물고기처럼 술술 설명하며 다시 대화에 끼어

들었다.

"자기 나라가 외국의 지배를 받다가 독립했다는 이야기는 애
국심에 불을 붙이는 성냥입니다."

비톨트는 웃는 얼굴로 노라를 향해 계속 고개를 끄덕이면서
내용 면으로는 노라의 발언에서 다소 벗어난 말을 했다. 노라는
그 사실을 깨닫지 못했는지 비톨트를 향해 역시 고개를 끄덕이
며 말했다.

"요즘 시대에도 비슷한 현상이 있죠. 목화를 만드는 사람도,
거기서 실을 자아내는 사람도, 옷을 짓는 사람도 가난을 벗어날
수 없어요."

나는 서로를 전혀 이해하지 못하면서 의기투합한 줄 아는 남
녀를 보고 있으면 안절부절못하는 성격이다. 나란히 놓인 두 개
의 선로를 어떻게든 교차시키려고 애쓰던 나의 뇌가 멋대로 돌
아가기 시작했다.

"제아무리 세계시민이라 해도 애국심에 불이 붙는 스위치는
분명히 있지요. 제 경우는 그 스위치가 물레인지도 몰라요. 지금
쯤 간디는 구름 위에서 물레를 돌리며 한숨을 쉬고 있지 않을까
요. 이제 세계는 그가 살던 시대와 꽤 많이 바뀌어서, 자기가 딴
목화로 직접 옷을 만들어 입는 사람은 없죠. 인도 남부에서는 여
전히 물레를 돌리고 있긴 합니다. 하지만 실이 되기 전 목화는

튀르키예나 아프리카 목화밭에서 오고, 인도에서 만들어진 목화 실은 중국에서 염색을 거쳐 방글라데시에서 옷이 돼요. 목화를 따는 아이들, 재봉틀 앞에서 밤낮으로 일하는 아이들."

어느새 맑게 갠 하늘에 갈매기 한 마리가 나타나 목을 빙빙 돌리며, 이 녀석도 빵을 줄 것 같지 않고, 저 녀석도 아니군, 하고 확인하듯 우리 얼굴을 하나하나 바라보며 지나갔다. 그 날개와 똑같은 흰빛을 띤 파도의 발톱이 철썩하고 큰 소리를 내며 구명보트를 씻어냈다.

4장

노라는 말한다

식사 시간이 다가왔기에 우리는 수다를 접고 각자 잠시 선실로 돌아가기로 했다. 천장이 낮은 좁은 통로에 선실 문이 늘어서 있다. 머리칼에 바다 냄새가 진하게 배었다. 꽤 긴 시간 갑판에서 바닷바람을 쐰 기분이 드는데, 그사이 한 번도 모습을 드러내지 않은 나누크가 걱정되어 선실 문 앞에 멈춰 서버렸고, 잠시망설인 뒤 노크하자 안에서 의자가 넘어지는 듯한 소리가 들리며 문이 열리더니 자다 일어나 삐죽삐죽 선 머리칼에 잠이 덜 깬얼굴이 나타났다.

"용건이 뭐야?"

"곧 있으면 식사 시간인데 올 거지?"

나누크는 살짝 짜증이 난 표정으로 눈을 가늘게 뜨고 턱을 당

기며,

"식욕이 없어."

하고 목 깊은 곳에서 낮은 목소리로 대답하고는 고개를 돌렸다. 나는 남자한테 '식욕이 없어'라는 말을 들으면 어쩐지 불쑥 화가 치민다.

"어디 아파?"

이런 질문도 상대를 배려해서라기보다는 공격적으로 던지게 된다.

"아픈 데 없어. 그냥 식욕이 없을 뿐이야."

그렇게 핑계를 대며 나누크는 한 발 뒤로 물러서 그대로 문을 닫으려 했다.

"너처럼 젊은 남자가 식욕이 없다니 이상하잖아."

"그런 발언은 성희롱 아닌가."

장난스러운 표정이었지만 목소리에는 가시가 있었다. 확실히 '젊은 남자는 많이 먹어야 한다'라는 당위적인 말투에는 거북한 느낌이 있다.

"미안. 너의 식욕은 너의 것이지. 누구나 원하는 시간에 원하는 음식을 원하는 만큼 먹는 게 현대적이라고 생각해. 하지만 말이야—"

"하지만 뭐."

내가 말이 없자 나누크가 대신 대답했다.

"다 같이 식사하는 게 즐겁다 이거겠지."

나누크는 나를 향한 짜증을 넘어서서 거의 놀리는 듯한 어조로 옮겨 갔다.

"네가 좋아하는 나누크는 홋카이도에 사는 소수민족의 일원인가. 불을 피운 이로리*에 둘러앉아 큰 냄비 속에 끓는 죽을 먹는 대가족. 무릎에 어린아이를 안은 여자는 젊은 엄마일까. 그 옆에 그 아이보다 몸집이 조금 더 큰 아이가 오도카니 앉아 있고 아빠가 죽이 든 그릇을 내밀고 있어. 그 옆에 있는 건 성인이 된 아들인가, 아니면 삼촌? 그 밖에 어린아이가 둘 더 있고, 안쪽에는 할머니와 할아버지가 만족스러운 듯이 미소를 짓고 있어. 다들 손에 그릇을 하나씩 들고서 냄비에서 푼 죽을 먹고 있지. 너는 그런 가족을 동경해서 그 그림을 부엌에 걸어뒀을 거야."

분명 나의 집 부엌에는 아이누 가족이 식사하는 광경을 그린 그림이 걸려 있었다. 19세기 말에 아시아를 여행한 이저벨라 버드의 스케치였다. 나누크는 아무것도 안 보는 것 같으면서 제대로 본다. 볼 뿐만 아니라 마음의 카메라로 사진을 찍어 보존하고 있었다.

---

*   마루 중앙을 파내어 불을 피우는 전통적인 난방장치.

그날, 트리어에 있는 고대 로마 유적에서 다리를 접질려 걸을
수 없게 된 나누크를 발견하고 집으로 데려가 상처를 치료해주
었을 때, 나누크는 얼빠진 눈을 하고 있어서 도대체 무슨 생각을
하고 있는지 상상조차 할 수 없었다. 보통은 집에 손님을 초대하
면 책장에 꽂아둔 책 제목을 훑어보다가 벽에 걸린 그림에 대해
묻거나 하기 마련이지만, 나누크는 다른 세계에서 온 사람처럼
보였다. 그런 나누크가 우리 집 벽에 걸어둔 그림을 제대로 기억
하고 있었다.

"우리 집에 걸어둔 아이누 가족의 그림을 기억하고 있었네.
기뻐."

"기뻐하면 곤란해. 눈과 얼음의 세계에 사는 소수민족을 멋대
로 이상화하며 사는 네가 우습다고 말하고 싶었을 뿐이야."

코펜하겐의 기분 나쁜 의사를 만나지 않았더라면 아이누 가
족의 그림에 대한 기억은 언제까지나 나누크의 마음 깊숙한 서
랍에 틀어박힌 채 밖으로 드러나지 않았을 터다. 나누크는 의사
와 성격을 바꾸는 실험을 시행했고 그 과정에서 이런저런 못된
지혜를 익히고 말았다. 그중에는 '상대의 사생활에 관한 정보를
가능한 한 많이 수집하여 무기로 쓴다'라는 전략도 분명 포함되
어 있으리라. 성격 교환 실험은 이미 예전에 종료되었고 나누크
는 원래 성격으로 돌아왔어야 하지만, 처음 만났을 때와는 전혀

다른 사람이 되고 말았다.

"이상화한 적 없어. 매력을 느꼈을 뿐이야."

"나는 아이누가 아니야. 유라시아 대륙 북방에 흩어진 소수민족 사이에 혈연관계가 있다는 설도 있긴 하지. 그렇다고 그들을 하나로 싸잡아 이상화하는 건 차별이야."

"그건 오해야. 대자연에 둘러싸여 가족끼리 서로 도우며 사는 사람들을 약간 동경했을 뿐이야."

"대자연? 가족? 나는 코펜하겐 골목에서 고독하게 핫도그 샌드위치로 배를 채우며 살아남은 인류야. 자연이나 가족하고는 거리가 멀어."

"하지만 그린란드에서 살았던 유년 시절은 어땠어? 할아버지 이야기도 해준 적 있잖아?"

"할아버지 할머니는 냄비에 둘러앉은 적 없어."

"하지만 할아버지가 얼음을 깨고 잡아 온 물고기로 가족끼리 식사한 적은 있잖아?"

"있지. 하지만 냄비가 걸린 이로리에 둘러앉은 적은 없었어. 냄비는 채소나 조개류를 조리하기 위한 도구잖아. 고기나 생선만 먹으면 냄비 같은 거 잘 안 써. 지구온난화로 인해 언제부턴가 채소 재배도 시작되긴 했지. 하지만 그건 전통이 무너졌다는 뜻이야."

"수렵 전통이 무너져도 새로운 걸 만들면 되잖아."

"글쎄. 수렵이 소중한 전통이라는 말을 하려는 게 아니야. 살아남기 위해 어쩔 수 없이 최소한의 동물을 죽여 소중히 보존해가며 먹었던 것뿐이지. 동물의 가죽도 아낌없이 다 사용하기 위해 옷이나 신발의 재료로 삼았어. 만약 곡물이나 채소를 거둘 수 있었다면 고기에 집착은 안 했겠지."

나누크는 이야기하는 사이에 냄비 속 뿌리채소가 익어가듯 부드러워져서 웃음을 띠며 말했다.

"그렇다 해도 생선에 억지로 곡물을 붙여서 먹는다는 발상은 진짜 이상해."

"생선에 곡물을 붙이다니?"

"스시 말이야. 생선에 밥을 붙여서 억지로 합체하려고 하잖아. 스시 가게에서 아르바이트한 내가 그걸 이상하다고 생각하는 것도 이상하지만."

"그거야 스테이크를 먹을 때 감자를 곁들여 먹는 거랑 마찬가지잖아. 딱히 놀랄 일은 아닌 것 같은데."

"사자가 사슴의 숨통을 끊을 때 곡물을 구해서 곁들여 먹으려 하지는 않지."

나는 웃고 말았다. 먼저 웃는 사람이 지는 게임도 있지만 패배감은 없었다.

"사자가 핫도그 샌드위치에서 소시지만 먹고 빵이나 피클은 남길 수 있지만, 아빠 사자가 가족을 집에 남겨두고 자기만 길거리 매점에서 핫도그 샌드위치를 먹는 일은 있을 수 없어. 사자 가족은 먹이를 다 같이 나눠서 먹는 거 아니야?"

이번에는 나누크가 웃었다.

"아하하하, 우리가 그 사자 가족이란 건가. 하나의 식탁에 둘러앉아 다 같이 식사하자, 식욕이 있든 없든 함께 밥을 먹는다는 데 의미가 있다. 그 말을 하고 싶은 거겠지."

"그게 나빠? 같이 여행하고 있으니 같이 밥을 먹는 것도 좋잖아. 혼자 있고 싶을 땐 물론 혼자 있어도 괜찮지만."

"혼자 있고 싶은 건 아니야."

"그래? 우리는 여태 갑판에 모여서 수다를 떨었는데 네가 안 와서 걱정했어."

"우리?"

"아카슈와 크누트와 Hiruko와 나, 그리고 비톨트."

"비톨트? 그건 누구야?"

"뤼겐섬 식사 모임에서 손수건 대신 아르헨티나 국기를 쓰던 폴란드인."

"혁명가인가."

"소설가겠지, 아마도."

"그 사람이 갑판에서 연설이라도 했어?"

"아니. 같이 수다를 떨었을 뿐이야."

"Susanoo는 그 자리에 있었어?"

나누크가 하는 말을 듣고서야 비로소 갑판에서 Susanoo를 보지 못했다는 걸 깨달았다. 나누크가 없다는 건 쭉 신경이 쓰였지만, Susanoo는 까맣게 잊고 있었다. 나는 어쩌면 Susanoo의 부재를 잔잔한 파도처럼 느끼고 있었는지도 모르겠다. Susanoo가 갑판에 등장하는 장면을 상상만 해도 밧줄이 격하게 돛대를 치는 소리가 들리기 시작하고, 배 밑바닥이 발밑에서 앞으로 옆으로 기우뚱기우뚱 크게 흔들린다. 나에게 Susanoo는 거센 태풍의 전조였다.

"Susanoo도 없었어. 하지만 식사는 하러 오겠지. 나는 선실에서 옷을 갈아입고 식사하러 갈 테니까 식당에서 만나자."

그 말을 남기고 나누크와는 일단 헤어졌다.

작고 파르스름한 비누를 두 손으로 감싸서 비비며 손가락 사이와 손목 윗부분까지 정성스럽게 씻었다. 욕실에서 나와서 나누크와 한 대화를 되돌아보며 잠시 선실 한가운데 섰는데, 원형 창문으로 들이치는 빛에서는 무게감도 따뜻함도 느껴지지 않고, 거짓말 같은 빛에 휩싸인 방이 언젠가 꿈에서 본 아이의 방처럼 보이기 시작했다. 침대 정리를 했는데도 베개에 희미하게 나의 뒤통수 형태가 남아 있다. 베개가 일그러져 괴로운 듯 보이고 이불은 화난 사람의 눈썹과 눈과 입 모양으로 주름이 졌다. 다시 욕실로 들어가자, 칫솔이 의미심장하게 몸통을 기울이고 있고 옆에 놓인 컵마저 소리 없는 미소를 짓고 있는 듯했다. 나는 거울에 비친 내 얼굴을 보았다. 사람들은 나를 보고 이성적인 인간이라고 한다. 거울에 비친 나는 그렇게 보이기도 한다.

갑판에서는 견고한 직물로 된 하늘색 블라우스를 입었다. 하늘과 바다의 일원이 되고 싶어 그런 색을 고른 건지도 모른다. 식당에서 식사할 때는 테이블보 색깔과 맞추겠다는 건 아니지만 흰 블라우스가 입고 싶다. 블라우스라고는 해도 여성스러움을 강조하는 요소가 전혀 없는 디자인의 광목 블라우스다. 거울 앞에 서서 단추를 푸는데 거울 속 나의 등 뒤에 아이의 환영이 나타났다. 재봉틀 앞에서 옷을 짓고 있다. 나이는 열 살 정도일까. 아이가 짓는 옷은 내가 방금 막 벗은 블라우스였다.

아이는 재봉틀을 멈추고 고개를 들었다. 어린 아카슈 같은 얼굴이었다. 아이는 내가 보이는지 안 보이는지 무표정하게 천으로 시선을 돌리고는 계속 바느질했다. 발로 밟아 움직이는 재봉틀 페달에 올려진 발등은 가루가 묻은 듯 피부 여기저기가 변색하고 건조해서 비늘 모양으로 껍질이 벗겨지고 있었다. 있을 수 없는 일이다. 나는 아동 노동을 허용하는 공장에서 만든 옷을 산 기억이 없다. 서둘러 블라우스를 뒤집어 공정 무역 인증 라벨을 확인했다.

면직물은 피부를 부드럽게 감싸며, "너는 너의 몸 안에서 편안하게 쉬렴" 하고 속삭여준다. 폴리에스테르의 천박한 광택이 견디기 힘든 나에게 면직물은 소탈하고 따뜻하며 정직했다. 그렇기에 면직물의 잔혹한 옆모습을 본 순간, 절친한 친구에게 배신이라도 당한 듯해 가슴이 두근거렸다. 오랜만에 영어 소설이라도 읽어보자 싶어서 어릴 때 번역으로 읽은 《허클베리 핀의 모험》의 원서를 산 게 작년이다. 목화밭에서 일하는 자들이 노예라는 걸 어릴 때는 이해하지 못했지만, 지금은 그것만 신경 쓰인다. 광목 섬유에 채찍을 맞아 흐른 핏방울과 보상받지 못한 땀방울이 스며들어 있다고 생각하면 살이 닿는 것마저 괴로웠다. 허클베리 핀은 벌써 죽었다. 이것은 오래전 이야기이며 남북전쟁으로 미국의 목화 수출이 끝났을 뿐만 아니라 노예제도도 끝났다. 그렇게 스스로 납득을 시켜보지만, '노예'라는 단어가 눈앞으로 날아든다는 사실 자체가 견딜 수 없어져서 《허클베리 핀의 모험》 읽기를 그만두고 전혀 다른 부류를 찾다가 간디 전기를 손에 들었다. 하지만 내게 면직물의 혼이 깃들었는지 거기서도 같은 모티브가 나타났고, 인도의 노동자가 거저나 다름없는 임금을 받고 목화를 뜯는 모습에 간디가 분개했다는 내용이 수

페이지에 걸쳐 자세히 적혀 있었다. 영국은 미국에서 목화를 수입할 수 없게 되자 이번에는 인도의 면직물 생산을 억제하여 영국에 목화를 팔 수밖에 없는 나라로 만들었다고 적혀 있었다. 영국은 싸게 사들인 원재료를 자기 나라에서 면직물로 만들어 이윤을 남겼다. 목화 재배는 인도에 풍요로움을 가져다주지 못했다. 그래서 간디는 옷이 되기까지 모든 공정을 자신들의 손으로 해야만 한다고 생각한 것이다. 인도는 이미 한참 전에 독립했고, 더 이상 가난한 나라도 아니다. 나는 그렇게 생각하며 스스로를 안심시키려 했지만, 면직물로 된 옷을 입을 때마다 피부로 우울을 느꼈다. 그렇다고 해서 면직물 이외의 다른 옷을 입을 마음도 들지 않는다.

무슨 책을 읽든 면직물의 혼이 따라붙어서 작심하고 《면직물 이야기》라는 책을 읽기 시작했다. 내가 취직했을 무렵부터 쭉 카를 마르크스 하우스 열람실에 꽂혀 있던 책이다. 어째서 이런 책이 여기 있느냐고 동료에게 물으니, "그야 마르크스가 면직물 산업과 노예제도를 진지하게 고민했기 때문이겠지"라고 담백하게 대답했다. "하지만 그건 과거의 이야기잖아." 내가 거친 어조로 답하자, 동료는 눈을 동그랗게 뜨고 한 차례 숨을 들이마시며 "이 책에는 과거와 현재의 이야기가 모두 담겨 있어" 하고 알려주었다.

면직물이 더 이상 노예적인 노동과 관계가 없다는 증거를 찾기 위해 이 책을 읽기 시작한 나는, 그야말로 면직물의 혼이 짠 책략에 빠지고 말았다. 오늘날 면 티셔츠 한 장이 저렴한 가격으로 유럽에서 팔리게 될 때까지 아프리카에서, 인도에서, 중국에서, 튀르키예에서, 여가 생활을 포기하고 건강을 해쳐가며 일하지 않으면 먹고살 수 없는 사람들이 목화를 키우고, 실을 잣고, 면직물을 만들고, 염색하고, 옷을 바느질하는 모습이 자세히 담긴 책이었다. 각 과정에서 인간의 생명을 착취한 결과가 옷으로 변신하여 피부에 들러붙는다. 나는 더 이상 면직물 옷을 입을 수 없게 될까. 물론 폴리에스테르도 비슷하게 혹은 면직물 이상으로 인간의 생명을 착취하여 생산되는지도 모른다. 그러나 면직물에는 19세기부터 쭉 쌓이고 쌓여서 응축된 고난이 깃들어 있다. 그 원한이 마음을 무겁게 짓눌렀다. 견직물을 입을 수도 있겠지만 견직물 생산 비화에도 어두운 역사가 있을 게 틀림없다.

그때 나를 구해준 것이 페어트레이드 '녹색 마크'라고 불리는 공인 라벨이었다. 어떤 제품이 생산되는 과정에서 최소한의 노동조건을 지키고 있음을 보장하는 마크다. 우선 이 마크가 달린 옷을 입음으로써 면직물의 괴로운 영혼에게서 벗어나는 기분이 들었다.

그러나 거리를 걷다 보면 무심결에 가게 앞에 걸어둔 옷을 사게 된다. 옷이 나를 낚는다고도 할 수 있겠다. 바람도 안 부는데 가게 앞 옷걸이에 걸린 옷소매가 두둥실 떠오르며 눈에 들어온다. 어이, 하고 내게 말을 거는 듯해서 나도 모르게 다가간다. 잠깐 보고 가지 않을래? 너한테 아주 잘 어울릴 거야. 그게 화려한 형광색 폴리에스테르 옷이라면 무시하고 자리를 뜰 수 있겠지만, 내가 좋아하는 천연 염색 느낌으로 짙게 색을 낸 무명옷은 지나칠 수 없다. 게다가 손으로 만져보면 바느질도 꼼꼼하고 입어보면 마치 주문 제작한 것처럼 딱 맞아서 어깨도 조이지 않고 가슴께에 주름이 잡히지도 않는다. 가격은 충동 구매하더라도 후회하지 않을 정도로 적당하다. 계산대의 여성이 옷을 넣어줄 때, 종이봉투가 바스락하는 소리를 낸다. 이 소리가 뭐라 할 수 없을 만큼 만족감을 준다. 그러나 집에 돌아온 뒤에야 인증 라벨을 확인하지 않았다는 걸 깨닫고 서둘러 확인해보면, '녹색 마크' 같은 건 붙어 있지 않다. 이 가격으로는 페어트레이드일 리가 없다. '아동 노동'이라는 단어가 떠오른다. 어째서 이런 옷을 샀을까. 나처럼 싼 옷에서 다시 싼 옷으로, 매장 앞에 걸린 옷소매에 홀려 옷을 사고, 종이봉투가 바스락하는 소리에 기분이 좋아지는 사람이 있으니 이런 옷이 매일 팔리고, 먼 나라에서는 아이들이 학교도 가지 못하고 밤낮으로 일하고 있으리라.

　싸다, 는 것 자체가 하나의 가치 기준이 되고 말았다. 카를 마르크스 하우스에서 나오는 급료는 그리 적지 않다. 싼 옷을 사야만 하는 이유는 전혀 없다. 품질이 좋으면서도 페어트레이드 옷을 신중하게 골라 사는 게 거울 속에 비친 나다. 하지만 거울에 비치지 않는 시간이 종종 찾아오고, 그때마다 나는 싼 옷을 충동적으로 사면서 기분이 좋아진다. 심지어 그렇게 산 옷을 하루 입고 나면, 화학 약품 냄새가 신경 쓰이거나 어깨뼈를 따끔따끔 찔러서 불쾌감을 느끼는 등 반드시 어딘가 마음에 들지 않는 부분이 생겨서, 서랍 속에 처박아두고 결국 더는 입지 않은 채 컨테이너로 가게 된다. 물론 쓰레기 컨테이너가 아니라 제3세계에 기부할 옷을 넣어두는 하트 마크가 달린 컨테이너다. 깊이를 알 수 없는 어둠이 내장된 컨테이너 속에서 사어(死語)가 된 '제3세계'가 숨을 죽이고 있다.

생각에 잠겨 있었던 탓에 옷을 갈아입는 데 시간이 상당히 걸렸다. 도망치듯 선실을 나와 좁은 통로를 빠른 걸음으로 통과해 식당 문을 여니, 이미 절반 이상의 사람들이 자리에 앉아 있고, 도자기 그릇과 유리잔 소리에 뒤섞여 다양한 언어가 들려왔다. 입구 바로 오른쪽에 위치한 금성 테이블에서는 러시아식으로 마찰하는 자음의 융단이 펼쳐지고 있었고, 그 너머 화성 테이블에서 기세 좋게 날아온 '마냐나'라는 단어가 융단에 착지했다. 토성 테이블 사람들은 공통 언어가 없는 듯했지만, 보디랭귀지가 활발해서 노란 깃털이 달린 안경을 쓴 여성이 양손 손가락을 자유자재로 움직여 삼각형이나 마름모꼴을 만들어 보이면, 피에로 의상을 입은 남자가 디저트용 포크를 공중에 던져 손등으로 받으며 그에 답했다. 검은 터틀넥 스웨터를 입은 어떤 남자는 돌처럼 꿈쩍도 하지 않고 무표정했는데, 내가 그 옆을 지나가는 순간 귓불을 실룩실룩 움직였다. 더 안쪽에 있는 목성 테이블 사람들은 주위보다 아주 조금 높은 음량을 발산하며 영어로 이야기했다.

다양한 언어가 뒤섞이며 식전 교향곡이 흐르는 가운데 식당 중앙의 우리 지구 테이블만은 쥐 죽은 듯 고요했고 Susanoo 혼자 떡하니 버티고 앉아 물을 마시고 있었다. 다른 친구들은 아직 오지 않은 듯했다. 조금 더 늦게 왔더라면 Susanoo와 단둘이 있는 자리를 피할 수 있었으리라. 나는 지각하는 걸 싫어해서 서둘러 달려왔는데 다른 친구들은 전부 늦었고 약속 시간을 정확히 지킨 건 Susanoo밖에 없다는 말인가.

"다 같이 갑판에 모여서 이야기하고 있었는데 당신은 선실에 있었나 봐?"

되도록 호의적인 목소리로 묻자 Susanoo는 눈살을 찌푸리며,

"갑판에서 무슨 이야기를 했지?"

하고 퉁명스럽게 묻더니 컵을 쑥 내밀며 말했다.

"물 좀 줘."

물병은 마침 우리 사이에 놓여 있으니, 내 컵에 먼저 물을 따르고 자기 컵에 물을 붓는 게 예의 아닌가. Susanoo는 여성에 대한 예의를 겉치레로라도 드러내야 한다는 건 생각조차 하지 못하는 모양이었다. 평소 나는 레이디 퍼스트 전통을 냉담한 시선으로 본다. 문을 열어주고 코트를 입혀주면서 회의 때는 내 의견을 무시하는 남성이 역겹다. 하지만 표면적인 레이디 퍼스트를 이렇게나 무시하다니 몹시 신경이 거슬린다. 모순이다. Susanoo가 자란 환경에서는 레이디 퍼스트 관습 같은 게 아예 없을 가능성도 충분히 있다. 만약 그렇다면 그를 추궁할 수도 없다. 그렇다고 컵에 물을 따라줄 마음은 들지 않는다.

"손목이 안 좋아서 물병을 못 들어. 미안."

결국 그런 말로 얼버무렸다. Susanoo는 자기 컵에 물을 따르고 귀찮다는 듯이 내 컵에도 물을 따랐다.

"갑판에서 무슨 이야기를 했나."

"면직물 이야기. 목화밭에서 일하는 건 엄청난 중노동이잖아?"

"미국의 목화 플랜테이션 이야기인가. 노예제도는 이미 폐지되었잖아."

"인도 이야기야."

"간디로군."

거기까지 이야기했을 때 다행히 아카슈가 나타났다.

"아카슈, 갑판에서 다들 무슨 이야기를 했나."

Susanoo는 여자가 하는 말을 도대체 알아들을 수가 없다는 듯한 얼굴로 나를 시야에서 빼고 아카슈에게 같은 질문을 했다. 아카슈로서는 자신을 남자 취급하는 게 즐거울 리 없다.

"국기 이야기를 했어."

"국기?"

"인도의 국기와 아르헨티나의 국기가 닮았더라고."

그때 나누크가 모습을 드러냈고 내 옆에 앉았다. 나는 나누크가 옆에 앉아주어서 마음이 훈훈해졌지만, 나누크는 전혀 알아채지 못한 얼굴로 아카슈를 향해,

"인도 국기와 비슷한 건 아일랜드 국기겠지. 색이 삼등분되어 있고 흰색이 녹색과 오렌지색 사이에 끼어 있잖아. 두 색의 대립을 중화하는 흰색이 한가운데 있는 거지. 화해를 추구하는 건지 중화로 만족하는 건지는 알 수 없어. 다만 아일랜드 깃발은 세로로 분할되어 있으니까, 가로로 분할된 인도와 아르헨티나하고는 다르지."

하고 말하며 빵을 뜯어 입에 넣었다. 아까는 식욕이 없다고 했는데 배가 고파서 수프가 오길 기다릴 수도 없는 모양이었다.

크누트가 식당으로 들어오는 모습이 보였다. 입구 바로 오른편에 있는 러시아어 테이블 부근에 멈춰서서 누군가와 대화를 나눈다. 내 위치에서는 누구와 이야기하는지 보이지 않았다. 나는 그 테이블을 남몰래 '이런저런 러시아인들의 테이블'이라고 부르고 있었다. 토마스 만의《마의 산》무대가 된 요양소에도 모두가 모이는 식당이 묘사되어 있는데, 거기에는 고상한 러시아인들이 모인 테이블과 그렇지 않은 러시아인들이 모인 테이블이 있다고 쓰여 있다. 이 식당의 러시아인 테이블은 하나뿐이다.

우리 테이블에서는 여전히 국기 담소가 이어지고 있었다.

"흰색이 중화를 뜻하나. 하지만 너희 국기의 흰색은 얼음이지."

Susanoo의 그 말에 나누크는,

"얼음이 깔려 있다면 화해라기보다 냉전일 거야."

하고 말을 툭 던졌다. Susanoo가 다소 생뚱맞고도 거만하게 들리는 어조로 선언했다.

"신화의 신들 가운데 화해의 신은 없다."

제자리에 선 채 잠시 이야기를 듣던 크누트가 천천히 의자를 빼고 앉으며,

"너희들, 아직도 국기 이야기야?"

하고 온화한 어조로 말했다. 그러자 Susanoo가 휙 노려보며,

"국기에 흥미가 있을 리 없지. 그런 건 나중에 적당히 꾸며낸 거다."

하고 딱 잘라 말했다. 아카슈가 입을 삐죽 내밀고 부드럽게 반론했다.

"하지만 우리가 이런 나라를 만들겠다는 희망을 빛깔과 형태로 드러낸 건 좋은 일 아닐까."

"희망 같은 게 무슨 도움이 되나. 운명의 바다에서 허우적댈 뿐이다."

Susanoo는 그런 말을 내뱉고는 나를 노려보며 말했다.

"노라, 여기서 너에게 물어볼 말이 있다. 독일 국기의 검정, 빨강, 노랑은 무슨 의미지?"

나는 도발의 펀치가 날아오는 걸 피해서 일부러 시원스레 대답했다.

"의미 같은 거 없어."

"어처구니가 없군. 자유라든가 평등이라든가, 뭔가 있을 거 아닌가."

"없어."

"그러니까 텅텅 비었단 말인가?"

'텅텅 비었다'라는 말까지 들으니, 뭔가 변명하고 싶은 기분이 끓어올랐다.

"텅텅 비었다고는 할 수 없어. 국기의 색이 가진 역사적인 의미를 연구하는 사람들도 있지. 하지만 어느 연구 결과가 옳다고 정해진 건 아니고, 법전에 국기의 색이 의미하는 바가 적혀 있는 것도 아니니까."

"말하자면 자기 나라 색의 의미를 자기도 모른다는 얘긴가."

Susanoo는 추궁하듯 말했다. 독일 국기를 설명할 의무가 나에게 있나 싶어서, 어쩐지 불리한 역할을 떠맡는 제비를 뽑은 기분이었다. 아카슈는 나에게 눈짓을 한 뒤 Susanoo를 향해 즐거운 듯이,

"그건 말이야, 정당의 색이야. 빨강이 진보, 검정이 보수, 노랑도 보수야. 어째서 보수가 둘이냐, 이상하게 생각할지도 모르겠네. 검정 보수는 기독교에서 나온 보수이고, 노랑 보수는 소셜 미디어에서 나온 보수야. 뭔가 중요한 게 빠졌다는 생각이 들지? 맞아, 환경보호를 추구하는 당인 녹색이야. 어째서 녹색이 없느냐, 그 이유는 간단해. 녹색의 당은 역사 수업에 지각해서 교실에 들어왔기 때문에 아쉽게도 빈자리가 없었던 거지."

하고 말하며 자기 혼자 재미있다는 듯이 킥킥 웃었다. 아카슈는 농담했을 뿐인데 Susanoo는 대단히 진지한 얼굴로,

"그런 것인가. 말하자면 국가가 정당으로 이루어져 있다는 사고로군. 독일에 유학하는 청년답게 제대로 보고 있어."

하고 평가하고는 지나가는 웨이터 앞으로 유리잔을 내밀었다. 와인 색이 핏빛으로 보였다.

"아까 누구랑 이야기했어?"

내가 크누트에게 묻자, 무슨 소리냐며 잘 모르겠다는 표정을 짓기에 입구 근처 테이블을 턱으로 가리켰더니,

"아아, 비톨트였어."

하고 산뜻하게 대답했다.

"하지만 저 테이블에는 러시아인 부부 세 쌍이 앉아 있었잖아."

크누트는 목을 쭉 빼고 눈을 가늘게 뜨며 러시아인들이 앉아 있는 테이블 쪽으로 눈길을 던졌다.

"지난번에는 그랬지. 지금은 비톨트가 왔거든. 그런데 여전히 저 테이블은 여자 셋 남자 셋이긴 하네."

"비톨트가 러시아인 하나를 방에 감금하고 대신 식사하러 왔겠지."

나누크가 실없는 소리를 했다.

"지난번에도 비톨트가 앉아 있었는데 우리가 깨닫지 못했던 건지도 몰라."

"그럴 리 없어. 코펜하겐에서는 비톨트가 아직 이 배를 타지 않았으니까."

아카슈가 말했다. Susanoo의 의식은 대화에서 벗어나 머나먼 곳을 방황하는 듯했다. 나는 안심하고 크누트에게 재차 물었다.

"그래서 비톨트랑 무슨 이야기를 했어?"

"당신은 러시아어도 완벽하군요, 훌륭합니다, 하고 말했더니 우리 테이블에서는 무슨 언어로 말하느냐고 묻더라. 독일어와 영어와 판스카어와 덴마크어라고 대답했지."

"비톨트가 판스카어에 관심을 가졌어?"

나누크가 묻자, 크누트는 고개를 끄덕였다. 그때 Susanoo가 돌연,

"클레임을 걸고 오겠어."

하고 말하며 와인을 들고 자리에서 일어났고, 아카슈가 당황하여 뒤를 따랐다. 우리는 조리실로 통하는 문 너머로 사라진 두 사람의 뒷모습을 바라보았지만 나누크가,

"걱정되긴 하지만 다 같이 소란을 피운다고 해서 달라질 건 없어. 그보다 판스카 이야기를 더 해줘."

하고 부탁했기에 크누트는 나누크의 얼굴을 보며 이야기를 시작했다. 판스카가 무엇인지 크누트가 비톨트에게 설명하던 와중, 비톨트가 "그러니까 에스페란토 같은 거로군" 하고 결론을 내렸고, 크누트가 "그거하고는 달라. 판스카는 서재에서 만든 인공어가 아니라 자연적으로 발생한 거야"라고 반론했다. 비

톨트는 이에 "에스페란토도 다들 생각하는 것처럼 인위적이기만 한 언어가 아니라 살아 있는 인간이 사용하면서 변화해왔어" 하고 묘하게 열심히 반격해왔다. 그러자 옆에 앉아 있던 덩치 큰 러시아 부인이 "비톨트는 동향인 이야기가 나오면 정색해요. 작은 나라 사람이라서" 하고 놀렸다고 한다.

내가 물을 한 모금 마시고,

"에스페란토를 만든 자멘호프가 비톨트와 같은 폴란드 출신이라 러시아 부인이 그렇게 말한 거구나. 그건 그렇고 에스페란토가 완전히 인공적인 언어가 아니라는 이야기는 재미있네."

하고 답하자 크누트가 깜짝 놀란 표정을 짓기에,

"왜? 에스페란토가 폴란드에서 탄생했다는 걸 몰랐어?"

하고 묻자,

"아니, 그게 아니고, 방금 덴마크어로 나누크한테 말한 건데 너는 다 알아들었구나."

하고 말하며 내 머리칼을 빤히 보았다. 마치 내가 머리칼 속에 언어 능력을 숨겨두고 있기라도 한 것처럼.

"계속 같이 여행하니까 이런 일도 있네."

그때 Susanoo와 아카슈가 이야기를 나누며 나란히 테이블로 돌아왔다.

"무슨 일이야?"

"Susanoo가 와인 말고 니혼슈(日本酒)를 내오라고 요구했어."

아카슈가 난감하다는 듯이 말했다.

"동쪽으로 향하니 자연스럽게 와인은 사라지고 동양의 술이 흘러드는군."

나누크가 태평한 얼굴로 말했다.

저렴한 선박 여행인데 밤낮으로 와인이 나온다. 잘 닦인 크리스털처럼 반짝이는 와인 디캔터를 양손에 든 웨이터가 레드인지 화이트인지 물으며 테이블을 돈다. 식사의 내용은 소박하지만, 다림질한 새하얀 테이블보와 천으로 된 냅킨, 돌아가며 와인을 따라주는 손길, 수프, 메인 디시, 디저트를 내오는 알맞은 타이밍을 통해 고급스러움을 연출하고 있다.

마침내 Hiruko가 모습을 드러냈을 때는 웨이터가 수프를 날라 오고 있었다.

"에스페란토가 서재에서 만들어진 언어가 아니라는 이야기를 하고 있었어."

크누트가 따스한 목소리로 Hiruko에게 말을 걸었다. 그것은 아마도 덴마크어였겠지만, 나는 뭐가 영어이고 뭐가 덴마크어이며 뭐가 독일어인지 아주 집중하여 듣지 않으면 확실한 경계선을 느낄 수 없게 되었다.

"서재에서 태어난 언어라고 해서 평생 갓난아기인 건 아니야."

Hiruko의 이 말을 듣고 아카슈는 웃지 않았다. 아카슈는 영어만큼 독일어에 능숙하지만, 그 독일어는 아직 스칸디나비아와의 사이에 경계선이 있는 독일어이리라.

수프라는 단어가 멀리서 들려와 슢, 수페, 즛페로 모습을 바꾸며 머리 위를 맴돌았다.

메인 디시는 베이컨과 양파를 쇠고기로 말아서, 녹인 사워크림 소스를 뿌린 음식이었다. 나이프와 포크를 손에 들고 모두 입을 다문 순간 Susanoo가 리더 같은 어투로 말했다.

"식후에 배는 슈체친항에 정박한다. 정박 시간은 세 시간 안쪽이지만 마을을 견학하는 데는 충분하겠지."

나는 어쩐지 화가 치밀어 입을 열었다.

"구시가지가 아주 아름다운 곳이야. 네 번밖에 안 가봤지만."

실은 세 번밖에 안 가봤으면서 허세를 부리느라 네 번이라고 말한 스스로가 부끄러웠다. 크누트는 식사하던 손을 멈추고 호기심 가득한 얼굴을 갸웃거리며 말했다.

"와, 네 번이나 간 적이 있어? 그렇다면 볼만한 곳을 알려줘."

"한자동맹 분위기가 나는 집들이 구시가지에 늘어서 있어. 정면에서 보면 지붕이 삼각형이 아니라 층층으로 이루어진 형태지."

"오, 그건 무슨 의미야?"

"에도시대의 계단식 서랍 두 개를 좌우로 붙여둔 것처럼 보인 다는 얘기로군."

나누크가 옆에서 끼어들어 설명하자, Hiruko가 움찔하며 나 는 이해할 수 없는 언어로 나누크에게 무언가 물었다. 그것은 Hiruko의 모어이자 나누크가 외국어로 습득한 그 언어이리라. 나누크는 Hiruko에게 고개를 끄덕여 보인 후 나에게 설명했다.

"계단 모양을 한 서랍이야. 공간을 여러 층으로 활용하려고 만든 독창적인 가구지."

"나누크, 어째서 네가 계단식 서랍 같은 옛날 Hiruko의 나라 에 있었던 가구를 알고 있는 거야?"

크누트가 살짝 질투하듯 놀리듯 끼어들었다.

"벼룩시장 헌책 코너에서 에도의 가구라는 영어책을 싸게 팔 아서 시간 날 때마다 읽었거든. 에도시대가 멀리 사라졌어도, 오 래된 가구가 불타 없어졌어도, 그것에 대해 누군가가 쓴 책은 그 리 쉽게 사라지지 않아."

나는 한동안 나누크에게 정신이 팔려, 내가 슈체친의 거리에 대해 크누트에게 설명하려 했다는 걸 잊어버리고 말았다.

슈체친 설명은 나에게 빼앗기고, 계단식 서랍 설명은 나누크 에게 빼앗긴 Susanoo가 의기소침해 있는 줄 알았더니 태연한 얼굴로,

"다들 늦지 않도록 해. 출발 15분 전까지는 반드시 배로 돌아오도록."

라고 하며 여전히 리더인 척이다. 성격이 오만하다기보다 모두를 여행 최종 목적지까지 데려다주는 걸 자기한테 주어진 임무라고 여기는 태도라 영 언짢다.

디저트인 퐁체크입니다, 라고 하며 웨이터가 가져온 건 독일에서는 베를리너 혹은 크라펜이라 불리는 빵 튀김이었다. 디저트가 시작되자 사람들은 각기 자기 세계로 돌아갔다. 함께 둥근 테이블을 둘러싸고 있던 집합체가 해체되고 사라진다. 세 입에 퐁체크를 먹어치우고 냅킨으로 입 주위를 닦으며 도망치듯 자리를 뜨는 나누크. 노릇노릇하게 튀겨진 표면을 묵묵히 바라만 볼 뿐 디저트용 포크에 손도 대지 않는 Susanoo. 디저트는 한 입만 먹고는 목성 테이블에 있는 동향인과 영어로 정신없이 수다를 떠는 아카슈. 한 입 먹을 때마다 시선을 주고받는 크누트와 Hiruko.

나는 퐁체크를 다 먹고 냅킨으로 손을 닦으며 조리실로 연결되는 문에 마음이 이끌려 자리에서 일어나 그쪽으로 걸어갔다. 그곳은 식사 중에도 웨이터들이 교대로 오고 가며 자취를 드러냈다가 다시 감추는 알루미늄 판처럼 가볍게 제작된 금속 문이었고 어느 쪽으로든 열릴 수 있도록 되어 있었다. 내가 들어가려

하자 안에서 빈 쟁반을 든 웨이터가 곁눈질도 하지 않고 달려와
서는 이미 모두 자리를 뜬 수성 테이블로 식기를 정리하러 갔다.
그 테이블 사람들은 말이 없어서 식사도 제일 빨리 끝났다. 우리
테이블에서는 Hiruko와 크누트가 서로 눈을 마주 보며 찬찬히
대화를 나누고 있었다. 몸짓은 연인 사이처럼 보이지만, 실은 형
용사 어쩌고 같은 이야길 하고 있는지도 모른다.

문 맞은편에는 좁은 통로가 똑바로 이어져 있었다. 승객이 들
어갈 만한 구역이 아니다. 누군가 다가온다면 조리실에서 일하
는 첸이라는 친구를 만나러 간다고 거짓말하려고 마음의 준비
를 했다. 예전 직장에 첸이라는 이름의 홍콩 출신 동료가 있었는
데, 젊은 시절 호화로운 여객선에서 아르바이트한 경험이 있다
고 했다. 이 배는 어디로 보나 호화선이 아니고, 첸은 두 번 다시
배에서 일하지 않을 거라고 했지만, 같은 거짓말이라도 진실을
살짝 섞으면 입에 담을 때 저항감이 줄어든다.

통로 중간쯤 왼편에 방이라고 부르기에는 너무 좁은 공간이
움푹 들어가 있었고, 맥주병이 한 다스쯤 들어갈 법한 플라스틱
상자들이 2미터 높이로 쌓여 있었다. 내가 멈춰서자, 작업 중이
던 스무 살가량의 남자가 내 눈을 보았다. 좋아하는 세네갈 출신
가수와 얼굴이 닮았다. 뭐라고 말을 걸까 망설이던 남자의 입에
서 나온 '아(Ä)'라는 모음이 독일어 특유의 울림을 갖고 있었기

에 나도 모르게,

"여기서 뭘 하고 있습니까?"

하고 독일어로 묻고 말았다. 그러자 상대는 부드럽게 혀를 굴리며,

"와인을 채워 넣고 있습니다."

하고 역시 독일어로 대답하고는 종이 팩을 들어 올려 보이면서 다른 한 손에 쥔 나이프로 한쪽 귀퉁이를 쓱 잘라냈다. 종이 팩을 기울이니 안에서 레드 와인이 흘러나와 발밑에 있는 양동이 속으로 콸콸 쏟아졌다.

"와인병은 무거워요. 선박에 쌓아두는 음식과 음료는 되도록 가벼워야 합니다. 그러니 종이 팩에 든 와인을 선택하는 거죠. 하지만 종이 팩을 그대로 테이블에 올려놓으면 고급스러움이 사라지니까 이렇게 양동이에 한 번 부어서 조리실로 가져간 후 디캔터에 옮겨 담습니다. 웨이터가 크리스털처럼 깨끗이 닦은 디캔터를 들고 가서 테이블을 돌며 손님의 잔에 와인을 따르죠."

청년은 그렇게 말하며 눈을 감고는 승선객들의 아름다운 식사 풍경을 머릿속으로 그리는 듯했다. 푸른 양동이에 담긴 레드 와인이 구정물처럼 보였다. 눈을 뜨고 다음 팩을 집으며 청년은 콧노래라도 부르는 듯한 가벼운 어투로 물었다.

"혹시 당신도 팔츠 지방 출신인가요? 새로 온 매니저예요?"

아무래도 이 청년은 세네갈 출신이 아니라 독일 팔츠 지방에서 태어나, 내가 같은 고향 사람이 아닌가 싶어 친근함을 느끼고 매니저나 뭐 그런 비슷한 사람이라고 오해하는 모양이었다. 호기심에서 이곳에 몰래 잠입했다고 솔직히 말하면 쫓겨날지도 몰라서,

"뭐, 비슷해요. 노라라고 합니다. 트리어에 살고 있어요. 당신은 매일 이 일을 합니까?"

하고 물어보았다. 청년은 작업 중인 손을 쉬지 않고,

"이번 주는 이게 주요 작업일걸요. 하지만 다음 주는 조금 더 재미있는 일을 시켜주지 않을까 기대하고 있습니다. 장래에 대형 호텔 매니저가 되는 게 꿈이라서."

하고 대답하며 부드럽게 웃었다. 고생 없이 자란 얼굴이었지만, 이런 작업에도 불만을 토로하지 않고 성실하게 일하는 걸 보면 의외로 참을성이 강할지도 모르겠다.

"그럼, 호텔 매니저가 될 수 있도록 행운을 빌게요."

그 말을 남긴 채 자리를 떴다. 끝맛이 씁쓸했다.

더 걸어가니 오른편에 아래층으로 이어지는 계단이 있었다. 나는 조심스럽게 계단을 내려갔다. 알루미늄이 푹푹 찌듯이 불쾌한 냄새가 났다. 형광등 불빛이 창문 없는 방 내부를 음울하게 비추었고, 커다란 은색 세탁기 열 대가 전력을 다해 돌아가고 있

었다. 소음이 헬멧처럼 머리에 덮어씌워져 벗고 싶어도 벗을 수가 없었다. 바구니에 포개어 담은 흰 천이 천장까지 닿아 있었고, 안쪽으로 거대한 베틀 기계처럼 생긴 게 보였다. 이 기계를 한 번 지나가기만 하면 테이블보처럼 커다란 천도 매끈하게 다리미질되는 것이리라. 작업대 옆에는 차곡차곡 접힌 테이블보가 산더미처럼 쌓여 있고, 그 옆에 놓인 등받이 없는 의자에 덩치 작은 남자 하나가 무척 지친 표정으로 앉아 있었다. 세탁기 열 대가 돌아가는 소리가 시끄러워서 나는 목소리를 크게 높여,

"세탁기가 아주 크네요."

하고 영어로 말해보았다. 덩치 작은 남자는 귀엽게 웃으며 고개를 끄덕였다. 말이 통하는 것 같아서,

"폐수는 바다로 흘려보내나요?"

하고 물어보니,

"하노이."

라는 말이 돌아와서 말이 통하지 않는다는 걸 알았지만, 그렇다고 대화할 수 없는 건 아니다. 이 사람이 베트남 출신이라는 정보만은 제대로 전달되었으니까.

"이건 테이블보겠네요."

남자는 끄덕였다.

"매일 테이블보를 세탁하기 위해서 많은 세제를 쓰고 그걸 바

다에 흘려보내서 바다를 더럽히는 건 옳은 일일까요. 테이블보 같은 걸 쓰지 않더라도 식사는 할 수 있을 텐데요."

말이 통하지 않는다는 걸 잊고 나는 지금 가장 하고 싶은 말을 했다. 남자는 계속해서 고개를 끄덕이더니 어깨를 축 늘어뜨리며 '지쳤다'라는 몸짓을 취하고는, 두 손을 모아 베개로 삼고 자는 몸짓을 취했다. '일이 많아 수면 시간이 짧으니까 졸려.' 그런 뜻일지도 모른다.

"그렇지요. 힘들겠네요. 하루에 노동시간이 얼마나 됩니까?"

남자는 손가락 한 개를 세워 보였는데 설마 '한 시간'이라는 의미는 아니리라. '잠깐 기다려'라는 뜻인가. 남자가 일어나 제일 안쪽 세탁기로 달려가더니 그 뒤에서 갈색 숄더백을 꺼내 사진 한 장을 가지고 돌아왔다.

"한자 마켓 인 하노이."

사진을 보여주며 남자는 분명 그렇게 말했다. 머나먼 베트남 하노이에 어째서 한자 시장이 있을까. 만약 하노이가 한자동맹에 소속되어 있다면 하노이에도 발트해와 맞닿은 항구가 있는 걸까. 아시아는 이토록 가까이 있는데 우리는 그걸 깨닫지 못한 채 여행을 계속하고 있는지도 모른다. 나는 멍하니 사진을 들여다보았다. 색색의 의복과 잡동사니가 가득한 가게가 좌우로 비좁게 늘어선 풍경과 한가운데 좁은 통로로 소형 오토바이를 탄 여성이 달려가는 뒷모습이 있었다.

사진을 뒤집어보니, 'Hang Da Market'이라고 알파벳으로 적혀 있다. 뭐야, 한자 시장이 실제 하노이에 있는 시장 이름인가 싶었는데, 남자가 그 아래 볼펜으로 쓰인 숫자를 손끝으로 가리키고는 손가락을 다시 가슴 한가운데 댔다. 숫자는 남자의 전화번호인지도 모른다. 그런 뒤 두 손을 벌려 위로 향하고는, 사진을 선물하고 싶다고 손짓하기에 사진을 받고 인사한 뒤 세탁실을 나왔다.

5장

Hiruko는 말한다(2)

크누트의 손은 두껍다. 나의 손 위에 담요처럼 덮인 그 따스한 묵직함이, 괜찮아, 아무 데도 안 가도 돼, 여기도 괜찮아, 라고 말하고 있다. '여기'는 어딜까. 우리가 탄 배는 지금 슈체친을 떠나 그단스크를 향해 폴란드 해안선을 따라 나아가고 있다. 속도는 느리지만 한순간도 지구상 같은 장소에 머무르지 않는다. '여기' 라고 불리는 장소는 조금씩 움직여간다.

지난번 식사 때도 디저트가 나오고 조금 있으니 테이블에 나와 크누트만 남았다. 다른 사람들은 급한 볼일이라도 생각난 것처럼 사방으로 흩어졌다. 배 위에서 갑자기 무슨 할 일이 생긴 걸까. 인간이란 어디에 있더라도 할 일이 생기나. 나는 크누트와 이야기를 나누는 것 말고는 딱히 하고 싶은 일이 없다. 크누트도 마찬가지여서 별다른 볼일 없이 한가해 보였다. 늘 여유로워 보이는 게 크누트의 특징이기도 하다. 한가해 보이기는 해도 지루해 보이지는 않는다.

장기 선박 여행은 부유한 연금 생활자가 즐기는 것이고, 젊은 사람은 너무 지루해서 뱃멀미도 하기 전에 하품이 나온다는 말이 있다. 호화로운 배라면 선박 내부에 있는 보석 가게에서 반지를 고르고, 만찬회나 연주회에 뭘 입고 갈지 고민하고, 건강을 위해 요가 교실에 참가하고, 한자동맹과 독일기사단에 대한 강연을 들으며 시간을 보내리라. 그러나 우리가 탄 우편선에는 그런 프로그램이 없다. 갑판 극장에서 하늘과 바다가 파랑과 잿빛과 하양을 이리저리 배치하고 뒤섞는 모습을 지켜보며 수다를 떠는 것 말고는 다른 할 일도 없다. 그런 탓인지 식사는 하나의 이벤트가 된다. 붉은 양배추의 자줏빛을 띠는 적색과 청완두의 또렷한 구형이 미술관에 전시된 그림이나 조각처럼 시선을 사로잡고, 다른 승객들이 쓰는 언어의 울림이 때로는 현대음악처럼, 때로는 민속음악처럼 귓가에 흘러든다.

이번 디저트는 튀긴 빵이 아니라 통조림에서 꺼낸 고리 모양의 파인애플에 생크림을 곁들인 것이었다. 크누트가 그 고리를 디저트용 포크로 정성스럽게 사등분하며,

"심리 테스트를 해볼게. 이 파인애플이 뭐랑 닮았다고 생각

해? 열까지 셀 동안 다섯 개 얘기해봐."

하고 말하자마자 천천히 수를 세기 시작했다. 나는 서둘러 단어를 늘어놓았다.

"일식 때 보이는 태양광 고리, 결혼반지, 구명튜브, 중세 마을을 에워싼 벽, 도넛."

"하하하. 재밌네."

"그래서 심리 분석 결과는?"

"너는 결혼을 생각하고 있지만, 너무 깊이 빠지는 게 두려워 구명튜브를 찾고 있어. 또 그단스크 마을 견학을 기대하고 있어서 중세 마을을 에워싼 벽을 떠올렸지. 그리고 디저트로 나온 도넛도 생각했어. 이 두 가지만 보면 너의 마음은 기대감과 달콤함으로 채워진 듯 보이지. 하지만 속으로 제일 신경 쓰고 있는 건 일식, 말하자면 세상 종말의 날이라는 이미지야."

"일식이 와도 세상은 끝나지 않아."

"그건 그렇지만 그래도 일식만큼 세상의 종말을 상상하게 만드는 스펙터클은 없을 거야."

나는 '도넛이 디저트로 나왔다'라는 크누트의 말이 마음에 걸렸다. 도넛을 먹은 기억이 없다. 한참 생각한 끝에 지난번 그 튀긴 빵도 일종의 도넛이라는 걸 이해했다. 내 안에서 도넛이라는 단어는 어릴 적 먹은 링 도넛의 이미지와 강하게 이어져 있어서,

설탕을 입혀 튀긴 둥근 빵은 전혀 다른 것으로 간주하고 있었다.

"음, 구멍이 없어도 도넛인가?"

"구멍이 도넛의 최소 조건이야?"

"구멍이 있는 게 도넛이지."

"그럼 파인애플도 도넛이네."

"구멍에 매료돼."

"어째서?"

"구멍이 없으면 맞은편이 안 보여."

"너의 의견은 늘 도움이 된단 말이야. 구멍 맞은편은 어떤 세계야? 유토피아?"

"대만, 필리핀, 태국."

"파인애플 수출국이구나. 대만은 네가 나고 자란 나라와 가깝지 않나? 파인애플 구멍을 통해 맞은편으로 갈 수 있다면, 우리가 찾는 나라를 발견할 수 있을까?"

"파인애플 구멍은 작은 구멍. 통과하는 것은 불가능."

"너는 통과할 수 있지만, 나는 통과할 수 없다는 이야기겠지. 요즘 조금씩 살이 찌고 있으니."

"신체는 통과할 수 없어도 시선은 통과할 수 있어. 맞은편을 들여다본다. 연근의 구멍과 같다."

"연에 뿌리가 있어? 뿌리 없이 풀만으로 물에 뜬다고 생각했어."

"연의 뿌리에는 구멍이 여러 개 뚫려 있어. 그래서 밝은 미래가 내다보여. 시험에 붙도록 수험 전날 먹어."

"먹어? 너는 석가모니가 방석 대신 앉았던 식물의 뿌리를 먹는구나. 존경심도 없이 먹어버리는 거야?"

"존경은 하지만 먹어."

"클로드 모네가 이백 번 이상 반복해서 그린 수련. 거기에는 우키요에를 향한 사랑이 숨겨져 있을지도 모르는데, 그 사랑을 무시하고 너는 연근을 먹는구나."

"사랑을 무시하지는 않지만, 구멍은 먹어. 구멍도 같이 먹어."

"하하하. 너라는 대명사도 하나의 구멍이라는 생각이 들지 않아?"

"구멍?"

"너라는 대명사가 가리키는 내용은 교환 가능해. 텅 비었지. 나는 아카슈에게도 너라는 대명사를 쓰고, 노라에게도 마찬가지야. 말하자면 너라는 건 누구라도 상관없지. 하지만 너를 너라고 부를 때는 그게 네가 아니면 이상하다는 기분이 들어."

"삼인칭으로 이야기하면 돼. 모어로 말할 때는 이인칭이 아닌 이름으로 불렸어. Hiruko는 오늘 학교 끝나고 뭐 해? 친구들은 늘 그렇게 물었어. 엄마도 그렇게 물었어."

"너는 오늘 학교 끝나고 뭐 해? 이렇게 이인칭으로 안 썼구나."

"Hiruko는 오늘 학교 끝나고 뭐 해? 이렇게 삼인칭을 써서 나에게 물었어."

"어떤 기분이 들었어?"

"친근함, 따뜻함, 가까움을 느꼈지."

"어째서?"

"나를 나, 너를 너라고 부르는 건 거리감이 느껴져. 이름으로 불리면 직접 마음에 닿지."

"그런가?"

"어릴 땐 내가 나를 지칭할 때도 삼인칭으로 Hiruko라고 했어. 일인칭이 아니라 삼인칭. 나도 너도 아닌 세계."

크누트는 그 말을 듣고 얼굴을 찡그리며 목소리는 내지 않고 웃었다.

"확실히 그렇네. 나도 어릴 때는 일인칭이 아니라 삼인칭으로 말했을 거야. 나 배고파, 가 아니라 크누트 배고파, 라거나 밖에서 놀고 싶어, 가 아니라 크누트 밖에서 놀고 싶어, 라는 식으로 말이야. 어린애 같아."

"귀엽다."

"엄마도 이인칭이 아니라 삼인칭으로 내게 말을 걸었지. 크누트는 밥 먹기 전에 과자 너무 많이 먹으면 안 돼, 크누트는 이제부터 목욕할 거야, 하고 삼인칭으로 나를 조종했던 것 같아."

"귀엽다."

"하나도 안 귀여워. 인권침해잖아. 삼인칭을 써서 내 행동을 일방적으로 결정해버리다니."

"어린이는 욕망덩어리. 비스킷 한 통을 다 먹고 저녁은 안 먹어. 얼굴에 진흙을 묻히며 놀고 목욕은 안 해."

"하하하. 확실히 난 그런 어린이였어. 그래도 제대로 이인칭을 써서 얘기해줬으면 좋았을 거야. 너는 제때 저녁을 먹어야 한다, 그걸 위해 너는 저녁 식사 전에 과자를 너무 많이 먹어서는 안 된다고 나는 생각한다, 이런 식으로 엄마는 너와 나를 제대로 구분해서 말했어야 했어."

"만약 그렇게 말했다면 넌 뭐라고 대답했을까?"

"너의 의견은 너의 의견이다, 나는 내가 하고 싶은 걸 하겠다. 그렇게 대답했을걸."

"말하자면 비스킷 한 통을 다 먹고 저녁은 안 먹었을까? 얼굴에 진흙을 묻히며 놀고 목욕은 안 한 채 잠들었을까?"

"뭐, 그랬겠지."

"어린이의 권리는 과자를 많이 먹는 게 아니야."

"하하하. 그렇지. 분명 하고 싶은 것이 곧 권리는 아니지. 어린이에게는 학교에 갈 권리는 있지만 먹고 싶을 만큼 과자를 먹을 권리는 없어. 그렇다면 권리라는 건 자기 이외의 인간이 옳다고 판단한 걸 밀어붙이는 것인가."

"권리의 재료는 욕망이 아니야. 만약 인류가 삼인칭만 쓰며 이야기하게 된다면 에고이스트가 사라지고 세계는 더 나아질지도."

"아니, 그건 아닐걸. 욕망은 일인칭이 이인칭에 부딪히는 거지. 인간이 일인칭 단수의 욕망을 버린다면 그건 이미 인간이 아니야."

"하지만 지구에는 문법이 없어. 인칭도 없어. 인간은 그런 지구의 일부."

"그런 식으로 지금 생각하는 게 너의 일인칭 단수인 거지."

크누트와 이야기하고 있으면 아무리 시간이 흘러도 지루하지 않다. 다 같이 테이블을 둘러싸고 식사하는 동안은 크누트하고만 이야기해서는 안 될 듯해서 모두와 균등하게 대화를 나누자고 마음을 먹지만, 디저트가 나오면 각자 자기 안으로 돌아가기 때문에 신경 쓸 필요가 없어진다.

아카슈는 영어를 쓰는 목성 테이블의 동향인과 흥분해서 이야기하고 있었다. 이야기 내용은 들리지 않지만 러시아, 인도, 무기 같은 단어가 귀에 꽂혔다. Susanoo는 묘하게 공허한 눈을 이쪽으로 돌리며,

"너희들, 알고 있겠지만 다음 정박지는 그단스크다. 견학할

가치가 있는 마을이니 정박 시간을 재확인한 후 하선하도록."

라는 말을 남기고 천천히 자리에서 일어났다. 나누크는 디저트를 한 접시 더 얻기 위해 제일 착해 보이는 웨이터에게 말을 걸어 교섭하고 있다. 노라는 디저트에 손도 대지 않고 조리실로 통하는 문 너머로 사라져버렸다. 그러고 보니 지난번에도 디저트가 나왔을 때 노라는 이상하게 안절부절못한 눈치였는데, 얼마 후 말없이 몽유병자처럼 문 쪽으로 걸어갔다. 내가 다시 문으로 시선을 돌렸을 때는 이미 사라진 뒤였다. 이번에도 저 문 너머 세계로 잠입했으리라.

"노라는 요리사와 사랑에 빠져서 밀회를 즐기는 거야."

크누트가 내 생각을 추측하며 말했다. 노라가 사랑을 하고 있다는 발상에 놀라 크누트의 얼굴을 빤히 쳐다보았다. 노라와 요리사가 무농약 채소에 관해 논하는 장면이라면 몰라도 조리실에서 밀회를 즐기는 모습은 상상할 수 없다. 애초에 상대 요리사는 어떤 남성인가. 하얗게 솟아오른 요리사 모자 아래 나누크의 얼굴이 떠오르기에 이렇게 말해보았다.

"노라는 나누크밖에 관심이 없어."

"그렇게 생각해? 나누크가 트리어에 나타났을 때는 사랑했겠지. 하지만 그 사랑은 이미 식은 게 아닐까."

"나누크가 다른 사람이 되어서? 그 의사와 성격을 바꾸어서?"

"다른 사람이 되었다고는 생각 안 해. 나누크는 성장한 거야."

"나누크의 내면이 변했다고 해도 노라는 나누크만 보고 있어."

"내면이 아니라 외모를 사랑한다는 거야?"

"아니. 자기가 제일 처음 만난 나누크가 오리지널이고, 지금은 잠시 길을 잃었지만, 함께 있다 보면 반드시 오리지널로 돌아올 거라고 믿고 있어."

"다시 말해 노라는 자주 있는 실수를 범하고 있는 거네."

웨이터가 테이블을 정리하고 싶은지 옆에 서 있다는 걸 깨달았다. 나는 파인애플의 구멍만 먹고 주위는 남겨둔 채 자리에서 일어섰다. 크누트가 서둘러 두 개의 질문을 연쇄적으로 던졌다.

"네 파인애플, 먹어도 돼? 그단스크, 같이 둘러볼까?"

"질문은 두 개. 대답은 하나. JA!"

"그럼, 항구에 도착하면 선실로 데리러 갈게."

"JA!"

J와 A라는 글자 두 개가 내 양손을 하나씩 잡고 걸어나갔다. 나라에 따라 발음이 다른 이 두 글자는 예스라는 뜻으로, 나에게 용기를 주고 사람과 함께 걷기를 무한 긍정한다. 이를 소리 내기 위해서는 입을 크게 벌려야 한다. 어릴 때 쓰던 '응'은 소극적으로 목을 울릴 뿐이고 외부로 자신을 드러내는 음은 아니었다. "같이 놀자." "응." "친구 할래?" "응." "우리 집에 놀러 올래?" "응." "손

잡아도 돼?" "응." 머나먼 과거의 희미한 어둠 속에서 머뭇거리는 '응'의 순간들이 이어지며 가는 실을 잣고 있었다. 북유럽 유학을 위해 탄 비행기가 이륙한 순간, 그게 툭 하고 끊어졌다.

내가 남긴 파인애플을 먹기 시작한 크누트를 거기 남겨두고, 나는 식당을 나왔다. 배는 열차나 비행기와 달리 각자 자기 방으로 돌아가고 나면 아무도 타지 않은 것 같은 기분이 든다. 금속의 울림처럼 고요한 통로를 걷는데 바로 왼쪽 문이 눈앞에서 열리며 Susanoo가 얼굴을 내밀었다. 나를 보자마자,

"너, 몸이 흐느적흐느적하는데 뱃멀미인가."

하고 무뚝뚝하게 말했다. 식당에서는 마치 공공의 임무를 떠맡은 듯한 얼굴을 하고서 영어로 말하더니 갑자기 모어로 돌아왔다. '흐느적흐느적'이라는 말을 듣고 나서야 뼈가 제대로 맞춰지지 않은 듯한 어색함이 느껴졌다. 배가 흔들려 발뒤꿈치를 제대로 바닥에 붙이지 못하기에, 계속해서 무릎 접시의 위치가 어긋나면서 무거운 짐이라도 지고 있는 것처럼 상반신이 좌우로 흔들려 서 있는 것만으로도 힘들다.

"약간은 고오난."

고난이라는 한자어 사이에 '오'를 붙여도 되나 잠시 고민했지만, 입에 담고 보니 기분이 좋았다. 이런 발음을 어릴 때 들은 적이 있는 듯하다. 고오민, 우우울, 이런 식으로 가운데를 늘이면

사각형 금속제 기계 같던 한자어에서 가느다란 실이 뻗어 나와 마음과 함께 묶였다. 그걸 사투리나 개인 방언이라고 하는 사람이 있다면 멋대로 생각하라고 내버려두면 된다.

"너, 이제부터 뭘 하나?"

"크누트와 그단스크 견학."

"치아라."

"뭐?"

"안 된다카이."

"위째?"

"니는 뼈가 안 좋다 아이가."

"위째?"

"《고지키》 안 봤나. 니는 거머리*대이. 그림자뿐인 실패한 장녀 아이가. 이도저도 아인 기라. 자손은 없을 끼다."

"니야말로 께으름배이 주제에, 뭐든 다 때려 부수는 파괴의 신."

"웃기고 자빠졌다."

등 뒤에서 헛기침 소리가 들려 돌아보니, 어느 틈엔가 세 걸음 정도 떨어진 곳에 나누크가 서 있었다.

"너희들, 둘만 있을 때는 어려운 단어로 말하는구나. 내 어학

*　히루코는 일본어로 '거머리 아이'라는 뜻.

실력으로는 이해할 수 없네."

"후쿠이어와 니가타어 배틀."

"오호, 재미있는데. 녹음해도 될까?"

"대화는 벌써 끝났다."

Susanoo는 인정머리 없이 대답하고는 문을 닫고 자기 선실에 틀어박혔다. 나누크는 그리 황당한 표정도 짓지 않고 어깨를 가볍게 으쓱한 뒤 고개를 기울여 내 얼굴을 빤히 쳐다보았다. 나누크는 크누트와 비슷한 정도로 키가 크지만, 체격이 늘씬하고 목도 가늘다. 혹시라도 크누트가 언젠가 아버지가 된다면 그림 동화에 나오는 곰과 비슷해지는 한편, 나누크는 나이 들어갈수록 코요테 같은 분위기가 깊어지지 않을까 싶다.

"너는 니가타 출신이었구나. 니가타의 니는 덴마크어의 ny, 영어로 new와 같은 어원이니까 새롭다는 뜻인가?"*

그런 식으로 생각해본 적이 없기에 나누크의 질문에 할 말을 잃었다.

"Ny가타는 러시아에서 가깝지? 우리가 대륙을 횡단해서 동쪽 끝으로 나가면 수도보다 먼저 너의 고향에 닿겠네."

---

* 바다 건너 한반도와 러시아를 마주한 니가타(新潟)는 새로울 신(新)에 갯벌 석 (潟) 자를 쓴다.

"그렇게 가깝지는 않아. 정말로 대륙에 가까운 건 대마도. 부산이라는 항구도시와도 가까워."

"하지만 시베리아를 횡단해서 간다면 마지막에는 동쪽 끝 하바롭스크나 블라디보스토크 같은 데 도착할 거고, 거기서 니가타 코쿠까지 직항편이 있잖아? 나는 여행기 읽는 걸 좋아해서 가본 적이 없어도 교통 사정을 잘 알지. 니가타 코쿠 사진도 본 적이 있어. 엇, 코쿠가 아니라 모음을 쭉 늘려서 코―쿠―라고 하던가. 장모음과 단모음을 제대로 구별해서 외우기란 참 어려워. 코쿠**는 우마미의 유의어이고 코―쿠―는 에어포트라는 뜻이었지."

"코―쿠―가 아니고 쿠―코―. 한자로 하늘 공(空)에 항구 항(港)을 써."

"아, 그래. 그랬지. 참 로맨틱해, 하늘의 항구라니."

"우리들의 배는 잠시 후 물의 항구에 도착해. 하늘의 항구가 아니라 물의 항구인 그단스크에."

나누크는 자기가 관심이 있는 주제라면 가볍게 우호적으로 어디까지나 언어를 이어간다. 나누크 말을 듣고 있으면 어딘가 살짝 어긋나 있어 묘한 기분이 들고, 아직 본 적 없는 고향의 모

**   깊고 진한 맛. 형용사로 짙다는 뜻의 '코이'에서 왔다.

습이 뇌의 수평선 부근에서 빛나기 시작해서 대화를 중단하는 게 아쉬운 기분이 든다.

"Susanoo의 출신지인 후쿠이도 미국 쪽 바다가 아니라 러시아 쪽 바다에 접해 있는 거지?"

"맞아."

그때 통로 저편에서 아카슈가 다가왔다. 우리의 대화를 언뜻 듣고는,

"미국 쪽 바다라느니 러시아 쪽 바다라느니, 무슨 냉전 시대 이야기야?"

하고 호기심에 반짝이는 검은 눈동자를 되록되록 굴리며 물었다.

"아니, 냉전이 아니야. Hiruko가 나고 자란 열도(列島) 서쪽에는 러시아의 바다, 동쪽에는 미국의 바다가 있다는 이야기야. 이건 딱히 냉전에 맞춰서 그렇게 된 게 아니라 냉전이 시작하기 전 빙하시대부터 그랬어."

"아니야. 빙하시대에는 열도가 아니라 반도였어. 나중에 대륙에서 떨어져 나와 열도가 되었지만, 그건 해수면이 상승했기 때문이잖아. 지구온난화가 계속되어 해수면이 더 올라가면, 열도는 전부 태평양에 잠길지도 몰라."

"냉전 시대와 빙하시대는 차원이 다른 추위네. 아카슈, 인도

는 어느 쪽 바다에 접해 있어?"

"러시아와 인도 사이에 바다는 없어. 그 대신 건조한 땅이 하염없이 펼쳐져 있지. 파키스탄, 아프가니스탄, 투르크메니스탄, 타지키스탄, 키르기스스탄, 우즈베키스탄, 카자흐스탄. 다 셀 수도 없어."

"미국 쪽으로는?"

"미국은 카자흐스탄 뒤에 있는 러시아 뒤에 있는 영국보다 더 뒤에 있으니까 멀어서 안 보여."

아카슈의 말에 나누크가 즐거운 듯 눈을 깜박이며 말했다.

"그럼 우리는 러시아에서 열차를 타고, 네가 지금 열거한 스탄으로 끝나는 나라를 하나하나 통과해서 동쪽으로 동쪽으로 가는 건가."

아카슈는 당황하며,

"설마. 국경을 넘을 때마다 신경이 날카로워져. 그러니 되도록 국경 수를 줄이는 여정을 짜는 게 중요해."

하고 말하고는 자기 턱을 문질렀다.

"지금은 바다 위에 있으니 국경이 없어. 바다 여행만 계속한다면 국경은 하나도 없겠네."

그렇게 중얼거리는 내 얼굴을 보며 아카슈가,

"그렇지, 수에즈운하를 지나 인도를 경유하여 가는 게 제일 좋았을 거야."

하고 말하며 쓸쓸한 듯이 한숨을 쉬었다. 나누크가 응원하듯
아카슈의 어깨에 자기 손을 올리고 심각한 표정으로 말했다.

"수에즈운하는 통과할 수 없어. 지중해는 갇힌 세계야. 지중
해에서는 중동으로도 갈 수도 없고, 아메리카 대륙으로도 갈 수
없어."

신기한 일이지만 나에게는 다 함께 어떤 항로를 선택할지 상
의한 기억이 없다. 그 부분만 기억에 구멍이 뻥 뚫린 채, 정신을
차려보니 이 배에 타고 있었다. 다른 친구들은 어떨까. 궁금한
점을 솔직하게 털어놓을 좋은 기회인지도 모른다.

"수에즈운하를 지나지 않더라도 아프리카 대륙을 따라 배를
타고 나가다가 케이프타운을 돌아서 동쪽으로 향하는 항로는
선택할 수 있지 않았을까?"

그 말을 들은 나누크와 아카슈는 입을 다물었다. 두 사람 다
그렇게 하지 않은 이유를 모르는 것이리라. 알고 있지만 입에 담
는 걸 두려워하는 거라면? 나에게 상처를 주지 않기 위해 배려
하고 있는 거라면? 어디선가 낮게 신음하는 기계음이 들려왔다.
아카슈는 깊은숨을 내뱉고는 아무 일도 없었다는 듯 밝은 목소
리로 말했다.

"아프리카 연안은 먼바다까지 감시당하고 있어서 해안으로

부터 상당히 멀리 떨어지지 않으면 어려워. 지금은 그런 항로를 다니는 여객선은 없어. 승객을 태워주는 화물선도 없고. 만약 오해로 인해 정찰선에 붙잡히기라도 한다면 귀찮은 일이 생겨."

"정찰선은 뭘 그렇게 경계하는데? 해적?"

나누크는 한순간 그런 것도 모르냐며 한심하다는 얼굴이었지만, 곧장 표정을 가다듬고 설명해주었다.

"아프리카 합중국을 만들지 못하게 하려는 세력을 경계하는 거지."

"무슨 세력?"

"합중국 건설은 아프리카 내부에서 생겨난 힘으로 만들어지는 게 아니라 C국의 세력이 뒤에서 조작하여 만들게 하고 있다고 생각하는 A국의 군대야."

아카슈도 걱정스러운 얼굴로,

"우리가 A국의 스파이는 아니지만 아프리카에서 보기에는 외부인이야. 그러니 해안에 다가가지 않아야 한다는 것만은 확실해. 너는 어떻게 생각해?"

하고 말하며 내 얼굴을 보았다. 세계 정세를 잘 모르는 나는 당혹스러워,

"우리들의 유엔에도 아프리카는 참가하지 않았어."

하고 그 순간 떠오른 말을 입에 담았다. '우리들의 유엔'이란

크누트와 나누크와 아카슈와 노라와 Susanoo와 나를 이르는 것이었다.

"그건 맞지."

아카슈가 어두운 목소리로 대답했다. 아카슈는 마음에 그늘이 지면 목소리가 낮아져서 남성의 음역으로 들어간다.

"하는 수 없잖아. 우리 그룹은 유럽 귀퉁이에 사는 몇 명이 어쩌다 만든 지부의 지부의 지부야. 아주 작은 세포에 불과해."

나누크가 변명하듯 말하며 이렇게 덧붙였다.

"아프리카가 닫혀 있는 한 우리에게는 러시아가 다리야. 시베리아를 횡단해서 작은 경비행기를 타고 찾아보자. 네가 잃어버린 열도를."

"비행기 창문에서 열도가 보이는 순간을 상상하니 가슴이 설레. 위에서 보면 지구가 둥그스름해 보이기도 할 거야. 새파란 바다로 뒤덮인 지구. 거기에 찍힌 구두점. 그게 열도겠지."

밝은 목소리를 되찾은 아카슈가 말했다. 나는 거꾸로 마음이 술렁거렸다. 온통 푸른색으로 뒤덮인 하계(下界)에 Z모양의 사도섬*

---

*　한반도와 마주한 바다에 뜬 니가타현의 섬. 제주도의 절반 크기로 역사적으로는 악명 높은 유배지였고 근대 들어 금광으로 개발되었다가 태평양전쟁 발발 이후에는 전쟁 물자를 확보하는 시설이 되어 천 명 이상의 조선인이 강제 노역을 당했다.

이 둥실 떠 있다. Z는 알파벳 마지막 글자다. 이윽고 브로콜리처럼 봉긋하게 짙은 녹색 나무가 입체적으로 떠오르고, 사도와 혼슈 사이에 반짝이는 무수한 삼각형 파도까지 눈에 들어온다. 시선은 바다에서 시나노강**으로 옮겨 가 강가에 성냥갑처럼 늘어서 있는 건물 가운데 하나라도 아는 건물이 있는지 필사적으로 들여다본다. 공항이 모습을 드러내고, 아직 착지도 하기 전인데 회색 활주로가 까슬까슬하게 신발 뒤축에서 느껴질 무렵 기압이 바뀌어 귀가 아프다. 비행기 바퀴가 지면에 닿아 그을릴 듯한 마찰음을 내고, 앞으로 꼬꾸라질 것 같은 상반신을 어떻게든 수직으로 유지하며, 창밖으로 두루마리 그림처럼 흘러가는 살풍경한 공항의 모습에서 뭐라도 좋으니 그리운 게 없나 하고 곁눈으로 쫓는 내가 있다. 이곳이 특별한 장소라는 증거를 찾아내려용을 쓰는 동안 옆자리에 앉아 있던 크누트가 사라지고, 앞자리에 보이던 아카슈와 노라의 머리도 사라지는데, 통로 너머를 보니 나누크도 없다. 얼굴에서 핏기가 사라진다. 고향으로 돌아오기는 했지만 대신 모두를 잃었다. 그렇게 생각한 순간 백주몽이라는 걸 깨달았다.

　나는 혼자 선실 침대에 앉아 있었다. 어떻게 선실로 돌아왔는

**　니가타현을 지나 바다로 흐르는 일본에서 가장 긴 강.

지 생각나지 않는다. 나는 내가 나고 자란 나라로 돌아가고 싶은 게 아니다. 잊어버리고 싶은 것도 아니다. 도대체 어떻게 된 건지 궁금할 뿐이다. 어느새 나라를 한자가 아니라 히라가나로 인식하고 있었다.* 모두 함께 그 나라를 방문하고 싶다. 그때 그 나라는 그리움으로 사라진 것이 아니라 측량할 수 없는 미지로 변모해 있으리라.

문을 노크하는 소리에 동시베리아 너머로 날아간 의식이 몸속으로 돌아왔다. 문손잡이를 안으로 당기자, 크누트의 가슴팍이 눈앞에 있었다. 키 차이가 있어서 너무 가까이 서면 얼굴이 위에 놓여 눈이 안 보인다. 방 안으로 한 걸음 물러서자 햇볕에 그을린 크누트의 얼굴이 보였다. 갑판에서 바다의 햇볕을 쬘 때는 붉은 반점이 일었던 피부에 차분한 구릿빛이 내려앉으려 하고 있었다. 눈 양쪽 옆구리 피부가 약간 딱딱해졌는지 얼굴에 주름이 지면서 반짝거렸다.

"준비됐어?"

"준비됐어."

"내 얼굴에 뭐 묻었니?"

---

* 일본에는 한자를 딱딱하고 경직된 문자, 히라가나를 부드럽고 유연한 문자로 보는 경향이 있다.

"우리는 얼굴과 얼굴보다 옆구리와 옆구리가 나아."

"무슨 뜻이야?"

"설명은 나중에. 우선은 가자."

배에서 내렸더니 택시 운전사 여럿이 다가와 제각기 호텔로 가느냐, 구시가지 관광을 가느냐, 그런 것들을 영어로 물었다.

"시간이 없으니까 택시로 요새까지 가자."

크누트가 내 귀에 속삭이며, 헌팅캡을 쓴 메기수염 운전사에게 영어로 가격을 흥정했다. 흥정은 크누트에게 맡기고 나는 바닷바람을 가슴 가득 들이마셨다.

차내에는 희미하게 담배 냄새가 났다. 한동안 맡지 못한 그리운 냄새였다. 우리가 나란히 뒷좌석에 앉자마자 자동차가 미끄러지듯 달려 나가는데 크누트가,

"네가 나고 자란 마을에는 요새가 있었어?"

하고 의외의 질문을 했다.

"아니."

"마을을 둘러싼 벽은 있었어?"

"아니."

"하지만 큰 나라가 공격해오지 않았어? 중국이라든가."

"중국은 안 왔어."

"몽골은?"

"몽골인은 두 번 공격해왔어. 하지만 헤엄을 못 쳐서 언제 가 라앉을지 모를 열도에는 그 뒤로 다시는 오지 않았지."

"말하자면 바다 자체가 벽이 되어서 외부에서 누가 들어오는 걸 막았구나. 이웃 마을과의 경계선은?"

"야마가타현과의 경계는 산. 군마현과의 경계는 미쿠니터 널."

"산과 터널이라. 윤곽을 파악하기가 어렵겠네."

고향의 윤곽을 찾아본 적은 그때까지 한 번도 없었다. 새도 아 니고 나의 생활권을 위에서 바라볼 수는 없다. 지면 위를 두 발 로 걸으며 이동해야만 하는 인간에게는 눈앞에 있는 것밖에 보 이지 않는다. 항구의 고층 빌딩을 올려다보고, 해안선 끝에 솟은 바위를 바라보고, 선착장 특산품 가게에 들어가 내부를 둘러보 며 걷는 일은 할 수 있지만 생활권 윤곽을 상공에서 확인할 수는 없다. 여행으로 방문하는 마을이라면 지도를 찾아볼 수도 있겠 지만 내가 살고 있는 마을이므로 그러지도 않는다. 단념할 줄 모 르는 크누트가 다시,

"너에게 고향은 도대체 어떤 형태로 기억되는 곳이야?"

하고 물어서 한 가지 생각난 것이 있다. 고등학생 때, 친구와 이와테현*으로 일박 여행을 떠나기로 했는데, 출발 전날 반쯤 장난으로 산 티셔츠가 문득 생각났다. 가슴에서 배에 걸쳐 니가

타현 모양을 딴 공룡 그림이 있고, 그게 어린 벼처럼 선명한 녹색으로 칠해져 있었다.

"니가타현은 두 발로 선 공룡의 모양이야."

크누트는 치열이 예쁜 흰 이를 드러내며 웃었다.

"공룡이 태평양을 달리는 거구나. 어디를 향해 달리는 거야?"

"지도상으로는 오른쪽."

"그렇다면 동쪽이네. 우리가 아무리 동쪽으로 가더라도 공룡이 동쪽으로 도망치는 건 따라잡지 못할지도 모르겠다."

오늘은 나누크와도 크누트와도 고향의 현(縣) 이야기만 하고 있다. 해외에 살면 현까지 아는 사람이 주변에 없기에 어느 틈엔가 화제에서 사라진다. 40년 이상 쭉 리가에 정착하여 살던 시가현 사람이 40년 만에 모스크바에서 온 일본학 연구자를 만나 이야기를 나누게 되었는데, 어느 현 출신이냐는 질문에 시가라는 단어가 나오지 않아서 리가현이라고 대답했다는 우스갯소리가 있다. 내가 어릴 때는 어느 현 출신인지 하는 게 꽤 의미가 있어서, '현외(縣外)'라는 단어까지 존재했다. 이웃집 혼마 씨는 틈만 나면, "딸애가 현외로 시집을 가버려서" 하고 마치 그게 인생 최대 불운처럼 한탄하기에 나는 '현외'가 '권외(圈外)'인 줄 착각

＊　니가타현에서 동북쪽에 위치하며 망망한 태평양을 향해 있다.

하고* 따님이 '권외'에서 결혼한다는 건 우주선을 타고 대기권 밖으로 나갈 만큼 불안한 일일 거라고 어린 마음에 생각했다. 그러나 어느 날 그 따님이 결혼해 사는 곳이 후쿠시마현 아이즈와카마쓰 지역이라는 걸 알고 '현외'라는 걸 처음 깨달았다. 뭐야, 같은 현이 아니라는 뜻이었구나. 차로 한 시간 반 만에 갈 수 있는 곳인데, 어째서 혼마 씨는 현외라는 말을 쓸까. 아직 어린이였던 나는 궁금했다. 현의 경계에는 역사 교과서에서 본 베를린 장벽처럼 벽이 솟아 있어서 총을 든 병사가 지키고 있느냐고 학교 선생님에게 물어보니, "그런 건 아니야. 현의 경계는 누구나 자유롭게 넘을 수 있어" 하고 선생님이 상냥하게 말하며 웃고는 갑자기 슬퍼하는 듯한 얼굴로, "각각의 현이 지나온 과거에는 무거운 것도 있고 가벼운 것도 있지" 하고 덧붙였다. 우리 반에서는 마침 이웃 현에서 온 전학생이 따돌림을 당해서 상처를 입는 사건이 있었다.

내가 북유럽으로 유학 가는 게 결정되었을 때, 엄마가 누군가와 전화하며 "딸이 해외로 유학 간다"라고 말하는 걸 듣고 아아, 나는 바다 밖으로 가는구나 하고 새삼 깨달았다. 이상하게 해외가 더 먼데도 현외만큼 슬프게 들리지는 않았다.

---

* 일본어에서는 둘의 발음이 같다.

"저게 비스워우이시치에 요새야."

크누트가 높은 음성으로 말하고 택시비를 내면서, "요새를 다 돌아본 뒤 마을까지 타고 가고 싶은데요" 하고 운전사에게 말했다. 교섭은 크누트에게 맡기고 나는 택시에서 내렸다. 벽으로 둘러싸인 요새 내에는 돌로 된 문이 있고 안쪽에 잿빛 탑이 솟아 있었다. 마치 그림책 삽화에 나오는 성탑 같았다. 문을 지나 부지 안으로 들어가니, 붉은 연어 속살 빛깔 벽돌로 만든 한자 상인의 집처럼 보이는 건물이 늘어서 있고 그 너머에 성벽이 있었으며 잿빛 탑은 다시 그 너머에 있었다. 저 너머에 있을 바다는 보이지 않았다.

요새란 바다에서 침입하는 적을 감시하기 위해 만든 높은 건물이라고 들었는데, 비스워우이시치에 요새는 전쟁이라는 단어 따위 들어본 적도 없다는 듯이 느긋한 얼굴로 태양을 쬐고 있었고 주변은 고요하고 평화로웠다.

"그림책에 나올 것 같은 탑."

"그렇네. 공주님이 안에서 얼굴을 내밀고 손을 흔든다 해도 이상하지 않겠어."

크누트가 그렇게 말한 순간, 탑의 2층 창문에서 귀여운 금발 머리 여자아이가 얼굴을 내밀고,

"아빠!"

하고 소리치며 우리 쪽으로 손을 흔들었다. 정말로 공주님이 사나 싶어 놀랐는데, 등 뒤에서 격렬히 땅을 차며 달려오는 발소리가 들렸다. 우리를 여기까지 데려온 택시 운전사였다. 운전사는 숨을 헐떡이며 여자아이를 올려다보며 뭐라고 소리쳤다. 아마도 그런 데 올라가면 안 된다, 내려와라, 같은 말을 외치고 있으리라. 폴란드어라서 의미는 알 수 없었지만, 그리 엄하게 화를 내는 건 아닌 듯 들렸다. 탑에 올라가 아빠를 기다리는 장난도 오늘이 처음은 아니었으리라.

운전사는 탑 뒤로 달려가 자취를 감추었는데, 얼마 후 금발의 공주님뿐만 아니라 고적대처럼 장난감 북을 배에 동여맨 밤색 머리칼의 소년도 데리고 돌아왔다. 소녀가 소년보다 키가 컸다.

"죄송합니다. 아이들이 탑에 올라가고 싶어 해서요."

운전사는 직업상 영어가 익숙한 듯했다. 크누트는 진지한 얼굴로 물었다.

"탑에는 저도 올라가고 싶네요. 티켓은 어디서 사면 되나요."

"탑은 출입 금지입니다. 위험해서."

여자아이가 신기하다는 듯이 내 얼굴을 올려다보는 게 거북해서,

"따님과 아드님인가요?"

하고 운전사에게 물어보았다. 운전사가 대답하기 전에 여자

아이 본인이 곧장 영어로 말했다.

"나는 딸. 이 남자아이는 내 남편 오스카야."

크누트가 허리를 굽히고 말했다.

"너는 아직 어린데 영어를 잘하는구나."

"나는 영국의 엘리자베스 여왕이 될 거거든. 그래서 영어 공부를 하고 있어."

택시 운전사는 딸이 엘리자베스 여왕이 될 거라는 계획을 이미 질릴 만큼 들었는지 전혀 반응하지 않고 우리 얼굴을 번갈아보며 설명해주었다.

"저 탑이 옛날에는 등대였습니다."

"훌륭하군요. 등대는 평화적이라 좋아합니다. 배를 가라앉히기 위한 게 아니라 안전히 항구로 이끌어주기 위한 거니까요."

크누트가 그렇게 말하자 운전사는 쓸쓸한 웃음을 지었다.

"평화적이지는 않았습니다. 스웨덴, 러시아, 작센. 이 요새는 수많은 적과 싸워왔습니다. 그런데 당신은 스웨덴 사람입니까?"

"아니요, 덴마크입니다."

"사모님은요?"

내가 웃음을 참으며,

"그린란드입니다."

하고 대답했다. 나누크와 출신국을 바꾸는 것도 재미있을 거라고 여겼기 때문이다. 그린란드 출신인 나를 떠올리기가 크누트의 아내인 나를 떠올리기보다 쉬웠다. 크누트는 내 농담에 놀라 격하게 눈을 깜박였지만, 그때 운전사가 진지하게 이야기를 시작했기에 그린란드 출신 아내 이야기는 그 즉시 중요성을 상실했다.

"요새는 조국의 상징입니다. 물론 적이 반드시 바다에서 오리라는 법은 없지요. 평화적인 시민으로 가장해 내륙에서 슬금슬금 들어와 마을을 지배하는 적도 있어요."

"외국에서 들어오는 시민은 적입니까?"

나는 내가 적대적인 취급을 받은 듯한 불쾌감에 그렇게 말했다. 택시 운전사는 나의 질문을 무시하고 말을 이었다.

"조국을 지키는 건 대단히 어렵지요. 하지만 조국을 지키지 않으면 안 됩니다."

"유럽이 평화로워진다면 조국을 지킬 필요도 없겠지요. 그 길이 더 빠릅니다."

부드럽게 반론하는 크누트를 운전사가 쩨려보며 캐물었다.

"유럽이 정말로 조국을 위한 곳이 될 거라고, 당신은 보증할 수 있습니까."

크누트는 침착하게 대답했다.

"유럽을 위한 곳이나 조국을 위한 곳이 안 되더라도 인간을 위한 곳이 된다면 되겠지요."

"인간이란 동물은 추상적이라 믿을 수가 없지. 조국이야말로 마음을 느낄 수가 있어."

운전사가 다음 문장을 다시 '조국'이라는 단어로 시작하려는 순간, 그걸 가로막듯 남자아이가 있는 힘껏 양철북을 치면서 고막을 찢을 듯한 고함 소리를 냈다. 나는 누가 내게 냉수를 끼얹은 것만 같아 몸을 웅크렸고, 운전사는 남자아이의 귀를 난폭하게 잡아당기며 혼을 냈으며, 크누트는 그걸 막으려고 운전사의 어깨에 손을 얹었다. 지름 30센티미터가 채 안 되는 장난감 북이 요새를 뒤흔들 만한 소리를 낼 줄은 상상도 못 했다. 남자아이는 커다란 눈으로 운전사를 노려보았다. 나는 하양과 빨강의 삼각형을 조합해 만든 양철북을 보며 어디선가 본 적이 있는 모양이라고 생각했다. 금발의 여자아이는 우리에게 따지듯이,

"북을 치며 경고하는 게 저 친구의 일이에요!"

하고 영어로 말했다. 운전사가 '조국'이라고 말한 순간 북을 치기 시작한 소년은 어른들에게 경고하기 위해 이 세상에 내려온 천사인지도 모른다. 그리고 소녀는 평화를 위해 과감히 맞서 싸우는 작은 외교관이다. 운전사는 단념한 듯 고개를 좌우로 흔들며 설명했다.

"이 보이는 아무리 시간이 흘러도 어른이 되지 못해. 소리를

치거나 소음을 만드는 일밖에 하지 못하지. 그리고 나의 걸은 이
보이를 항상 변호해."

나는 소년 소녀의 편을 들어주고 싶어서 말했다.

"아이들이 경고해준다는 데에 우리는 감사해야 하는지도 몰
라. 조국이라는 관념은 위험해."

"조국이 뭐가 나쁘지?"

운전사는 다시 기분이 상해서 눈썹을 치켜올렸다.

"조국이 옳고 주변 나라가 적이라는 생각을 계속해서 하다 보
면, 어느 날 조국은 녹아서 소멸해버린다."

그때 어째서 그렇게 말했는지는 나도 잘 모르겠다. 운전사는
내 말을 듣고 몇 초 동안 얼빠진 얼굴을 하고 있더니만, 갑자기
손목시계를 보며 물었다.

"이제 구시가지로 돌아갈까요. 아이들을 태워도 되겠습니까."

몸집이 큰 크누트가 운전사 옆에 앉고, 나와 아이들은 뒷좌석
에 앉았다. 남자아이한테서 모래와 우유가 뒤섞인 듯한 냄새가
났다. 아까는 그렇게 큰 소리를 냈으면서 지금은 작은 손에 북채
를 쥔 채 몸이 굳어서는 아무 말이 없었다. 말 시켜도 소용없어,
설득해봤자 헛수고야, 같은 말이라도 하고 싶은 완고한 표정이
었다. 이 아이라면 어느 틈엔가 어른이 되어 주변 사람들의 생각
에 전염되는 일은 없으리라. 언제까지나 아이인 채로 북을 치고

소리를 지르며 어른들에게 경고를 해대리라. 평화가 찾아와 더는 경고할 필요가 없어졌을 때, 이 아이는 비로소 성장하여 어른이 될 수 있다고 생각하는지도 모르겠다.

6장

나누크는 말한다

나의 이름이 적혀 있다. 여기저기 못을 흩뿌린 듯 어색한 필체라 내 이름이라는 걸 깨닫기까지 몇 초 걸렸다. 그 밑에는 '칼리닌그라드 시장님, 저희 '발트의 빛' 승객께서 오늘 하루 동안 칼리닌그라드를 둘러볼 수 있도록 허락해주십시오'라는 글이 영어와 러시아어로 인쇄되어 있었다. 그게 반으로 접힌 수첩형 증명서의 왼쪽 페이지고, 오른쪽 페이지 사진 속에는 두프 선장이 방긋 웃으며 손으로 브이를 그리고 있었다. 이런 애들 장난 같은 입국 비자가 정말로 통용될까. 칼리닌그라드 마을을 둘러보고 싶으냐고 어제 선박 사무 담당 여성이 물어보기에 그렇다고 했더니 오늘 이걸 선실까지 가지고 왔다. 내 국적도 묻지 않고 '우리 배의 승객'이라는 이유만으로 선장이 나를 떠맡아 입국을 부탁

하는 꼴이다. 아카슈와 통로에서 마주쳐서 그걸 보여주며,

"선장이 책임자가 되어 개인적으로 부탁하면 승객은 국적에 상관없이 누구나 입국할 수 있다는 거잖아. 믿을 수가 없어. 하지만 미래 세계는 그렇게 되면 좋겠군."

하고 말했더니 아카슈는 콧구멍을 크게 벌리며 숨을 들이마시고는,

"외교상 속임수일지도 몰라."

하고 말했다.

"속임수라니, 무슨 말이야?"

"칼리닌그라드는 원래 외국과 교류하고 싶어 안달이 난 도시야. 하지만 러시아 중앙정부가 그렇게 두지 않지. 본토에서 떨어진 영토라 감시하긴 어려워도, 너무 튀는 행보를 보이면 탄압이 들어와. 네가 가지고 있는 비자 비슷한 것은 러시아 측 허가 도장이 없으니 혹시라도 외국인 입국을 허락했다가 칼리닌그라드 시가 중앙정부의 추궁을 받는다면, 외국의 선장이 멋대로 탄원서를 쓴 것뿐이라고 덮어씌우기 좋겠지."

"그렇다면 입국이 불법인가? 경찰에 체포되려나?"

"아니, 탄원서가 있으니까 불법은 아니야. 따라서 칼리닌그라드시에서 너를 체포할 의무는 없지. 그 사람들도 가능하면 누굴 체포하고 싶지는 않을 테니까. 네가 입국하는 걸 막겠다는 생각

도 없어. 하지만 입국을 공식적으로 허락한 건 아니지. 그런 딜
레마에서 벗어나기 위한 속임수인 거야."

"위험한 그레이존 아닌가?"

"그렇지도 않아. 정말로 회색인 건 날씨네."

아카슈와 헤어지자마자 곧장 Susanoo를 맞닥뜨렸고 입국 허
가를 받았다고 이야기하자,

"범죄에 얽히지 않도록 조심해."

하고 근엄한 어투로 말했다. 불안하지는 않았지만 그래도 혹
시 몰라서,

"범죄가 많이 터져?"

하고 물었다.

"요즘 외국인 여행객이 확 줄어서 눈에 잘 띈다고. 다쳐서 이
마을에 입원하기라도 하면 어쩌나? 조심하라고."

"당신이 그렇게나 동료의 안전을 신경 쓰는 인간일 줄은 몰랐
는데."

"전원이 안전하게 여행 목적지에 닿을 수 있도록 하자고, 나
는 매일 그것만 생각하네."

Susanoo는 어쩐지 대장 같은 말투를 쓴다. 우리하고 같이 연
극이라도 할 심산인가. 대본을 받은 적 없는 나는 눈가리개를 한
채 무대에 올라 있는 꼴이다. 무대에서는 어쩐 일인지 Susanoo가

대장 역할을 연기한다. 대장은 우리를 어딘가로 안전히 보내야 하는 의무를 떠맡고 있는 듯한데, 그게 어디인지는 Susanoo만이 알고 있나.

혹시라도 우리가 함께 하나의 연극을 하는 중이라면 대본의 주인공은 Susanoo가 아니라 Hiruko이리라. Hiruko가 없었다면 이 여행은 시작조차 하지 못했다. 사라졌다는 소문이 도는 모국을 찾아 먼 여행을 떠난 여성의 이야기. 이런 이야기에는 비극이 장착되어 있을 듯해도 Hiruko 본인은 요즘 "모국 같은 건 없어도 돼. 다 같이 여행할 수만 있다면" 같은 태평한 소리를 하고 있다. 비극의 주인공에게는 어울리지 않는 대사다. 갑판에서 조국이 사라진 바다를 보는 순간 통곡한다거나, 사라졌다고 여겼던 조국의 땅에 와락 엎드려 기쁨의 눈물을 흘린다거나, 그런 장면이 가능한 운명을 가진 자는 Hiruko뿐이기에 조금 더 힘내 주지 않으면 곤란하다. 다른 일행들은 그런 기회가 주어지지 않았을 뿐 아니라 애초에 성격적으로 비극의 주인공에는 어울리지 않는다. 노라는 결코 운명을 받아들이지 않고 이성적으로 싸워나갈 테고, 아카슈는 하루하루의 빛 속에서 부드럽게 반짝일 뿐 비운도 행운도 모두 날씨처럼 받아들여버릴 듯하다. 야심 없는 크누트를 영웅으로 추켜올리는 건 더 어렵다. 나는 이런 인간이 되고 싶다는 둥, 이게 내 인생의 목적이라는 둥 목에 힘주는 일 없이 살아가는 남자다. 아버지가 없어서 싸울 필요가 없는지 아니면 어머니가 성가셔서 주머니쥐처럼 죽은 척 연기를 하는 지는 몰라도, 영웅만큼은 안 될 거라고 결심한 사람처럼 보인다. 그렇다고 방에 틀어박혀 게임에만 몰두하는 건 아니고, '달리 할 일이 없으니 좋아하는 여성의 여행에 함께하는' 삶의 방식이 꽤 멋있지 않은가. 그렇게 생각하자 나는 갑자기 마음이 불안해졌 다. 크누트에 비하면 노라에게 안 잡히려고 도망만 치고 있는 나 는 한없이 멋없다.

고대 로마 유적 카이저테르멘에서 노라를 처음 만난 날, 상 처를 치료해준 여자가 나타난 덕분에 살았다고 생각했던 나와 노라는 어느 틈엔가 평형감각을 잃고, 비틀거리며 서로를 끌어 안고서 쓰러져 성(性)의 탁류에 휩쓸려갔다. 평소 나라면 여자 에게 주저주저하며 다가가고 상대방도 조금씩 가까워져서 적 당할 때 하나가 되었을 텐데, 노라한테만은 갑자기 일체화된다 거나 정신없이 도망치려고 설칠 뿐 내 행동에 여유라곤 전혀 없었다.

유럽의 역사를 호흡하기 좋아하는 노라이기에 칼리닌그라드 를 구석구석 둘러볼 생각에 가득 차 있으리라. 가능하면 나와 함 께 마을을 걷고 싶다고 내심 기대하고 있을 게 틀림없다. 빨리 배에서 내려 마을로 나가지 않으면 노라에게 붙잡힌다. 그렇게

174

생각하며 크게 한 걸음 내딛는 순간, 천장에서 바닥을 향해 뱀처럼 구불구불 기어가는 금속 파이프에 머리를 부딪히고 말았다. 무슨 기능을 하는지 알 수 없는 두꺼운 파이프와 가느다란 파이프가 좁은 통로 벽을 따라 혈관처럼 이어져 있었다.

"괜찮아? 뭘 그렇게 서둘러?"

뒤에서 아카슈가 말을 걸었다.

"노라 못 봤어?"

"노라는 마을을 둘러볼 준비를 한다면서 선실로 돌아갔어."

"그래. 잘됐네."

"너, 노라한테서 도망치려는 거야?"

아카슈가 후후하고 숨으로 웃으며 물었다.

"바보 같은 소리. 방해 안 받고 혼자 마을을 둘러보고 싶은 것뿐이야."

"아, 그래. 그럼, 엔조이!"

"너는 안 가?"

"조금 걱정이라서. 여기는 여자와 남자가 확실히 구분된 사회잖아. 여자는 모두 스커트에 하이힐, 남자는 모두 근육을 과시하는 듯한 옷을 입고 다녀. 나 같은 존재는 눈에 확 띄겠지."

"하지만 대통령이 마이너리티를 지켜준다고 했어."

"말도 안 돼."

"동성끼리 공공장소에서 키스하는 걸 법률로 금지함으로써 게이를 증오하는 무리의 폭력으로부터 시민을 지켜주겠다고, 대통령이 인터뷰에서 말했어."

"그렇게까지 신경 써주다니 감사할 일인가. 하지만 그건 거꾸로 말해 내가 폭력에 노출될 가능성이 대단히 높다는 거잖아."

"어째서?"

"남성이면서 여성으로 가려고 하는 게 남성성을 모욕한다고 해석할 가능성이 있어."

"그렇다면 배에서 한 걸음도 안 나올 거야?"

"몇 시간쯤 침대에서 독서해도 나쁘지 않으니까. 네가 부러워. 용기도 있고."

"용기 따위 없어. 두려운 게 한두 가지가 아니야."

새하얀 스웨터를 입고 혼자서 마을로 가려는 내가, 아카슈의 눈에는 어디든 언제든 원하면 갈 수 있는 두려움 없는 청년으로 보일지도 모른다. 털실 끝에 맺힌 빛의 조각은 구름 사이에서 잠깐 얼굴을 내민 태양의 눈물이었다. 하얀 순모에 붉은 피가 튀는 일은 없으리라. 나는 기죽지 않는, 겁 없고 무모한 성격일까. 전혀 그렇지 않다는 사실은 충분히 알고 있다. 목덜미에서 어깨뼈에 걸쳐 따끔따끔한 불쾌감을 주는 스웨터를 벗고 싶으면서도 벗지 못하는 정도의 인간이다. 지금 멈춰 선다면 노라가 달려와 같이 마을을 돌자고 말을 걸지도 모른다. 그게 두려워 토끼처럼 도망치는 겁쟁이다. 실은 이 스웨터도 노라한테 얻은 것이다. 토끼 스웨터를 입은 토끼 남자, 이나바의 흰토끼*다. 노라가 상어라는 건 아니지만,

"토끼와 상어."

라고 Hiruko의 모어로 중얼거려보는데 나도 모르게 웃음이 새어 나와 그제야 긴장이 풀렸다. 문득 '토끼'라는 단어를 처음 배웠을 때, 폭소를 터뜨렸던 기억이 났다. 범죄 용어를 좋아하는 나는 '우사기'**보다 먼저 '사기'***라는 단어를 익혔기에 우사기가 사기의 일종 같았다. 《고지키》에 나오는 이나바의 흰토끼는 상어에게 사기를 친다. Hiruko의 모어는 뜻과 울림이 전혀 일치하지 않는 경우가 많은데 지나치게 일치하는 경우도 있다. '사기'라는 단어는 그 뜻과 달리 맑고 깨끗한**** 울림이 있

***

*   《고지키》에 나오는 전래 동화. 섬에 사는 흰토끼가 육지인 이나바로 가고 싶어 상어에게 누가 더 동료가 많은지 겨뤄보자고 제안한다. 상어들이 육지까지 줄을 서자 토끼가 그 등을 깡충깡충 뛰어 육지로 건너가고, 마지막 상어에게 내 속임수에 너희들이 넘어갔다며 우쭐댄다. 화가 난 상어는 육지로 뛰어가는 흰토끼의 뒷다리를 붙잡아 날카로운 이빨로 흰토끼의 가죽을 모조리 벗겨버린다.

**   일본어로 토끼.

*** 사기 치다, 할 때 사기는 한국어와 일본어 발음이 같다.

**** 일본어로 '이사기요이'라고 표현한다.

다. '와니'*와 '와나'**는 울림이 비슷하다. 뾰족뾰족한 이빨로 단숨에 토끼를 잡아챈다는 부분에서 상어는 덫 그 자체다.

트랩에서 내려와 마을을 걷는데, 돌연 회색빛 군함이 요새처럼 솟아 있었다. 내가 발걸음을 멈추고 그걸 바라보고 있는데 Hiruko가 달려왔다.

"나누크, 혼자서 마을 둘러보려고?"

우리 둘뿐이어서 Hiruko는 자기 모어로 이야기했다. 나에게 이처럼 기쁜 일은 없다. Susanoo는 상대해주지 않지만, Hiruko는 기꺼이 대화 상대가 되어준다.

"혼자서 마을 견학할 거야. 두 마리 토끼를 쫓는 사람은 한 마리 토끼도 잡지 못해."

"어째서 그 속담이 나오는 거야?"

"여자와 함께 마을을 둘러본다는 게 두 마리 토끼. 여자 없이 마을을 둘러보는 건 한 마리 토끼. 나는 한 마리 토끼로 만족해."

Hiruko는 내 말을 듣고 깔깔 웃었다.

"나누크는 속담을 좋아하는구나. 하지만 토끼는 새와 마찬가

---

* 현대 일본어에서는 악어라는 뜻이지만 《고지키》의 시대에는 상어라는 뜻이 있었다.

** 일본어로 덫.

지로 '와(羽)'를 써서 이치와(一羽), 니와(二羽)라고 세."

애써 잇피키(I-ppiki), 니히키(Ni-hiki), 산비키(Sam-biki)*** 라고 pp에서 h, 그리고 b로 확연하게 변모하는 '마리'의 발음 규칙을 고생해서 외운 나는 분개했다.

"토끼는 새가 아니야."

"토끼는 문법적으로 새야."

"어째서?"

"귀가 날개처럼 보이니까."

"오호."

"다른 설도 있어. 옛날에 어느 불교 스님이 동물의 고기를 안 먹지만, 새는 가끔 먹어도 된다고 생각했어. 하루는 토끼 고기를 너무 먹고 싶어서 토끼가 새라고 스스로 믿기 위해 이치와, 니와, 라고 부른 거지."

"보여주기식 문화네."

"어째서?"

"새처럼 센다고 토끼가 새가 되진 않잖아."

"분명 그렇지. 그런 점이 약점이었는지도 몰라."

마치 토끼를 새라고 바꿔치려 했기 때문에 하나의 문화가 멸

*** 일본말로 작은 짐승을 셀 때 한 마리, 두 마리, 세 마리라는 뜻.

망해버렸다고 말하기라도 한 것처럼 Hiruko가 풀이 죽은 얼굴을 하고 있기에 나는 서둘러 화제를 원점으로 되돌렸다.

"군함은 어떻게 세?"

"배를 세는 건 조금 더 어려워. 유조선은 한 척(隻), 우리가 탄 배는 우편선이니까 예스럽게 한 척(艘), 요트는 한 정(艇)."

Hiruko는 고개를 숙이고 신발 끝으로 길에 한자를 쓰며 설명해주었지만, 아스팔트 표면에 흔적이 남을 리도 없고 획수도 너무 많아 어떤 한자인지 가늠이 안 갔다. Hiruko는 천천히 고개를 들어 기분 나쁜 잿빛 군함을 올려다보며 자신 없이 말했다.

"이건 군함(軍艦)이니까 잇칸(一艦)일까."

"잇칸(一巻)의 끝."*

"잘 알고 있네. 그런 표현은 완전히 잊고 있었어."

"너는 크누트와 마을을 둘러볼 거야?"

내가 Hiruko의 모어로 이야기하다 보면 Hiruko가 쓰는 판스카와 리듬이 비슷해진다. 이런 현상을 크누트가 연구한다면 꽤 재미있을지도 모르겠다. '독학으로 배운 외국어와 직접 만든 언어의 차이점과 공통점'. 상당히 괜찮은 주제 아닌가.

---

* 20세기 초에 활동사진 변사가 쓰던 말로, '한 편의 이야기'가 끝났다. 특히 죽음 등의 비극적인 결말로 끝났다는 뜻.

Hiruko는 훅 하고 불어닥친 바람에 흐트러진 머리칼을 두 손으로 가볍게 매만지며 대답했다.

"응, 그럴 생각이야. 크누트와 여기서 만나기로 했는데 아직 안 오다니 이상하네. 선실에 가보고 올게."

나는 군함 아래 홀로 남겨졌다. 늘 Hiruko와 이야기를 나누는 크누트가 부럽다. Hiruko가 옆에 있으면 '군함'마저도 언어유희의 소재로 웃어넘길 수 있는데, 혼자 있으니 강철 괴물의 위압감에 짓눌려버릴 것만 같다. 나는 어쩐지 속이 부글부글 끓어서 눈앞에 있는 군함을 향해 영어로 시비를 걸었다.

"어이, 군함 자식아. 너한테는 침을 뱉고 싶은 기분이야. 그 색깔이며, 형태며, 나는 폭력 기계다, 인간을 죽이기 위해 태어났다, 대놓고 그리 선언하는 디자인을 하고서 자기만족에 빠져 있겠지. 어째서 귀여운 디자인을 쓰지 않았어? 예를 들면 핑크색 선체에 꽃무늬 같은 거. 웃고 있는 아이들의 얼굴 같은 거. 귀여운 외형으로 적을 안심시킨 뒤에 갑자기 쾅쾅 하고 대포를 쏘는 거지. 그게 훨씬 더 효과적이잖아. 그런 생각도 못 하나, 멍청하긴. 게다가 어째서 시민의 눈에 띄는 곳에서 자고 있어. 쓸데없는 데 세금을 쓴다고 매일같이 욕을 먹으면서 한 번도 사용하지 않은 채 녹이 슬어 결국 버려진다니, 비참한 일생이라는 생각 안 드나. 물론 너 같은 살인 병기는 사용하지 않는 게 훨씬 낫지만,

사용되지 않기 위해 태어났다는 건 진짜 한심한 생 아닌가."

그때 어디선가 열세 살에서 열일곱 살 정도 되어 보이는 소년들이 하나하나 모습을 드러냈다. 머리를 짧게 깎고 비닐처럼 번들번들 빛나는 인조가죽 점퍼를 입고 있었다. 손목과 관자놀이에 살짝살짝 타투가 비쳤다. '긴피라'라는 단어가 떠올랐다. 자신은 없지만 '긴피라'는 도적 무리의 어린이 소매치기를 가리키는 은어였다가 마피아 조직 저변에서 일하는 불량한 청년을 지칭하는 말이 되었는데, 울림이 재미있어서 기억하고 있었다.

긴피라 여섯 명은 모두 금발이었고, 회반죽색 피부가 쓸쓸히 말라 있었다. 둔탁한 빛을 발하는 사파이어 같은 눈은 윤기가 없이 멍했으며, 인간의 따뜻함을 받아본 적도 주어본 적도 없는 얼굴을 하고 있었다.

이 녀석들은 여섯 명이고, 나도 일행 여섯 명과 함께 여행하고 있다. 이 녀석들과 달리 우리 일행은 머리 모양이나 복장 등 외견상의 공통점은 없다. 태어난 마을이며 살고 있는 마을이며 직업이며 전부 제각각이다. 그래도 무언가가 우리를 묶어주고 있다. 나는 아카슈의 따뜻한 눈동자와, 크누트와 Hiruko가 형용사를 두고 열띤 논쟁을 벌일 때 촉촉해지는 입술을 사랑스럽게 떠올렸다. 이건 무농약 풀을 먹인 양에게서 난 털로 짠 스웨터라고 강요하듯 설명하는 노라와, 범죄에 휘말리지 않도록 조심하라며 대장처럼 주의를 주는 Susanoo에 대한 기억마저도, 만약 지금이 내 인생의 마지막 장이라고 한다면 소중히 가슴속에 간직하여 무덤까지 가져가고 싶다.

바보 같긴. 설마하니 목숨이 위험한 상황에 놓일 리가 없는데, 이렇게까지 감상에 젖다니. 나는 이들과 잠시 길 위에서 얽혔을 뿐이다. 여섯 명의 '긴피라'들은 눈썹을 불규칙적으로 찡그리고 나를 빤히 쳐다보며, 얇은 입술에 억지로 엷은 미소를 띠면서, 침을 뱉듯 한 마디 또 한 마디를 내뱉었다. 몸짓과 표정으로 판단하자면 상당히 저속한 욕설일 텐데 의미를 알 수 없으니 더럽게 들리지는 않는다. 녀석들이 아무리 최선을 다해도 러시아어가 가진 멋진 울림은 그리 간단히 무너지지 않는다. 나는 '백조의 호수'를 추는 댄서들의 박력 있는 도약과 좌우로 우아하게 뻗은 두 팔의 곡선을 떠올리며 언어를 울림으로 귀로만 받아들였다.

무슨 소리를 해도 내가 화를 내지 않고 겁도 먹지 않자, 녀석들은 그제야 내가 러시아어를 알지 못하는 이방인이라는 사실을 깨달은 듯했다. 한동안 곤혹스러운 표정을 짓더니만 한 녀석이 갑자기 눈을 번뜩이며, "태권도"라고 외쳤고 다른 녀석들도 따라서 "가라테" "쿵후" 어쩌고 외쳐댔다. 나의 존재를 동아시아의 시건방진 도전이라 여기고, 그들 나름대로 공통의 어휘를 찾아내 필사적으로 싸움을 거는 건가. 그렇게밖에는 해석이 안 된다. 어찌 됐든 내가 동아시아 출신이라고 굳게 믿는 모양이다. 만약 내가 러시아어를 할 줄 알았다면 에스키모 문화에는 격투기가 없다고 말해주고 싶다.

나의 선조는 어째서 격투기를 발전시키지 않았을까. 거꾸로 말하면 어째서 Hiruko와 Susanoo의 선조는 가라테며 유도며 합기도 같은 다양한 무도 기술을 형식화하여 열심히 훈련했는가. 그게 궁금하다. 돌연 눈앞에 곰이 나타났는데 도망칠 수 없는 상황이라면 싸울 수밖에 없지만, 곰이 나타나기 몇 년 전부터 혹시 곰이 이런 각도에서 공격해온다면 이렇게 대응하자, 같은 다양한 장면을 상정하여 매일 연습하다니 노이로제 기미가 엿보이는 우등생 같다. Hiruko와 Susanoo의 선조에게는 현실로부터 멀리 길을 떠나 갖가지 고초를 겪으며 노력하는 버릇이 있었던 것이 아닐까. 그렇게 에너지를 과도하게 소모해서 세계의 종언이 찾아오기 한참 전에 완전히 지쳐버린 것이 아닐까.

나는 위험이 눈앞에 닥치면 뇌가 엄청난 속도로 빠르게 회전해서 문화론 리포트를 1초 만에 다섯 장은 쓸 만큼 사고가 돌아간다. 나의 선조는 발밑의 얼음이 깨졌다거나 눈앞에 곰이 나타났을 때 어떻게 해야 할지 재빨리 판단해야만 했기 때문에 평소에는 천하태평처럼 보여도 막상 문제가 닥치면 순식간에 뇌로 영양분이 흘러든다. 나는 지금 곰 못지않게 위험할지도 모르는 녀석들과 맞닥뜨렸다. 그래서 뇌가 전력을 다해 돌아가고 있다. 고대 로마 문화에 관한 책을 쓴 사람은 많으니, 내가 어디 한번 소멸한 Hiruko의 나라에 관한 책을 써볼까. 대학에 가고 싶다고 생각했을 무렵의 내가 아득히 먼 과거에서 "이리로 돌아와" 하고 손을 흔들고 있다. 그에 답하기 위해서는 우선 지금 위험에서 벗어나야 한다.

먼저 상대를 잘 판별할 것. 그리고 상대의 이름을 맞혀볼 것. 그렇게 하면 상대는 기가 죽으리라. 이름을 맞히면 요술을 까먹어버리는 나쁜 요정 이야기는 세계 어디에나 있다. 노라라면 그림 동화의 〈룸펠슈틸츠헨〉, Hiruko라면 〈목수와 오니로쿠〉, 아카슈라면 영국의 옛날이야기 〈톰 팃 톳〉을 어린 시절에 읽었을 게 틀림없다.

다만 툰드라 늑대의 경우에는 "너 곰이지" 하고 대놓고 말해도 상대방이 겁먹지 않는다. 지금 내 눈앞에 있는 녀석들도 "너희 긴피라지"라는 소리를 듣는다 한들 '개구리 낯짝에 물 붓기'* 일지도 모른다.

거기까지 생각했을 때 문득, '긴피라'가 아니라 '친피라'였다는 걸 깨달았다. 두 단어 모두 한 언어의 고유한 표현이라서

* 아무런 타격이 없음을 뜻하는 관용구.

Hiruko와 Susanoo의 나라에서만 통한다. 아마도 '긴피라'는 채 썬 우엉과 당근을 참기름 넣고 볶은 요리이고, '친피라'는 마피아 조직의 신입 사원을 가리켰던 것 같다. 나는 지금 러시아 령에 있으니 두 단어 다 도움이 되지 않는다. 더욱 국제적인 단어를 찾아야만 한다. 그렇다, '레이시스트'다. 이 녀석들은 레이시스트가 아닌가. 레이시스트라고 불리면 누구나 모욕을 느끼리라. 덴마크어로 라시스티스크, 독일어로 라시스트처럼 비슷한 소리를 연주곡처럼 이어 붙여서 소리 내면 그 안에 반드시 러시아어와 겹치는 부분이 있을 것이다. 눈앞에 있는 녀석들에게 "너희는 레이시스트다"라고 말해주자. 물론 그렇게 단순한 단어가 아니라, Hiruko의 모어로 '인종차별주의자'라는 무시무시하게 복잡한 울림을 가진 단어를 제대로 발음할 수 있는 나 자신을 자랑스럽게 생각해서, 가능하면 이 단어를 써보고 싶기도 하다. 그러나 그런 자긍심이 호신술은 되지 못한다.

"레이시스트, 라시스티스크, 라시스트, 레이시스트, 라시스티스크, 라시스트."

내가 세 가지를 섞어서 반복해 외치자 상대는 얼굴빛 하나 안 변하고,

"태권도, 쿵후, 가라테, 스모."

따위를 욕하듯이 받아쳤다. 어느 틈엔가 스모까지 추가되었

다. 흠, 단세포 자식들, 무술만 기술인 줄 아나. 문득 발밑에 젖은 밧줄이 떨어져 있었다. 배에 실은 짐을 결박할 때 쓰던 것인지 밧줄의 양 끝이 날카로운 칼로 절단되어 있었고, 길이는 3미터 정도였다. 그걸 보자 실뜨기 놀이가 생각났다. Hiruko의 나라에도 실뜨기 놀이가 있는 듯한데 나의 선조도 실뜨기 놀이를 했다. 실뜨기를 무술이라고 할 수는 없지만, 정교한 '기법'임에는 분명하다. 심지어 선조 중에는 손끝만이 아니라 전신으로 실뜨기를 할 수 있는 사람들도 있었다.

내가 떨어진 밧줄을 주워 들어 두 손에 바싹 맞잡자, 불량한 녀석들도 주춤하며 두세 걸음 뒤로 물러났고, 한 녀석이 "브루스 리"라고 중얼거렸다. 나는 터져 나오는 웃음을 꾹 참고, 밧줄의 양 끝을 묶어 고리를 만든 뒤 두 손목에 감아 맨 다음 머리를 통과시켰다. 어릴 때 집 근처에 전신 실뜨기를 할 줄 아는 할머니가 살아서 우리에게 종종 펼쳐 보이곤 했던 기법이었다. 어렴풋이 남아 있는 기억을 더듬으며 가슴 앞에서 두 팔을 교차하여 몸을 앞으로 구부리면서 발을 통과시키고, 아연실색하는 불량배들의 얼굴을 훔쳐보며 어떠냐, 에스키모의 전신 실뜨기가 얼마나 대단한지 알겠지, 하고 대단히 유쾌한 기분이 되었는데, 등 뒤에서 갑자기 바리톤 음성이 울려 퍼지며 다다다다 구두 소리를 내면서 우리 사이로 달려온 사람은 키가 2미터 가까이 되는 중년 남성이었다. 불량배들은 돌연 어린이 같은 얼굴이 되어 방향을 휙 바꾸더니 팔을 크게 흔들며 전속력으로 도망쳤다.

"죄송합니다. 괜찮으십니까."

갈색 코듀로이 재킷을 입은 거구의 남자는 걱정 가득한 표정으로 눈을 깜박이며 영어로 물었다.

"괜찮습니다."

"다친 데는?"

"없습니다."

"저 아이들은 지루해서 저러는 거지 결코 폭력적인 인간은 아닙니다. 놀라셨지요. 죄송합니다."

아이라고 불릴 정도로 어리진 않았는데 싶어 하며, 나는 스스로 결박한 밧줄을 풀려고 했지만 딴 데 정신이 팔린 탓인지 균형을 잃었고 밧줄이 발에 엉켜 엉덩방아를 찧고 말았다.

"괜찮으십니까. 저 녀석들에게 묶인 겁니까."

"아니요, 밧줄로 아트를 펼쳐 보이려는 참이었습니다. 말이 통하지 않으니 퍼포먼스로 문화를 전하려고 했습니다."

"저 아이들에게 영어 공부를 하라고 늘 이야기하는데 말이죠."

"아니요, 제가 러시아어를 할 줄 모르는 게 문제였어요."

"이 마을에는 외국어를 잘하는 젊은이들도 많이 있습니다. 저는 교사이고, 저 아이들은 우리 학교 학생들입니다."

"그랬군요. 그래서 도망간 거로군요."

"사죄의 의미로 커피를 대접하고 싶습니다."

세르게이라고 자기 이름을 밝힌 교사에게 커피를 얻어먹기로 하고 둘이 나란히 걷기 시작했다. 나도 키가 큰 편인데 세르게이는 나보다 한참 더 위에 있어서, 걸으며 이야기하다가 가끔 사선 위를 올려다보아야 했다. 잿빛 하늘을 배경으로 세르게이의 턱에 수염 깎은 자국이 파릇파릇 드러났다.

세르게이의 부모님은 극동의 블라디보스토크에 살고 있고, 아들이 칼리닌그라드에 사는 걸 무척 걱정하는 모양이다. 방금 만났는데도 세르게이는 곧장 자신의 부모님 이야기를 꺼냈다.

"어머니에게 전화할 때마다 고향에 돌아오라고 설득하시죠. 블라디보스토크에도 교사 자리는 많으니까 더 이상 칼리닌그라드에 살 필요가 없다고요. 아버지도 어머니와 같은 의견입니다. 과묵한 분이라 말을 잘 안 꺼내시지만요."

"칼리닌그라드에 사는 게 어째서 그렇게 걱정이 되는 거죠?"

"이 마을은 유럽에 둘러싸여 있으니까요. 리투아니아가 소련으로부터 독립한 뒤 칼리닌그라드만 러시아 본토에서 동떨어진 땅이 되고 말았습니다. 폴란드와 발트삼국도 유럽연합에 들어갔는데, 칼리닌그라드만 덩그러니 유럽에 에워싸여 있죠."

"유럽이 그렇게 위험합니까?"

"저는 블라디보스토크에서 나고 자라서 고등학생 무렵에는 유럽을 동경했습니다. 아무리 러시아령이라고 해도 블라디보스토크는 아시아의 동쪽 끝에 있습니다. 저는 운 나쁘게 아시아에 태어난 거나 마찬가지이지만, 가능하면 장래에는 유럽에서 살아보고 싶다고 늘 꿈꾸었습니다."

"그렇습니까."

"운 좋게 칼리닌그라드 출신 여성을 만나 결혼하고 꿈이 이루어져서 칼리닌그라드에서 교사 자리를 잡았습니다. 하지만 이 땅에 살다 보니 이웃이나 동료에게서 유럽을 향한 동경 따윈 없고 오히려 러시아를 시대에 뒤처진 나라 취급하는 유럽이 발칙하다, 우리는 러시아인으로서의 자긍심을 갖고 유럽과는 다른 길을 가는 거다, 라는 주장을 자주 듣게 되었습니다."

"시대에 뒤처진 나라?"

"그렇습니다. 뒤처졌다는 말은 정치가 불투명하고 차별이 많은 사회라는 말이겠지요. 유럽은 우리를 같은 편으로 끼워주겠다고 하지만, 만약 거기 들어가면 우린 B급 시민 취급을 받을 겁니다. 그런 식으로 자존심에 상처를 입을 거라면 우리끼리 길을 찾자고 생각하는 사람도 많습니다."

"하지만 우리끼리 길이라는 게 존재할까요. 여행은 함께하는 것인데요."

내가 그렇게 말하자 세르게이의 얼굴에 램프가 켜지며 친근하게 나의 얼굴을 가만히 응시하기에, 다음에는 또 어떤 정치론이 튀어나올까 기다리는데,

"김치가 그립네."

하고 나직이 말했다. 이건 무슨 소린가 싶어 멍하니 있자,

"블라디보스토크에서는 일상적으로 먹었던 맛있는 음식을 칼리닌그라드에서는 좀처럼 만날 수가 없습니다. 사실은 김치보다 더 그리운 게 있어요. 코리안 당근 샐러드입니다. 어릴 때 일주일에 한 번은 먹었어요."

하고 활기찬 목소리로 말했다.

"고려 인삼 말인가요?"*

"아니요, Ginseng 말고요. 극동아시아에서는 어디서나 살 수 있는 샐러드이고 집에서도 만들 수 있습니다. 일반 당근을 채 썰어 양파와 고추를 넣고 볶은 뒤 마늘로 맛을 더해 병에 담은 다음 물을 부어 냉장고에서 식힙니다."

나는 그런 당근 샐러드가 한국에 있다는 이야기를 들은 적이 없었지만, 그 점을 파고들어본들 대화가 앞으로 나아가지 않을 터라,

---

* 일본어로는 당근과 인삼 둘 다 '닌진(人參)'이라고 한다.

"말하자면 식생활이 확 바뀌었군요."

하고 일반론으로 흘려버렸다.

"음식뿐만이 아닙니다. 실은 당신 같은 얼굴도 무척 그립습니다. 극동에 살 때는 학교나 거리에서 흔히 보던 얼굴이라 소중함을 몰랐는데, 이 마을에서는 당신과 닮은 얼굴을 볼 일이 없습니다."

세르게이가 즐거운 듯 내 얼굴을 구석구석 훑기에 민망해져서, 실은 내가 아시아인이 아니라고 고백해야겠다고 생각했다. 대화가 점차 달아오르는데 중간에 흥을 깨는 게 내키지는 않았지만 그대로 두면 나중에 더 말을 꺼내기 힘들어지리라.

"사실 저는 아시아인이 아닙니다. 그린란드 출신입니다."

그 말을 들은 세르게이는 이상하다는 듯이 입술을 오므리며 말했다.

"하지만 이누이트도 아시아인이잖아요?"

이번에는 내가 놀라 입을 다물자, 세르게이는 이런 이야기를 꺼냈다.

"적어도 우리 학교에서 쓰는 역사 교과서에는 이누이트가 아시아계 민족이라고 쓰여 있습니다. 혹시 당신은 스시를 만들거나 복잡한 중국 문자를 쓸 수 있는 인간만이 아시아인이라고 생각하는 겁니까."

"실은 스시 가게에서 일한 적이 있어서 스시도 만들 줄 알고 복잡한 중국 문자도 쓸 줄 압니다."

"뭐가 뭔지 알 수 없어지니까 더 재미있군요. 당신은 그린란드 출신이지만, 복잡한 중국산 문자를 쓸 줄 아는군요?"

"전부 다는 아니지만요."

"전부 몇 개나 있습니까?"

"모릅니다."

"어, 모르십니까?"

"알 수가 없습니다. 그 이유는 아무도 깨닫지 못하는 사이 자취를 감춰버리는 글자가 매일 몇 개씩 반드시 생기기 때문입니다. 그러니 본래는 매일 새로 세야겠지만, 하루에 다 셀 수 없을 정도로 많으니까 결국은 전부 몇 개인지 아무도 알 수가 없어요."

"그렇습니까. 하지만 대략 몇 개 정도 된다는 추측도 불가능한가요."

"십만 개는 넘겠지요."

"와, 그렇게 많이 외워야 합니까. 학생들이 모두 근면하겠군요. 교사로서는 부럽습니다."

"아니요, 이천 자 정도만 외우면 편하게 살 수 있습니다."

"저는 더 이상 가까울 수 없다 싶을 정도로 동아시아와 가까운 블라디보스토크에서 살았으면서 중국 글자는 한 개도 못 씁니다. 젊었을 때는 외국어 중에서 영어와 독일어밖에 관심이 없었습니다. 아이러니하게도 유럽에 사는 현재는 러시아어 속으로 파고들어 살고 있어요. 러시아어가 저를 지켜주는 성벽 같다는 생각마저 한 적이 있습니다."

"서유럽이 영토를 확장하기 위해 공격해올 거라는 생각은 안 하시나요?"

"그런 일은 없을 겁니다. 하지만 융자를 해주고 민주주의를 퍼뜨리며 조금씩 동유럽을 자기 무리로 끌어들이려는 건 확실하지요. 만일 이쪽 중앙정부가 언짢아져 상대를 위협하기라도 하면 경계 지대가 전쟁터가 되어버릴 가능성도 있습니다. 그게 두렵습니다."

나는 추위를 느끼고 몸을 떨며 주위를 둘러보았다. 꽤 멀찍이 떨어진 곳에서 한 남자가 고개를 살짝 숙이고 걸어가는 모습이 눈에 들어왔다. 그 밖에는 눈에 띄는 사람이 없는데도 감시받는 기분이 들었다. 세르게이는 걸음을 멈추고 자세를 곧게 하더니,

"내가 무엇을 가졌고 무엇을 가지지 못했는지 아는 자는 풍족하다."

하고 말했다.

"네?"

"우크라이나 속담입니다."

"당신도 속담 모으는 취미가 있습니까?"

"네. 당신도 속담을 좋아하세요?"

나는 아까 세르게이가 "같은 편으로 섞여 들어도 B급 시민 취급을 받으며 자존심에 상처를 입을 바에야 우리끼리 길을 찾자"라고 말한 게 생각나서,

"이런 속담은 어떻습니까. 소의 항문이 되기보다는 닭의 입이 되는 게 낫다."

어렴풋이 기억나는 속담을 영어로 번역해보았다. 세르게이는 코웃음 치더니 교사 말투로 정정했다.

"닭한테 부리는 있어도 입은 없을 텐데요."

닻 모양 돋을새김이 있는 나무문을 밀고 안으로 들어가자, 뜨뜻미지근한 공기가 얼굴에 닿았다. 가게 안은 이국의 매캐한 담배 연기로 가득했고 카운터 자리는 만석이었으며 어수선하게 늘어선 테이블에도 손님들이 꽉 차 있는 듯 보였다. 세르게이는 자기 집처럼 익숙한 발걸음으로 가게 안으로 저벅저벅 걸어 들어가더니, 빈 테이블을 발견하고 나를 불렀다. 구석 자리였지만 거기서 가게 전체가 보였고, 가끔 문이 열렸다가 닫히는 출입문이나 카운터 자리도 모두 시야에 들어왔다. 신경이 예민해져 있었는지 뒤에서 누가 날 갑자기 덮칠 수 있는 자리가 아니라는 데에 안심했다.

세르게이와 마주 앉자 드디어 눈높이가 비슷해졌다. 사선 앞 테이블에 앉은 여자는 같이 온 남자를 향해 일부러 샐쭉한 표정을 짓고 있었다. 마치 그러는 편이 더 미인으로 보일 거라고 믿고 있는 듯했다. 남자는 여자의 기분을 맞춰주려고 몸을 앞으로 빼고 계속해서 말을 걸고 있었지만, 여자는 토라진 사람처럼 짧은 대답만 반복할 뿐이었다.

세르게이는 메뉴판 표지에 인쇄된 닻 모양 일러스트를 검지로 따라 그리며 진지하게 말했다.

"선박 여행이라니 부럽습니다. 그린란드에서 쭉 타고 여기까지 온 겁니까."

"아니요, 코펜하겐에서 승선했어요. 이 마을에는 공항도 있습니까?"

"물론입니다. 크라브로와 옐리자베타 페트로브나 공항입니다. 실은 공항이 생길 때 투표를 해서 원래 칸트 공항이라는 이름이 될 예정이었습니다. 철학자 이마누엘 칸트는 이 마을이 배출한 가장 유명한 사람이니까요. 하지만 그 안은 무산됐습니다."

"어째서요?"

"칸트가 독일인이라서겠지요. 정확히는 독일이 아니라 프로이센왕국 사람이었지만요. 이 마을도 당시에는 프로이센에 속해 있었습니다. 아무튼 공항에는 반드시 러시아인의 이름을 붙여야 한다고 애국주의자들은 생각했겠죠. 독일인이라는 점뿐만 아니라 철학자라는 점도 그 이름을 반대한 사람들 마음에 들지 않았을 겁니다. 대학이라는 시시한 직장에 근무하면서 뜻도 알 수 없는 책이나 쓴 사람이라고 끊임없이 칸트를 공격했으니까요."

사상가의 이름을 공항에 붙이겠다는 발상은 대단하다고 나는 생각했다. 만약에 비행기가 키르케고르 공항, 스피노자 공항, 데카르트 공항, 노자 공항, 구카이* 공항을 오가며 날아다녔다면 하늘이 얼마나 드높게 여겨졌을까. 잠깐, '구카이 공항(空海空港)'이라는 이름은 아무래도 이상하다. '空'가 두 번 겹치고 해항(海港)인지 공항(空港)인지 헷갈린다. 게다가 어째서 구카이를 골랐냐고 묻는다면 이름이 끌려서라고밖에 대답할 수 없다.

그때 누가 갑자기 뒤에서 내 어깨라도 친 것처럼 중요한 사실이 떠올랐다.

"부모님은 블라디보스토크에 살고 계시죠?"

"그렇습니다."

"최근 고향에 가신 적이 있습니까?"

"아뇨, 너무 멀어서 실은 칼리닌그라드에 오고 난 뒤로 한 번

---

* 헤이안 시대 승려로 중국에서 들어온 대승불교를 일본에 전파한 인물.

도 안 갔습니다. 만 킬로미터 이상 떨어져 있으니까요."

"하지만 전화로 이야기는 하시죠?"

"자주 하죠."

"극동의 상황에 대해 무슨 말씀이 없으셨습니까?"

"무슨 말씀이라면?"

"무언가 사라진 게 있다거나."

"그러고 보니 무슨무슨 이름의 고급 게가 요즘 시장에서 자취를 감추었다고 탄식하더군요. 애초에 보기 드문 종류의 게라서 저도 먹어본 기억이 없지만요."

"바다 근처에 존재하는 것들 가운데서 게 말고 또 사라진 것은 없습니까?"

"글쎄요."

어째서인지 나는 Hiruko가 나고 자란 나라가 사라진 거 아니냐고 직접 물어볼 용기가 없었다. 만약 사라졌다면 큰 뉴스거리이니 세르게이가 먼저 언급했을 것이고, 만약 사라지지 않았는데 갑자기 그런 엉뚱한 질문을 한다면 세르게이는 내가 망상증을 앓고 있나 의심하기 시작하리라. 내가 질문한 의도를 전혀 깨닫지 못한 세르게이의 이야기는 점차 엉뚱한 곳으로 흘러갔다.

"게 요리는 칼리닌그라드에 온 뒤로 한 번도 못 먹었습니다. 어쨌거나 독일인이 만든 마을이니까요. 점심 식사로 빵에 치즈를 끼워 먹는 것만으로 만족하고 그대로 밤까지 쭉 일하는 게 여기 상인들과 관리들입니다. 혀는 게를 맛보기 위해 있는 게 아니라 논쟁하기 위해 있는 거라고 믿고 있죠."

"게가 얼마나 맛있는지는 몰라도 철학을 말하는 혀가 있다면 꽤나 괜찮겠지요. 칸트 공항이라는 이름을 못 써서 아쉬운 거 아닙니까?"

내가 비꼬는 투로 넌지시 묻자,

"아뇨, 아뇨, 저는 독일인을 욕할 생각도 없고 러시아인을 욕할 생각도 없습니다. 그저 동쪽과 서쪽 양쪽에 하루 한 번씩 불만을 털어놓지 않으면 스트레스가 쌓일 뿐입니다."

하고 세르게이는 어색한 표정을 지었다.

그때 문이 열리고 마치 소프라노 가수가 무대에 등장할 때처럼 노라가 가슴을 펴고 카페 안으로 들어왔다. 나는 서둘러 세르게이 뒤로 몸을 숨기려 했지만 늦었다. 노라의 눈은 재빨리 나의 모습을 파악하고 사냥감 토끼를 발견한 매처럼 일직선으로 날아왔다.

"나누크, 여기 있었구나. 선실 문을 노크했는데 대답이 없길래 벌써 마을로 나갔나 했는데, 설마 이런 데서 우연히 만날 줄이야. 운이 좋았네."

노라의 입에서 흘러나오는 독일어를 듣고 세르게이의 얼굴이

환하게 밝아졌다.

"자, 여기 앉으세요. 이 의자가 좀 딱딱해도 막상 앉으면 보기보다 편합니다."

세르게이가 유창한 독일어로 노라에게 의자를 권했다.

"친구분입니까?"

세르게이가 묻기에 나는 서둘러 부실한 독일어로 대답했다.

"같은 배로 여행하고 있습니다."

그러자 노라가 자기 이름을 대더니,

"우리는 무얼 좀 찾으려고 함께 여행하고 있어요."

하고 쓸데없는 말을 덧붙였다. '우리'가 나와 노라, 단둘을 가리키는 것처럼 들려서 내가 다시 서둘러,

"일행은 다 합해서 여섯 명입니다."

하고 오해를 피하려 강조해두었다. 세르게이는 나의 존재 같은 건 벌써 잊은 듯 노라를 향해 몸을 구부리며 메뉴를 펼쳐 보여주고, 이 가게는 원두를 브라질에서 직수입한다느니, 케이크는 이 지역에서 난 맛있는 호두와 자두를 쓴다느니 하는 이야기를 꺼냈다. 아까 독일인을 '빵에 치즈를 끼워 먹는 것으로 만족하는 녀석들'이라고 부르던 혀의 침이 채 마르기도 전에, 노라를 위해 미식 가이드를 해주다니 모순 아닌가. 거기다가 아까까지는 '칼리닌그라드'라고 러시아 이름으로 부르더니 이제는 주저

없이 '쾨니히스베르크'라고 독일식 전 이름으로 부른다.

끝없이 말을 걸어오는 세르게이를 노라는 크게 귀찮아하지 않았지만, 세르게이에게 고개를 끄덕이는 사이에도 눈은 나를 보고 있었다.

"프로이센 시대의 이 마을은 베를린보다 중요한 곳이었지요."

세르게이가 말하자 프로이센이나 베를린에 전혀 감흥을 못 느끼는 노라는,

"그렇군요."

하고 무뚝뚝하게 대답할 뿐이었다.

"저는 교사입니다."

"그렇군요."

"역사와 영어를 가르치고 있는데요, 어릴 때부터 독일어에는 무척 관심이 많았답니다."

"그렇군요."

"아까도 이야기했지만, 이 마을의 공항은 칸트 공항이라고 이름 지을 뻔했답니다."

"그렇군요."

"그는 당신네 민족이 낳은 위대한 사상가입니다."

그 말을 듣고 노라는 처음으로 눈썹을 찡그리며 말했다.

"칸트가 에스키모에 대해 쓴 글에는 찬성할 수 없어요."

나는 노라가 엉뚱한 방법으로 내 편임을 드러내려고 하는 행동에 화가 치밀어서,

"칸트는 에스키모에 대해서 아무것도 안 썼어."

하고 반론했다. 그렇게 단정 지을 자신은 없었지만, 만약 쓴 게 있었다면 인종차별 문제에 큰 관심이 있던 대학 시절 친구가 분명 알려주었을 터다. 노라는 나의 반론에 살짝 놀란 눈치였지만 자신감을 잃지 않고,

"에스키모는 아니었을지도 모르지만, 아무튼 비유럽 사람에 대한 차별적인 글을 여러 번 썼어."

하고 단언했다. 그 말을 들은 세르게이가 들뜬 기분이 땅에 떨어진 듯한 목소리로 돌아와 말했다.

"실은 저도 유럽인이란 도대체 뭘까에 대해 자주 생각합니다. 유럽인과 비유럽인은 어디가 다를까 하고요. 그런 생각을 한다고 해서 행복해질 리가 없는데 말입니다. 이 마을을 걷다 보면 자연스레 그런 생각이 떠오릅니다."

"산책을 자주 하시나요?"

"네. 아주 쉽게 외국으로 나갈 수도 있지만, 왠지 마을 밖으로 가는 일이 점점 줄어들고 있어요. 국경을 넘어 여행을 이어가는 여러분이 부럽습니다."

"어째서요?"

나와 노라는 거의 동시에 이 질문을 던졌다. 세르게이는 피곤한 듯 미소 지으며 이렇게 대답했다.

"항구 마을인데도 멀리 떠날 수 있을 거 같지 않아요. 발트해가 연못처럼 닫혀 있다는 느낌입니다."

"연못이 아니라 테이블이라고 생각하면 어떨까요. 바닷물로 만들어진 테이블이요. 수많은 나라가 그 테이블에 둘러앉아 회의하는 거죠. 실은 저희가 타고 있는 배에 식당이 있는데 둥근 테이블에 둘러앉아 밥을 먹습니다. 그거랑 비슷하다는 기분이 듭니다."

내가 그렇게 말하자 노라가 감탄하는 표정으로 이쪽을 보았다. 세르게이는 어쩐지 조급해져서는 갑자기 화제를 바꾸며,

"고급 보석 호박을 싸게 파는 곳을 알고 있어요. 같이 안 갈래요?"

하고 제안했다. 노라가 여자라고 보석이라면 사족을 못 쓸 거라고 넘겨짚는 세르게이에게 화가 치밀었기에,

"노라는 말이죠, 보석을 채굴한 노동자의 노동조건이 인간적이었다는 증명서가 붙어 있지 않는 한 보석 같은 건 사지 않습니다."

하고 못을 박았다. 노라는 입을 크게 벌리고 숨으로만 웃으며,

"나를 그렇게나 열광적인 페어트레이드 신봉자라고 생각하

고 있었구나."

하고 놀라면서도 기뻐하는 듯했다. 나는 노라를 기쁘게 해줄 마음은 전혀 없었고, 상기된 세르게이의 얼굴에 찬물을 끼얹을 마음으로 그렇게 말했을 뿐이었다.

"그렇습니까. 당신은 노동자의 권리에 대해 진지하게 생각하는 분이시군요."

"거기다가 자연보호에도 열심이지요."

나는 한 번 더 못을 박았다. 지루한 보석 가게 같은 데 동행하기도 싫었고, 노라와 세르게이가 나를 빼고 보석 가게로 가는 것도 불쾌했다. 노라는 진지한 얼굴로 세르게이에게 말했다.

"한 신문에서 불법적으로 호박을 채굴한다는 기사를 읽었어요. 산호와 마찬가지로 자연 파괴에 앞장서더군요. 돈을 벌기 위해 자연을 파내고 팔아서는 안 됩니다."

세르게이는 난처한 얼굴로 변명했다.

"하지만 불법 채굴한 호박은 판매되는 호박의 극히 일부이고 불법으로 채굴하는 사람도 자연을 파괴하기 위해 그러는 게 아니라 가족을 부양하기 위해 하는 수 없이 체포될 위험을 감수하고 작업하는 겁니다."

학교 교사가 불법 호박 채굴자에게 그토록 따뜻한 이해심을 펼쳐 보인다는 게 의외였다. 그러고 보니 아까도 불량배들이 '지루해서 그럴 뿐이고 결코 폭력적인 인간은 아니다'라고 감싸주었다. 자신이 속한 사회의 인간이 외국인의 눈에 나쁘게 보이는 게 괴로운 걸까. 세르게이는 가방을 꺼내더니 지갑 속에서 사진 한 장을 꺼내 테이블 위에 올렸다.

"이건 친구가 찾은 호박입니다. 고대의 인간은 태양의 파편이 바다에 떨어진 게 호박이라고 생각했다는 말도 일리가 있지요."

나는 사진 속 보석이 너무도 아름다워 엉겁결에 눈을 부릅뜨며 이전까지 했던 대화 내용을 전부 잊어버렸다. 반투명한 황색 빛을 발하는 호박 속에는 기다란 다리에 천사의 큰 날개가 달린 곤충이 발레리나처럼 인사를 하고 있었다. 이 파리는 어느 날 떨어진 한 줄기 광선에 우연히 부딪혀 감싸였다가 몸을 보존한 채 영원히 잠들게 된 것이리라.

"이건 선사시대의 파리입니다."

나는 몸에 묶인 밧줄을 풀어 해방되고자 허리를 굽신거렸던 나 자신의 모습을 그 파리에게서 보았다. 혹시라도 지금 내가 호박 속에 갇혀, 그 후로 선사시대에서 현대에 이르기까지와 비슷한 정도로 긴 시간이 흐른다면, 도대체 어떤 인간들이 내 모습을 발견할까. 어쩌면 미래의 인간들은 일찍이 '인종'이라는 말이 무엇을 가리켰는지 상상조차 하지 못할지도 모른다.

7장

Hiruko는 말한다(3)

바닷바람이 장난치듯 귀 뒤에서 불어와 내 머리칼을 가볍게
흐트러뜨렸다. 뺨이 간지럽다. 피부가 건조하다. 수많은 빛의 분
자가 난간에 반사되어 망막을 찌르기도 하고, 바다의 한구석을
빛나는 융단으로 바꾸기도 하면서 날뛰고 있다. 잔뜩 흐린 구름
에 뒤덮여 있을 때가 많던 하늘이 예기치 않게 활짝 개어도 빛을
기뻐할 마음의 여유가 없어서 오히려 가시에 찔린 기분이 든다.
눈부시게 내리쬐는 햇살이 갑판을 지나가는 사람들의 옷에서
블루와 핑크를 빼앗아 백색에 가깝게 만들었다. 태양 빛을 받아
색이 짙어지는 것은 오직 바다뿐이었다.

발뒤꿈치에서 쿵쿵 울리는 기계음은 힘찼지만, 눈앞의 풍경
은 그저 천천히 흘러갔다. 이 배는 어째서 작은 보트처럼 천천히

움직이기만 하는 걸까. 바로 앞에 있는 절벽에서 느릿느릿 지나가는 나무는 다 비슷비슷했다. 한참 멀리 솟아 있는 교회의 탑은 아까부터 거의 같은 위치에 머물러 있다.

"우리는 어디로 가는 것일까."

귓바퀴 뒤에서 목소리가 들렸다. 사나운 바닷바람이 내 몸 주변에서 수런대고 있었기에 크누트가 다가오는 것도 눈치채지 못했다.

"동쪽으로."

내가 돌아보며 곧바로 그렇게 대답하자, 크누트는 고개를 갸웃하며 정정했다.

"북쪽이 아닐까. 해안에서 밀려 나온 리투아니아 절벽을 따라 우선 북쪽으로 향할 거야."

크누트의 몸이 내 옆으로 서더니 두툼한 손으로 난간을 잡았다가 금세 놓았다. 그 손이 느꼈을 차가움을 나의 손도 느꼈다.

"방향은 눈에 보이지 않아. 동쪽이든 서쪽이든 눈에는 보이지 않아. 나라도 눈에 보이지 않아. 보이는 건 사람과 마을뿐."

"칼리닌그라드는 재미있었지. 빌뉴스를 둘러보지 못한 건 아쉬웠지만."

"못 본 이유는?"

"내륙 마을이니까. 언젠가부터 내 인생의 내용이 관광으로 꽉 차버렸네. 커다란 과제를 떠안지 못한 인간은 관광객이 되는 수밖에 없어."

"나도 관광객."

"너는 다르지."

"나는 칼리닌그라드에서 관광했어. 라트비아의 리가에서도 관광할 거야. 나는 남들이 이민자라고 생각하는 관광객."

"아니야. 너는 잃어버린 것을 찾아 나선 위대한 여행자야."

"나의 고향은 분실물. 찾아야 할 장소가 어디인지 몰라. 생각지도 못한 데서 찾을지도 몰라. 라트비아의 리가에서 찾을지도 몰라. 어째서 라트비아인가. 그 이유는 바람에 날아가고 있어."

내가 그렇게 말하자 크누트는 바람과 함께 웃었다. 모어로는 하기 어려운 말이 판스카라서 술술 나왔다. 심지어 크누트에게는 자연스럽게 전해진다. 만약 같은 말을 모어로 Susanoo에게 한다면, "도대체 무슨 말이 하고 싶은 거냐, 네가 하는 말은 이해할 수가 없다"라고 하며 언짢은 눈빛을 보냈을 터다.

배 여행은 앞으로 얼마나 더 이어질까. 배에서 내려 열차로 갈아타는 날이 올까. 열차 여행이 시작될 날을 상상하면 불안해진다. 선로는 거의 직선으로 동쪽을 향해 나아가므로, 일단 열차에 오르면 더는 도망칠 수 없다. 그 끝의 바다에는 확실한 답이 둥둥 떠 있으리라. 나의 고향은 사라졌는가, 아직 사라지지 않는

가. 우편선에 타고 있는 한 여행의 종착점 같은 건 잊고 천천히 항구에서 항구로 나아가며, 앞으로 항구 마을이 몇 개나 더 있는지 알지도 못한 채 답을 미룰 수 있다.

새빨간 비단이 바닷바람에 펄럭이며 내 시야에 날아들었다고 생각한 순간,

"칼리닌그라드는 어땠어?"

하는 아카슈의 목소리로 바뀌었다. 나와 크누트는 무대의 막이 좌우로 열리듯 떨어져 아카슈를 한가운데로 맞아들였다.

"우린 유명한 5번선을 탔어. 노면전차인데 관광버스보다 재미있다고 들었거든."

크누트의 대답에 나는 고개를 끄덕이며 덧붙였다.

"새로운 러시아정교 교회는 금색이 번쩍번쩍한 양파 지붕. 그 너머엔 오래된 잿빛 독일 프로테스탄트 교회. 경찰청 건물. 공과대학. 사회주의 백화점."

"조사를 철저히 하고 갔구나."

"가이드를 해준 사람이 있었거든. 오십대 남성 한 사람이 노면전차 안에서 말을 걸었어. 우리가 외국인이라는 걸 알았겠지. 부탁도 안 했는데 창밖으로 보이는 건물을 설명해주더라. 미국에 친척이 있다는데 영어로 말하는 게 즐거워 보였어. 조금 귀찮지만 미워할 수 없는 사람 있잖아. 마지막에 남은 건 감사의 마

음이었어."

크누트가 추억을 공유하는 공범자의 미소를 내게 던지며 그렇게 설명하자 아카슈는,

"노면전차 5번선은 마을의 하이라이트를 골라서 달리는구나."

하고 감탄하듯 말했다.

"어느 마을이든 그런 노면전차나 버스 노선 하나쯤은 있기 마련이잖아."

머릿속에 흘러가는 칼리닌그라드의 풍경을 좇는 동안 나는 어느 광장의 광경이 선명히 떠올랐다.

"한자 광장도 있었어. 전쟁 기념탑이 있고 멀리 교회도 보였어. 나는 사람이 없는 광장이 무서워."

"어째서?"

"사람이 많이 모인 광경이 보여. 그 사람들, 사실은 부재. 죽어 버렸어."

크누트는 '죽었다'라는 말에 놀라 걱정스럽게 나를 돌아봤는데, 내가 미소를 짓자 따라 웃으며 얼굴을 아카슈 쪽으로 돌리고 물었다.

"너는 칼리닌그라드를 둘러보지 않았어?"

"안 갔어."

아카슈는 고개를 숙인 채 다음 이야기를 하기 어렵다는 듯한 얼굴로 잠시 말이 없었다. 그래도 나와 크누트가 대답을 기다리자,

"위험하니까. 하지만 칼리닌그라드가 특별히 위험한 마을이라는 뜻은 아니야."

하고 변명하듯 말했다. 그 타이밍을 노리기라도 한 것처럼 Susanoo가 성큼성큼 다가와,

"너희들, 모두 무사한가."

하고 영어로 물었다.

"물론 무사해. 무슨 일 있었어?"

Susanoo는 내 질문에 후후 코웃음을 치며 갑자기 모어로 말했다.

"너는 여자아이가 혼자 가서는 안 되는 장소가 있다는 걸 모른 채 마을을 돌아다녔겠지. 어딜 가든 안전할 거라 착각하고 있는 모양인데, 모두를 지킬 의무가 있는 나 같은 사람은 정신이 하나도 없다고."

만약 같은 내용을 영어로 말했다면 자기 혼자 설치는 사람으로 주위의 미움을 받을 것 같아 일부러 모어로 말한 것인지도 모른다. 나는 화가 치밀어,

"너 같은 사람한테 보호받느니 안심하고 걸어 다닐 수 있는

마을을 우리 손으로 만들고 싶다고 여자아이들은 생각한다, 는 해석도 가능하겠지."

하고 비꼬는 투로 받아쳤는데, Susanoo는 빌려 입은 겉옷처럼 안 어울리는 이성(理性)을 서둘러 껴입으며,

"칼리닌그라드에서는 여자아이들이 안전할지도 몰라. 하지만 남자, 여자, 아이라는 카테고리에 딱 들어맞지 않는 사람은 안전하지 않아."

하고 말했다.

"남자, 여자, 아이라는 카테고리에 딱 들어맞지 않는 사람? 예를 들면 화장하지 않은 여자라든가?"

내가 공격 태세로 응수하자 Susanoo는 아무렇지도 않은 듯 태연하게,

"그렇지."

하고 대답한 뒤에 희미하게 고개를 기울이고 내 모습을 관찰하면서 모어로 말을 이었다.

"너 같은 경우 현지 여성에 비하면 여자로서 매력은 그리 드러나지 않지만 그렇다고 여성성을 일부러 부정하고 있는 것처럼 보이지도 않으니, 뭐, 혐오 세력이 덮칠 걱정은 없겠지."

크누트는 말투만 듣고도 Susanoo가 나를 도발하는 게 아닌가 걱정되었는지 한 걸음 앞으로 나서며,

"지금 한 말을 한 번 더 영어로 해주지 않겠어?"

하고 차분한 목소리로 Susanoo를 압박했다.

"흥, 영어로는 하고 싶지 않은 말도 있어."

Susanoo의 대답은 '흥' 부분만 모어고 나머지는 영어였다.

"무슨 뜻이야."

"생각을 가공하지 않고 그대로 영어로 발언하면 야만인 취급을 받지. 그러니 영어로는 국제사회에서 허락되는 생각까지만 말하고 모어로는 정말로 느낀 점을 말한다."

"그런 짓을 하면 인격이 분열되잖아."

"흥, 세계 자체가 인격이 분열되어 있다는 걸 너는 아직도 깨닫지 못하는 건가. 그런 것보다는 Hiruko가 안전하냐가 더 중요하지."

"아무튼 방금 한 말을 알려줘."

크누트가 다시금 재촉해도 Susanoo는 완강히 버티며 대답하지 않기에, 대신 내가 판스카로 간추려서 크누트에게 설명했다. 나는 현지 여성만큼 여성스럽지는 않지만, 전통적인 여성성을 일부러 부정하는 시위 혹은 퍼포먼스를 하는 듯 보이지는 않기 때문에 공격받을 위험은 없다. 그걸 들은 크누트의 눈썹이 위로 치켜올라가는 걸 보고 아카슈가 서둘러 크누트의 팔을 잡으며,

"여성으로서 Hiruko가 가진 아름다움을 Susanoo가 부정한

건가. 얼마 전에 그런 말을 했었지. 친동생의 아름다움을 오빠가 보지 못하는 것과 같아. 언제나 이국의 색다른 여성이 더 아름답게 보이기 마련이니. 그래도 괜찮잖아. 너나 나에게는 Hiruko의 아름다움이 보이니까. 우리는 멀고도 가까운 가족이야."

하고 영어로 말했다. 아카슈가 나를 조금이라도 아름답다고 생각해줬다는 게 의외였다. 우리 그룹 내에서 여성의 아름다움을 갈고닦은 인간이 있다면, 그건 노라도 나도 아닌 아카슈일 것이다. 오늘은 체리색을 칠한 입술의 양 끝이 활짝 위로 올라가 그 활 모양에서 진한 기쁨이 화살처럼 날아올랐다. 그리고 입이 다시 일직선으로 돌아가자, 이번에는 똑바로 앞을 응시하는 검은 눈동자에 슬플 정도로 진지함이 내려앉았다.

"아름답다는 건 형용사. 한 인간에게 형용사를 한 개씩 줄 수 있다면 아름답다는 말은 아카슈에게 주겠어."

내가 그렇게 말하자 크누트는 웃으며,

"나한테는 배고프다는 형용사를 주면 좋겠는데."

라고 하며 내 어깨를 안았다. 식사 시간이 다가오고 있었다.

오르되브르용 작은 접시에 청어 초절임이 담겨 나오자, 식당에 모인 승객들의 수런거림이 파도처럼 잦아들고 식기에 포크 부딪히는 소리가 대신 울려 퍼지기 시작했다. 청어 껍질은 은색으로 반짝였고, 껍질 바로 아래에는 다크초콜릿색 지방층이 있었으며, 그 아래 흰 살은 식초를 듬뿍 머금고 단단해져 있었다. 그대로 입에 넣기에는 청어가 조금 커서 포크로 자르려 하자 껍질이 미끄러지면서 살이 부서져버렸다. 크누트의 그릇을 곁눈질했더니 곰이 앞발 손톱을 쓰듯이 쉽게 쓱쓱 포크를 써서 잘라 입에 넣었다. 그 우아함이 동물을 떠올리게 하는 동시에 영화에서나 보던 영국 상류층을 연상시켰다.

그 순간 잔잔하게 놀라는 음성이 잔물결처럼 식당 전체에 퍼졌고, 입구 쪽을 보자 제복을 입은 선장이 모자를 벗고 모두에게 인사했다.

"신사 숙녀 여러분, 오늘은 선장 두프가 직접 인사드리겠습니다."

러시아어로 말하는 테이블에서 박수가 터졌고, 스페인어로 말하는 테이블이 이어서 환호했다. 나도 얼떨결에 어중간한 박수를 보냈다. 선장이 식당에 모습을 드러낸 건 처음이었다.

"바다 여행을 즐기고 계십니까. 바다가 거실의 융단, 하늘이 천장처럼 느껴지기 시작하셨습니까. 아쉽게도 태양이라는 이름의 램프는 고장이 나서 쓸 수 없는 날이 많은 듯하지만요."

두프 선장의 영어에는 무거운 상반신을 가볍게 흔들며 춤추는 듯한 리듬이 있었다.

"저의 선조는 대대로 암스테르담에 왼발을 두고 배에 오른발을 둔 채 살아왔습니다. 그렇지만 왼발은 공중에 뜬 경우가 많았지요."

영어로 말하는 테이블에서 웃음이 터졌다.

"다음 정박지는 리가입니다만, 저의 선조에게 리가는 외국이 아니라 이웃 같았다는 이야기를 들었습니다. 아버지가 아이들에게 잠깐 일이 있어 리가에 다녀올 테니 모래밭에서 놀며 기다리라는 말을 남기고 집을 나서는 느낌입니다. 말하자면 리가에 가는 정도로는 여행을 떠난다고 말할 수 없는 거죠. 여행이라는 단어를 쓰는 건 케이프타운이나 자카르타처럼 정말로 먼 곳으로 가는 경우뿐이었습니다."

크누트가 내 귓가에 대고 "네덜란드인이구나" 하고 속삭였다. 두프 선장은 청력이 무척 좋은지 크누트의 얼굴로 시선을 던지고는 내가 있는 걸 보고 어색한 미소를 지었다. 아직 사십대일 텐데도 바닷바람에 노출되어 가죽처럼 변해버린 얼굴에는 웃으면 깊은 주름이 생겼다.

"제 선조 중에 공상하는 버릇이 있는 상인이 한 사람 있었는데요, 어느 날 악천후에 내몰려 바타비아에서 발이 묶였습니다. 너무 지루해서 암스테르담에서 기다리는 친구들을 위해 공상 모험 소설을 썼는데, 거기에 데지마라는 가상의 섬이 나옵니다."

나는 어, 싫었다. 잘못 들은 게 아니라면 선장은 방금 '데지마
라는 가상의 섬'이라고 말했다. 혹시 그게 데지마(出島)*를 말하
는 거라면 어째서 가상의 섬이라고 한 걸까. 아니면 내가 이제
껏 큰 착각을 하고 있었던 건가. 중학교 때 역사 수업을 듣다가
잠깐 졸았고, 그날 이후 데지마를 실제 존재하는 섬으로 오해하
고 있을 가능성도 있다. 비슷한 착각을 전에도 했기 때문이다.
800년쯤 전 몽골군이 공격해왔을 때, 돌연 강한 바람이 불어 몽
골 배가 침몰하는 바람에 싸울 필요가 없었다는 이야기를 믿고
있었는데, 그때 역사 선생님이 "그러나 이 가설에는 의문을 가
진 학자가 많고, 실제로는 안타깝게도 피가 흐르는 전투가 벌어
졌을 겁니다"라고 덧붙인 걸 내가 수업 도중 졸아서 듣지 못하
고 긴 시간 오해했다는 걸 최근에야 알았다. 지금도 선장 이야기
를 들으며 꾸벅꾸벅 졸음이 오기 시작했다. 지루해서가 아니다.
오히려 그 반대로 재미있는 이야기가 시작되면 다양한 이미지
가 연쇄반응처럼 끓어올라 내 머리는 풍선처럼 터지고 만다.

"괜찮아?"

---

* 제주도에서 가장 가까운 열도의 나가사키 지역에 위치한 인공 섬. 도시 쇄국정
  책을 펴던 에도시대에 포르투갈, 네덜란드 상인과 유일하게 무역을 펼친 곳이었
  으며 근대 들어 주변이 매립되어 육지와 이어졌다.

크누트가 기분 좋게 청량한 손을 내 손에 포갰다. 덕분에 의식이 맑아졌다. 여기서 졸아서는 안 된다. 정신 차리고 네덜란드 상인의 후예가 하는 이야기를 제대로 듣자.

두프 선장은 큰 보폭으로 우리 테이블 쪽에 다가오며 이야기를 이어갔다. 나는 내 표정에 자신이 없었기 때문에 고개를 숙였다.

"제 선조 가운데 한 사람이 바타비아, 다시 말해 네덜란드령 시절 자카르타에서 무료함을 달래기 위해 쓴 이야기 가운데 허구의 열도가 등장합니다. 열도는 세 개의 큰 섬과 무수히 작은 섬들로 이루어져 있었습니다."

그렇구나, 홋카이도가 아직 편입되기 전 시대의 이야기라 섬 개수가 세 개네, 싶었다. 뇌의 한 부분만 묘하게 밝게 빛나며 그 이외의 부분은 안개 속에 휩싸였다.

"열도에 사는 사람들은 상당히 모순된 성격을 갖고 있었습니다. 그들은 세계에 관심이 많았고 무역이나 교류를 하고 싶어 했습니다. 유럽에는 어떤 그림이 있는지, 어떤 의학 치료가 있는지, 어떻게 배를 만드는지 등을 뭐든 다 알고 싶어 했고 심지어 학자뿐만 아니라 서민들도 호기심이 왕성했습니다. 그러나 한편으로 외부에서 사람이 들어오는 걸 굉장히 두려워했습니다. 밖에서 온 사람이 내부를 엉망으로 만들 거라고 여긴 거죠."

어디선가 들어본 이야기 같지만 언제 어디서 들은 이야기와 비슷하고 어디가 다른지 구분할 수가 없었다. 두프 선장이 지어 낸 이야기를 하고 있는지, 역사를 말하는지, 아니면 어느 쪽도 아니고 그저 게임의 규칙을 따라 이야기를 이어가는지 모르겠다. 그걸 제대로 확인해야겠다 싶어 얼굴을 들었을 때 선장과 눈이 마주치고 말았다. 선장은 내가 말이 없자 안심했는지 눈길을 돌리며, 이번에는 스페인어를 쓰는 테이블 쪽을 보며 다음과 같이 말했다.

"유럽인이 모조리 타고난 선교사였던 건 아닙니다. 저의 선조처럼 신의 도움을 빌리지 않고 즐겁게 인생을 사는 사람들도 있었죠. 물론 그들 중에 신앙심 있는 인간도 많았겠지만, 뛰어난 상인이었기 때문에 상대가 원하지 않은 물건을 수출하는 게 어렵다는 걸 알았습니다. 열도에 사는 사람들이 원한 것은 신이 아니라 옷감과 설탕과 향신료였다고 들었습니다. 유럽의 그림이나 시계나 의학서에도 관심이 있었다고 합니다. 아무튼 이 이야기에는 저의 선조인 네덜란드 상인들을 위해 지어진 대단히 기이한 호텔이 등장합니다. 인공의 섬 하나가 그대로 호텔이 되었던 겁니다. 그 호텔의 이름이 데지마입니다. 데는 데우스*의 데

---

* 라틴어로 신.

가 아니라, 데리버리*의 데입니다."

"신을 배신하고 데지마 호텔에 묵었던 당신 선조는 비굴한 거 아닌가."

어디선가 얼음장처럼 차가운 목소리가 들렸다. 영어로 말하는 테이블에 있던, 목에 스카프를 두른 신사의 발언이었다. 이건 내 추측인데 영국 명문 학교를 졸업하면 저런 발음이 나오지 않나 싶다. 부럽다. 저런 발음을 쓰는 것만으로도 말하는 내용까지 바르게 들린다. 하지만 두프 선장은 전혀 동요하지 않고 사투리가 섞인 영어로 당당히 받아쳤다.

"신을 배신한 게 아니라 신이 수출품으로 부적절하다고 판단했을 뿐입니다. 신을 수출할 바에는 토마토를 수출하는 게 돈 버는 데 유리하고 손님도 기뻐하겠지요."

그러자 영국 신사가 대답하기 전에 스페인어 테이블에서,

"당신의 선조는 마리아 그림을 발로 밟고 현지인에게 그리스도를 배신할 각오가 되어 있다는 걸 증명했지. 그런 비굴한 짓을 잘도 했군."

하는 목소리가 날아왔다. 영국 영어를 하는 신사가 고개를 끄덕이며,

---

* 딜리버리(delivery)의 일본식 발음.

"맞습니다. 비굴합니다."

하고 동의했다. 두프 선장도 지지 않았다.

"비굴? 저의 선조는 현명하고 용기도 있었지만, 기사나 무사가 아니었기에 자긍심에는 큰 관심이 없었습니다. 자긍심이란 뼈의 한 부분이 딱딱하게 굳는 일종의 병이나 마찬가지니까요."

스페인어 테이블이 왁자지껄 떠들썩해졌다. 파도치는 검은 머리카락을 어깨까지 늘어뜨린 청년이 일어나 선장을 향해,

"당신은 신을 잊었는가."

하고 비난의 말을 던졌다. 내용이 엄격한 데 반해 목소리는 상냥했다. 두프 선장은 살짝 당황하여 두 손으로 '침착하십시오'라는 제스처를 하며 말했다.

"너무 흥분하지 마시고 들어주십시오. 저는 신이 픽션이라는 말을 하는 게 아닙니다. 데지마라는 가상의 섬에 있었던 이야기를 저의 선조가 썼다고 말했을 뿐입니다."

그것은 이야기가 아니라 역사적 사실이다, 하고 반론하려다가 나는 침을 삼키며 입술을 깨물었다. 선장의 이야기를 끝까지 듣고 싶었기 때문이다. 게다가 어쩌면 선장에게도 내가 모르는 복잡한 사정이 있을지 모른다. 예를 들어 데지마가 정말 존재했다고 해버리면 해고되기 때문에 픽션이라고 말할 수밖에 없다거나. 애초에 그는 왜 승객에게 이 이야길 하러 왔나. 그 정치적

배경이 나로서는 짐작조차 가지 않았다.

꽉 닫힌 내 입술을 곁눈으로 슬쩍 보더니 선장이 말이 이었다.

"저의 선조는 현지의 문화를 배웠습니다. 사전을 만들고 그 나라 전통에 따라 음절 수가 5·7·5인 삼행시도 지었습니다."

"어째서 5·7·5인가요? 혹시 어느 야만인의 흑마술인가요?"

아까 그 신사가 끼어들었다.

"화성, 수성, 목성, 금성, 토성 다섯 개를 의미하겠죠."

"하지만 가운데 행은 7음절이라고 하셨잖습니까."

"그 부분에는 해와 달이 더해져서 7이 되었습니다."

그렇구나. 나는 감탄했다. 중학교와 고등학교 국어 수업에서 하이쿠를 분석한 기억은 나지만, 왜 5·7·5인지는 아무도 알려 주지 않았다. 혹은 내가 수업 시간에 졸았는지도 모른다. 남들은 자랑스럽게 '자국의 문화'라고 하지만, 자기 나라라는 건 가장 긴 시간 잠을 잔 나라라는 의미이기도 하니, 자기 나라 문화에 대한 오해가 많다고 해서 딱히 이상한 건 아니다.

신사는 하이쿠의 음절 수가 난센스라는 걸 지적하며 멋지게 한 방 날렸다고 생각했는데 두프 선장이 속구를 쉽게 받아치자 분하다는 표정으로,

"상당히 재미있는 이야기군요. 하지만 비유럽 문화의 시 형식을 배우는 비굴한 행위는 셰익스피어와 같은 문호가 없는 나라

사람들이나 생각할 법한 것입니다. 게다가 극동에 대해 재미있는 픽션을 쓴 건 네덜란드인뿐만이 아니에요. 나의 조국이 자랑하는 문호, 스위프트를 아십니까?"

하고 다른 각도에서 공격해 들어왔다.

"스위프트는 더블린에서 태어났는데."

하고 아카슈가 참견하자, 신사는 의외의 방향에서 날아온 공에 한순간 당황했지만 곧 재빠르게,

"스위프트의 부모님은 아일랜드로 이주한 잉글랜드 사람입니다."

하고 받아치며, 아카슈 따위는 문제가 되지 않는다는 듯 곧바로 두프 선장에게 시선을 돌려 덧붙였다.

"당신의 선조가 쓴 공상 이야기와 다르게 걸리버 여행기는 전 세계에서 읽히고 있습니다. 거기 나오는 게 나가사키의 데지마예요. 당신네 선조는 그걸 흉내 낸 것뿐입니다."

나누크가 갑자기 내 쪽으로 몸을 구부리며,

"데지마가 픽션 취급당하고 있어. 반론 안 해도 되겠어?"

하고 덴마크어로 속삭였다. 노라는 묵묵히 걱정스럽게 내 얼굴을 응시했고, 크누트는 조용히 내 어깨에 손을 올렸다. 아카슈가 맑은 눈을 깜박깜박하며,

"데지마가 정말로 존재했어?"

하고 순진하게 물었다. 이 사람들은 책도 많이 읽고 지식도 풍부하지만, 아마 데지마에 대해서 들어본 적은 없으리라. 지구는 넓고 해양에는 무수히 많은 섬이 있기에 진실을 찾아 헤매는 배가 데지마라는 지식과 마주치게 될 가능성은 매우 낮다.

"데지마는 실제로 존재했어."

내가 모어로 말하자 그때까지 모든 대화를 무시하고 혼자서 차분하게 청어를 먹고 있던 Susanoo가 갑자기 고개를 들며,

"픽션도 뭣도 아니야. 신화가 역사보다 훨씬 더 현실이다."

하고 별반 목소리를 억누르려고도 하지 않고 영어로 말했기에, 영국 영어를 쓰는 신사가 움찔하며 Susanoo 쪽을 보았지만, 그 얼굴을 확인하고 상대할 필요가 없다고 판단했는지 곧장 두프 선장에게 시선을 돌리며 말했다.

"《걸리버 여행기》는 인간이라면 거의 모두가 읽은 책이기에 반론해도 소용없습니다. 릴리퍼트*에 사는 몸집이 우리의 12분의 1밖에 되지 않는 사람들, 반대로 몸집이 우리의 열두 배나 되는 거인들, 그리고 나가사키의 데지마 등등은 전부 스위프트가 창작한 이야기이고, 이걸 멋대로 훔쳐 간 건 네덜란드 사람뿐만이 아닙니다. 물론 저작권이라는 개념이 통용되지 않던 시대이

---

* 《걸리버 여행기》에 나오는 난쟁이의 나라.

니까 지금 소송을 걸 수도 없는 일이지만요."

선장은 빙긋이 웃으며,

"걸리버가 젊은 시절 네덜란드 레이던 대학에 유학해서 의학을 배운 덕분에 네덜란드어를 할 줄 알았다는 사실을 잊으신 겁니까. 그래서 나가사키 사람들하고도 대화가 통했습니다. 만약 영어밖에 할 줄 몰랐다면 상당히 곤란했겠지요. 자기 이야기 속에서 말이 안 통한다면 희극일 테니."

하고 비꼬며 말했다. 나는 더욱더 혼돈에 빠졌다. 만약《걸리버 여행기》에 나오는 섬이 전부 가상의 섬이라면, 거기 나오는 사람들도 그 자손도 모두 픽션이라는 말이 된다.

"걸리버가 나가사키에 상륙한 장면, 생각이 안 나. 그런 장면이 있었어? 게이샤나 사무라이가 나오나?"

내가 나누크에게 작은 목소리로 묻자, 독서가이자 기억력이 좋은 나누크는 잠시 생각하더니,

"책에 나오는 건 아마 폐하와 통역사뿐일 거야."

하고 알려주었다.

"나가사키가 픽션이 아니라고 말하고 싶지만 나도 책에서 읽었을 뿐 실제로 가서 내 눈으로 확인한 건 아니니까, 네가 증언해야만 해."

나누크가 격려해주었지만 나는 완전히 자신감을 잃어버려서,

"나도 자신이 없어졌어. 내 과거도 픽션인 걸까."

하고 영어로 말하고 말았다. 판스카로 말하려고 했는데 채널이 엉망이 되어 영어가 나온 것이다. 그걸 들은 Susanoo가 청어를 다 먹고 접시 위에 탁 소리 나게 포크를 올리며,

"나가사키에는 원자폭탄이 떨어졌어. 공상의 마을에 원자폭탄이 떨어지겠나. 이것이 나가사키가 공상의 마을이 아니라는 증거다."

라고 영어로 분명히 선언했다. 식당이 쥐 죽은 듯 조용해졌다. 그런 뒤 Susanoo는 내 얼굴을 흘끗 보며 이번에는 모어로 말했다.

"자신이 신화에 나오는 신들의 자손이라고 상상해봐. 주변 사람들은 모두 시시한 현실의 생물이고, 자신을 포함한 소수의 사람만이 신들의 직계 자손이다. 그런 식으로 상상해봐."

나는 한순간 Susanoo의 망상에 휘말릴 뻔했지만, 간신히 버티며 말했다.

"최면술을 걸지 마. 나는 신화에 나오는 등장인물 따위가 아니야. 대단히 현실적인 직업을 갖고 있는 평범한 인간이지. 폐하의 후손이 아닌 통역사의 후손이야. 당신도 마찬가지잖아."

크누트는 우리가 다시 모어로 이야기하자 침착함을 잃고,

"무슨 이야기 하는데?"

하고 영어로 물었다. 영국 영어를 말하는 신사가 이쪽을 보며 물었다.

"당신의 의견은 어떻습니까?"

의심할 여지 없이 내게 던진 질문이었다.

"무엇에 대한 의견 말입니까?"

"픽션이라는 주장에 대해 당신은 어떻게 생각합니까? 아까부터 입을 다물고 있는데, 당신과 관계가 있는 이야기잖아요."

입 다물고 있으면 숨을 쉴 수 없을 것만 같았다. 나는 아직 하고 싶은 말을 찾지 못했는데도 떠밀리듯 이야기를 시작했다.

"저는 유럽에 살고부터 제가 가상의 인물이라는 기분이 종종 듭니다. 그 가상의 인물을 훌륭히 연기하면 일상생활이 잘 돌아가지요. 주변 사람들도 친절하고, 일도 찾고, 저의 인권도 지킬 수 있습니다. 하지만 가상의 인물에게는 본래 인권이 없습니다. 그러니 제가 제 존재에 불안을 느끼고 있다는 사실도 이해해주실 수 있지 않을까요."

그러자 주변 사람들의 존재가 사라지고, 혼자 선실에서 소리 내어 책을 읽고 있는 것처럼 차분한 마음이 들었다.

"만약 제가 어느 날 예전에 살던 땅으로 돌아갈 수 있고, 그 땅에 발을 붙이고 선다면, 그때는 유럽이 픽션처럼 보이게 될지도 모릅니다. 하지만 그렇게 되면 지금 저에게 가장 가까운 존재인 여행의 동료들이 이야기 속 등장인물이 되어버리고, 저만 혼자 현실이라는 이름의 고독한 장소에 남겠지요. 그건 싫습니다. 모두 함께하기 위해서는 미지의 사람들을 픽션 취급하는 일을 그만두거나, 다 같이 픽션이 되거나 둘 중 하나가 아닐까요."

내가 그렇게 말을 마치자, 박수와 함성이 터져 나왔다. 스페인어 테이블이었다. 곧 사그라들 거라고 여겼지만 박수는 점점 커지더니 리듬을 타기 시작했고, 거기에 발 구르는 소리까지 더해지며 길거리 곡예사풍 사람들의 테이블에 앉아 있던 한 사람이 어딘가에 숨겨두었던 기타를 꺼내 퉁기기 시작했고, 그 옆에 있던 남녀가 토끼와 여우의 가면을 쓰고 일어나 춤을 추기 시작했으며, 탬버린 치는 소리가 거기에 더해졌다. 아무래도 모든 게 프로그램의 일환이었나 보다. 두프 선장은 연예인처럼 인사를 하고는 식당을 빠져나갔다. 스페인어 테이블 사람들이 하나둘 자리에서 일어나 두 사람씩 짝을 짓고 춤을 추기 시작했다. 나는 그런 식으로 춤을 춘 경험은 없었지만, 영화에서 비슷한 장면을 볼 때마다 언젠가 저렇게 춤을 춰보고 싶다고 생각했다. 크누트와 눈이 마주쳤다. 어디를 보나 춤을 좋아할 만한 타입은 아니다.

"크누트, 춤추자."

돌연 아카슈가 그런 말을 꺼냈다. 놀랍게도 크누트는 그 제안을 거절하지 않고 자리에서 일어섰다. 나는 황급히,

"안 돼, 크누트는 나하고 추고 싶어 해."

하고 말하며 일어나 크누트를 안을 수 있도록 마주 섰다. 그런 뒤 어깨 너머 사람들을 흉내 낸 크누트의 허리에 내 손을 감고, 몸을 세차게 흔들며 길거리 곡예사들의 테이블 쪽으로 척척 노저어 나갔다.

"놀랐어."

크누트가 속삭였다.

"너는 춤추는 걸 좋아하는구나. 몰랐어."

아카슈의 풀이 죽은 표정, 노라의 빛나는 눈동자, 몸을 동그랗게 말고서 슬금슬금 도망치는 나누크의 모습 따위가 우리가 춤추며 회전할 때마다 슬라이드 쇼처럼 눈에 펼쳐졌다. 얼마 후 나는 눈을 감고, 플란넬로 감싸인 크누트의 가슴팍에 관자놀이를 가져다 댔다.

식사가 끝나고 배에 있는 카페에서 크누트와 둘이서 몸을 맞대고 리가의 지도를 보고 있는데 모르는 여성이 다가왔다. 어릴 때 〈미지의 여인〉이라는 그림을 본 적이 있다. 어쩌면 서양 그림을 실제로 보았던 첫 순간인지도 모른다. 어머니와 신칸센을 타고 우에노에 내려 거기서 다시 택시를 탄 기억이 있으니, 니혼바시나 긴자 같은 데 있는 전통적인 백화점이었던 것 같다. 친척 결혼식에 입고 갈 옷을 사기 위해 방문한 그 백화점에는 갤러리가 있었고, 트레티야코프 미술관에서 빌려 온 그림 몇 장이 걸려 있었다. 유럽에서는 상상할 수 없는 일이지만, 그 백화점에는 갤러리도 있었고 옥상에 작은 동물원도 있었다. 그런 이상한 건물 안에서 만난 〈미지의 여인〉은 나에게 영원히 잊을 수 없는 여인이 되었다. 검은 모피를 두른 채 마차 좌석에서 이쪽을 내려다보는 얼굴은 언뜻 오만하게 보이기도 하지만, 한참 보고 있으면 오만함과 다르다는 걸 알게 된다. 그 위치에 있지 않으면 신변의 안전을 지킬 수 없기에 관찰자보다 높은 위치에 앉아 있을 뿐 우월감은 없다. 내리뜬 눈의 속눈썹에는 우울함이 깃들어 있고, 요염함이나 애교로 상대방을 유혹할 생각 없이 촉촉한 입술을 꼭 다물고 있다. 어딘가 어린아이 같은 표정도 남아 있지만, 순진무구함은 없이, 힘들고 지치는 인간관계를 뚫고 나온 그늘이 서려 있다. 이 사람은 도대체 누구일까. 나는 당혹스러웠다. 소화할 수 없는 것은 가장 오래 기억에 남는다.

지금 다가오는 여성의 얼굴은 그야말로 그 그림에 그려진 얼굴과 똑같았다.

"춤, 즐거웠죠."

그 여성의 말에 크누트와 춤췄던 게 떠올라 내 얼굴은 다시금 뜨거워졌다. 아까 식당에서 음악이 시작되었을 때, 아카슈랑 크누트가 춤을 추고 나는 동떨어져 있는 시나리오가 싫어서, 충동적으로 크누트를 끌고 나와 둘이 춤을 추었다. 크누트와 내가 대화 없이 계속해서 춤만 춘 건 처음 있는 일이었다. 몸의 중심이 뜨거워지면서 머릿속에서 형태가 있는 생각이 녹아내리고 흐르는 물성만이 남았다. 이 미지의 여인도 거기서 함께 춤을 추고 있었는지는 기억나지 않았지만 즐거웠죠, 라고 동의를 구하는 걸 보면 역시 춤을 추었으리라.

"저는 안나라고 해요. 당신들 부부는 호흡이 딱 맞던걸요."

그러자 크누트가 서둘러,

"아니요, 저는 남편이 아니라 언어학자입니다."

하고 진지한 얼굴로 앞뒤가 안 맞는 대답을 했다. 안나는 그런 답변을 듣고도 웃지 않고,

"그렇습니까. 훌륭하네요."

하고 시원시원하게 받아들인 뒤 이번에는 내 얼굴을 가만히 들여다보며,

"당신의 고향이 픽션에 불과하며 실제로는 존재하지 않는다니 말도 안 됩니다. 그런 유언비어를 받아줄 필요는 없어요."

하고 무서울 정도로 엄격한 목소리로 단언했다. 아무래도 그 말을 하고 싶어서 다가온 듯했다.

"제 할아버지의 친구 중에 카메라맨이 있었는데, 영화 작업을

위해 당시 당신의 나라로 촬영을 떠났다고 해요. 그때 찍은 영화의 장면들은 훗날 아주 유명해져서 저도 여러 번 보았습니다. 고속도로가 제트코스터처럼 공중을 빙빙 돌도록 설계된 마을이 나오는 장면이 있는데, 영화 속에서는 미래 도시라는 설정이었습니다. 미래의 도시를 촬영할 수 있을 리가 없기에 실제로 존재하는 나라에서 촬영한 거였죠. 다시 말해 그 나라는 존재했다, 라는 말이 됩니다."

모르는 사람까지 나의 나라가 픽션이 아님을 증명하려고 필사적인 건 기쁜 일이었지만, 영화 촬영지였다는 사실만으로 그 땅이 실제로 존재했다는 확실한 증거가 되기는 어렵다. 게다가 증인이 되어주려는 안나가 그림 속에서 튀어나온 사람처럼 느껴졌기에 "당신이야말로 현실에 존재했군요, 놀랍습니다" 하고 말하고 싶은 지경이었다.

"픽션이 아니라는 상황증거를 알려주셔서 고맙습니다."

우선은 그런 식으로 어색한 인사를 건네자, 안나는 빙긋 웃지도 않고 고개를 까딱했는데, 어떤 애교도 없음과 동시에 한 조각의 차가움도 느껴지지 않았기에 아아, 이거다, 〈미지의 여인〉에서 태어나 처음 본 표정은 이거다, 싶었다. 안나의 얼굴에는 미인이라는 스테레오타입에 끼워 넣을 수 없는 완고한 독자성이 있었다. 애교를 부리며 주위 사람들 마음에 들려는 마음도 없고,

그렇다고 일부러 퉁명스럽게 굴지도 않는다. 그 밸런스가 나의 눈을 사로잡았지만, 한동안 응시하고 있으려니 마음이 심란해졌다. 불안을 숨기고 음울을 밝은색으로 덧칠하는, 아무도 없는 곳에서만 주먹 쥐고 화를 삭이며 웃음을 포기하고 힘을 절약하는, 가끔 남몰래 눈물을 훔치며 그렇게 하루하루 살아가는 팍팍함이 전해졌다. 그래도 허리를 꼿꼿이 세워 정면을 바라볼 뿐만 아니라 모르는 나에게까지 도움을 주려고 한다.

"그나저나, 영화에서 그 마을을 보고 어떤 생각이 드셨나요?"

하고 물어보았는데, 안나는 자기가 먼저 그 화제를 꺼냈으면서도 휑한 눈빛으로,

"회색빛 콘크리트로 만들어진 마을이었습니다. 잘 생각나지는 않지만."

라고만 대답했다. 이 사람은 할아버지의 추억이 떠오르는 그리운 영화 이야기를 하고 싶었을 뿐인지도 모르겠다 싶어서 이야기를 마무리 짓는 방향으로 마음을 먹었는데, 갑자기 크누트가 귀부인에게 절하는 기사처럼 일어나 손을 잡더니, 손등에 키스하듯 몸을 구부리고 얼굴을 가까이 가져가 예를 표했다.

"귀중한 이야기, 감사합니다."

안나는 온몸이 무너질 듯이 웃으며,

"인사를 받을 만한 일은 아닙니다."

하고 부끄러운 듯이 얼굴을 찡그렸다. 수치심이라는 감정은 이 얼굴에 어울리지 않는다. 수치심이 아니라 인정받았다는 데에 대한 기쁨이다. 그저 장난에 불과했는데 크누트에게 귀부인 취급을 받는 게 그렇게 기쁠 일인가 싶어 놀라웠고, 크누트가 안나 같은 여성을 기쁘게 하는 기술을 갖추고 있다는 사실에도 놀랐다. 크누트가 연극을 하듯이 정중하게,

"그런데 그 영화의 이름을 알려주실 수 있을까요?"

하고 묻자, 안나는 차가운 목소리로 대답했다.

"〈솔라리스〉입니다."

왜 여기서 갑자기 전신이 차가워지는지 나로서는 알 수 없다. '솔라리스'라고 하는 이름의 울림도 차갑다. 크누트는 더욱더 정중한 어조로,

"분명, 그 행성은 수성이었지요."

하고 대화를 이어가자,

"글쎄요, 모르겠습니다."

하고 안나가 점점 더 흥미가 없어진다는 듯이 대답했다.

"이 배의 식당에서만큼은 수성이 침묵하는 사람들의 테이블이죠. 그 사람들은 물처럼 침묵하더군요."

내가 갑자기 생각나서 끼어들자, 안나는 내가 거기 있었다는 걸 기억해내고 놀란 듯이,

"그 사람들은 자기가 좋아서 침묵하는 게 아니에요."

하고 의외의 정보를 던져주었다. 나는 그게 무슨 뜻인지 물어보기가 왠지 두려워서 입을 다물고 있었다. 안나는 여유가 느껴지는 미소를 지으며 우리 두 사람 얼굴을 번갈아 보더니 주제를 바꾸어,

"그런데 두 분은 리가 마을을 둘러볼 생각입니까?"

하고 물었다. 내가 고개를 끄덕이자 크누트도 황급히 고개를 끄덕였다.

"리가는 제게 소중한 마을입니다."

"그렇습니까."

"유럽이 아직 동과 서로 나뉘어져 있던 시절의 일입니다. 서쪽 세계를 여행하고 싶은 기분이 들 때는 리가로 떠났습니다. 리가에는 북독일의 한자 시장 같은 상점가도 있고, 이탈리아에 있을 법한 카페도 있고, 아르누보 건물도 많이 있고, 교외에는 뉴저지의 부자들이 살고 있을 것만 같은 저택도 있습니다."

아까까지 안나의 얼굴에 정신을 빼앗겨 눈치채지 못했는데 영어 발음이 미국식이었다. 다만 억양에 동유럽 지식층 특유의 거만함이 있어서, 내 교양이 부족하다는 걸 들키지 않으려고 긴장하게 되는 면이 있었다. 크누트는 전혀 긴장하지 않는지,

"리가를 잘 아시는군요. 추천하고 싶은 관광 명소가 있습니

까?"

하고 가볍게 물었다. 안나는 못된 장난을 꾸미는 듯한 미소를 지으며,

"제일 먼저 보았으면 하는 곳은 베이커가 221B번지예요."

하고 대답했다.

"어, 셜록 홈스의 집입니까?"

"맞아요."

"그 사람이 런던이 아니라 리가에 살았나요?"

"소련판 셜록 홈스 영화 시리즈물이 있어요. 그 촬영지 중 하나가 리가입니다. 런던에서 촬영할 수 없었기 때문에 리가에서 촬영했겠지만, 무슨 사정이 있었든지 간에 제게는 그곳이야말로 원조 베이커가입니다.《주홍색 연구》를 아시나요?"

"물론입니다."

안나는 리가 지도 위로 몸을 구부리더니, 크누트의 손에서 연필을 쏙 빼앗아 마을의 좁은 골목에 크게 엑스 표를 치며,

"여기입니다. 여기로 가보세요."

라는 말을 남기고 무슨 할 일이라도 생각난 듯 서둘러 그 자리를 빠져나갔다. 그 퇴장이 등장과 비슷한 정도로 갑작스러웠기에 나와 크누트는 얼굴을 마주한 채 웃고 말았다.

"안나는 영화를 좋아해."

"안나에게는 현실을 현실로 믿을 수 있는 증거가 영화인가 봐. 그렇다면 배 같은 거 안 타고 영화관에 가면 될 텐데. 그건 그렇고 타르코프스키의 〈솔라리스〉를 네 고향에서 찍었다는 게 진짜야?"

"우리 지역은 아니야. 아마도 수도에 있는 롯폰기. 혹은 그 근처일 거야."

"롯폰기? 울림이 재미있네. 무슨 뜻이야?"

"여섯 그루의 나무."

"재밌네. 가보고 싶다. 하지만 실제로 가보면 나무만 여섯 그루 서 있고 다른 건 아무것도 없을지도 모르지. 그래도 회색빛 고속도로가 하늘을 뒤덮은 미래 도시보다는 나을 거야. 어쩌면 타르코프스키 영화 속에야말로 당시엔 미래였던 현재 모습이 보존되어 있을지도 몰라."

눈을 감자 거대한 벚나무 여섯 그루가 서 있는 모습이 보였다. 그 사이를 회색빛 고속도로가 뫼비우스의 띠처럼 달리고 있다. 그 아래에서 나는 크누트와 마주 서서 춤을 추었다. 음악은 아직 들리지 않는다. 음악이 들려오기 시작하면 이 장면도 훨씬 더 현실감을 띨 텐데, 하고 생각했다.

8장

크누트는 말한다(2)

딱히 어디를 가자는 생각도 없이 Hiruko와 손을 잡고 천천히 리가 마을을 걸어가는데 눈앞에 거대한 건물이 적란운처럼 솟아올랐다. Hiruko가 크게 숨을 들이마시며,

"아, 모스크바 대학!"

하고 외쳤다.

"여기는 리가인데 어째서 모스크바 대학이 있는 거야?"

하고 물어보았지만 Hiruko는 내 손을 뿌리치고 건물로 열몇 걸음 달려가더니,

"아, 드디어 모스크바에 왔구나. 아아, 벌써 왔어. 여기서부터는 철도를 따라 동쪽으로, 동쪽으로. 더는 바다로 도망치지 못해."

그렇게 혼잣말했다. 멀리 있는 거대한 건물은 우리가 잠깐 달리는 것만으로는 가까이 다가갔다는 실감이 전혀 들지 않는다. 나는 Hiruko를 쫓아가 두 어깨에 손을 올리고 가볍게 흔들며,

"여기는 리가야. 그러니까 저건 모스크바 대학이 아니야. 그보다 네가 어떻게 모스크바 대학을 아는 거야?"

하고 말하니 Hiruko는 얇은 눈물 막에 덮인 눈동자를 내게 향하며 대답했다.

"고모가 어릴 때 모스크바 대학에 유학. 나에게 사진을 많이 보내주었다. 내가 좋아하던 고모."

눈앞에 나타난 건물은 뉴욕의 엠파이어 스테이트 빌딩, 아니 차라리 울워스 빌딩이 베르사유 궁전 한가운데 솟은 듯했고, 마치 자기가 미국과 프랑스를 합친 것보다 크다고 자만하는 듯 보였다.

"저건 모스크바 대학."

Hiruko가 또 말했다. 그러니까 우리는 어느새 모스크바에 와 버린 것이다. 그것도 괜찮을지 모른다. 여기서 시베리아철도를 타면 대륙의 동쪽 끝에 닿는다. 그리고 거기서 Hiruko의 고향인 니가타까지는 어선처럼 작은 배를 타고도 건널 수 있다고 한다. 이윽고 피날레가 다가온 것이다.

그런 생각을 하고 있는데 산뜻한 청재킷을 입은 마른 청년이

문득 옆에 나타나,

"여기는 리가이고 저건 라트비아 과학 아카데미입니다. 하지만 건물 자체는 모스크바의 로모노소프 대학을 흉내 낸 것이죠."

하고 말하며 빙긋 웃었다. Hiruko가 고개를 살짝 갸웃하자, 청년은 다음과 같이 설명해주었다.

"이 건물은 스탈린이 준 선물입니다. 나의 고향 바르샤바에도 똑같은 건물이 있습니다. 어릴 때는 이 건축물들이 모스크바, 바르샤바, 리가의 세 자매라는 말이 있었어요. 세 자매라니 마치 체호프 연극 같고 재미있지요. 하지만 셋만이 아닙니다. 모스크바에만 비슷한 건물이 일곱 개나 있고, 그것들을 일곱 자매라고 부른다는 사실을 나중에 알았습니다. 일곱 개의 건물은 호텔 우크라이나나 외무성 건물 등 쓰임새가 제각각 다양하지만, 외견이 자매처럼 닮아서 스탈린의 일곱 자매라고 불렀다고 합니다. 미인 자매가 모스크바에만 있는 건 아까운 일이다, 주변 나라들에도 복제품을 선물하자, 씀씀이가 넉넉한 러시아의 독재자는 그렇게 생각했던 거겠지요. 바르샤바에는 여덟 번째 딸을 지었습니다. 필요 없다는데 억지로 선물했다고 해요. 그리고 아홉 번째 딸이 우리 눈앞에 있는 라트비아 과학 아카데미. 열 번째는 부쿠레슈티, 열한 번째는 프라하에 있죠."

청년은 어깨를 무겁게 짓누르는 역사를 마치 히트곡 순위 이야기하듯 가볍게 말했다.

"거대한 묘비석 같은 권위가 과학의 전당을 연기하고 있어. 하지만 아카데미 자체에는 자유로운 정신을 가진 사람도 있지 않을까."

Hiruko가 말하자, 청년은 영어가 아닌 언어로 무슨 말인가 했다.

"당신은 폴란드인이군요. 리가에는 관광하러 왔습니까."

내가 그렇게 묻자 청년은 돌연 부끄러운 듯한 얼굴이 되어서,

"아니요. 관광이 아니라, 실은 펜던트와 귀걸이를 직접 만드는 어떤 여성이 있는데요. 지금 리가의 중앙 시장 부스에 나와 그걸 팔고 있어서."

하고 애매하게 이야기했고, 끝에 가서는 발음이 곤죽처럼 되어 알아들을 수가 없었다. 액세서리를 보려고 일부러 리가까지 온 겁니까, 하고 묻고 싶었지만 그만두었다. 다른 사람한테 말하기 어려운 사정이 있을지도 모른다. 예를 들면, 정식 연인은 바르샤바에 있는데 최근 리가에 있는 여성과 눈이 맞아서 남몰래 만나고 있다거나. 하지만 그건 내 지레짐작이었는지 청년은 부끄러워하기는 해도 딱히 뭘 숨길 마음은 없다는 듯한 얼굴로 이렇게 말을 이었다.

"여성의 이름은 이네사입니다. 리가의 중앙 시장은 훌륭해요.

시장이라고는 해도 비행기 한 대가 들어갈 만큼 돔이 몇 개나 늘어서 있고, 그 안은 물건 파는 곳들로 꽉 들어차 있습니다. 취급하는 식자재가 얼마나 다양한지 부다페스트나 빈의 시장하고도 비교가 안 됩니다. 식사도 할 수 있습니다. 거기에 가면 실크로드 여행을 하는 듯한 다양한 얼굴과 맛을 만나게 됩니다."

"가볼까. 재미있을 것 같아."

하는 내 말과 Hiruko가,

"재밌겠다, 가자."

하고 말한 게 거의 동시였다. 청년의 이름은 브루노라고 했다.

철골이 기하학 모양을 그리는 거대한 돔 지붕을 올려다보는데 너무 높아서 고개가 아플 지경이었다. 말린 생선의 짭조름한 냄새. 건어물은 눈 부분에 검은 구멍이 나 있어서 살짝 음침하다. 다섯 마리씩 묶어서 아무렇게나 걸어두었고 손 글씨로 가격을 적은 팻말이 꽂혀 있다. 연녹색 수박은 가로로 길었으며, 균열이 생긴 듯한 짙은 녹색 줄무늬가 그어져 있었다. 빨강과 노랑 액체가 담긴 예쁜 화병이 늘어선 부스도 있다. 안에 무슨 기름 같은 걸 넣은 건지 수중화처럼 피어난 허브가 특히 예뻤다. 자수가 들어간 챙 없는 모자를 쓴, 크고 넓적하며 둥근 빵을 파는 남자. 나는 흰색에 가까운 빛깔의 네모난 치즈에 붙은 상표에 시선을 빼앗겼다.

"치즈에 붙은 상표가 키릴문자로 쓰여 있네요."

"키르기스스탄의 치즈입니다."

"중앙아시아 제품인데 상표는 러시아어인가요."

조금 이상해서 물어보니 브루노는,

"그렇습니다. 멀어도 같은 소련에 속해 있으니, 유통망이 있습니다."

하고 의미심장하게 현재형을 써서 대답했다.

"어, 하지만 소련은 벌써 오래전에 사라졌잖아요."

"사라지지 않았습니다. 망령처럼 아직 존재하고 있어요. 식재료의 흐름 속에 그대로 남아 있지요. 우즈베키스탄, 아제르바이잔, 그리고 이 시장은 다양한 맛이 모인 연방입니다."

Hiruko가 향신료를 넣은 천 주머니가 진열된 가게 앞에서 발걸음을 멈추었기에 나도 멈추자, 먼저 걸어가던 브루노가 돌아와 물었다.

"실은 이네사를 만나기 전에 선물로 사고 싶은 게 있는데 같이 가주시겠습니까?"

"물론입니다. 호박 목걸이 같은 걸 선물하려고요?"

내가 어림짐작으로 묻자 브루노가 웃으며 대답했다.

"색은 호박과 같지만, 소재는 물컹물컹합니다."

녹색 스카프를 두른 덩치가 작은 여성이 홀로, 작은 나무 의자에 앉아 손님을 기다리고 있었다. 선반에 늘어놓은 오십 개쯤 되는 병 하나하나에 손으로 무언가를 써 넣은 종이가 잔뜩 붙어 있다. 자세히 보니 그것도 키릴문자였고, 구불구불한 필체에는 정열이나 원한이 깃들어 있는 듯 보였다. Hiruko가 "벌꿀!"이라고 외치니 그 소리를 들은 여성은 귀찮은 듯 일어섰다가 브루노와 눈이 마주치자, 주름을 잔뜩 지으며 기뻐하면서 햇볕에 탄 검고 자글자글한 손으로 브루노의 팔을 몇 번이나 토닥거렸다. 사실은 어깨를 토닥이고 싶었지만, 키 차이 때문에 불가능했던 건지도 모른다.

"이분은 러시아인인데, 지금까지 50년 이상 벌꿀을 팔고 있습니다."

브루노의 소개에 벌꿀 파는 여성은 나와 Hiruko의 얼굴을 거리낌 없이 빤히 쳐다보았다.

"벌꿀은 만능의 약이죠. 어떤 병에 잘 드는 약인지 전부 쓰여 있습니다. 제가 여기서 벌꿀을 사는 건 벌써 세 번째입니다."

브루노는 그렇게 말하고는 병을 차례로 들면서 러시아어 상표를 읽어 이건 위장병에 좋은 꿀, 이건 감기로 몸이 아플 때 좋은 꿀, 하고 설명해주었다. 먹으면 상처가 빨리 아문다거나 잠을 잘 자게 해준다는 벌꿀도 있었다.

"그래서 당신이 선물하려는 건 어떤 꿀이에요?"

"냉증에 좋은 벌꿀이요. 이네사는 이 시장에 하루 종일 앉아 있는 날이 많거든요. 실내이긴 해도 이 돔은 원래 인간이 아니라 체펠린 비행선을 격납하기 위해 만들어진 건물이라 몸이 차가워진다고 해요."

브루노는 벌꿀 파는 여성에게 러시아어로 뭐라고 한 뒤 병 하나를 받아 들었다. 그런 다음 여성은 선반에 늘어놓은 병을 손가락으로 하나하나 짚으며 한동안 무언가 찾다가 결국 오른쪽 끝 구석에 있던 병을 꺼내 수건으로 닦은 뒤 브루노에게 건넸다. 이 사람은 메르헨에 나오는 마녀와 같은 얼굴을 하고 있구나, 하고 생각했다. 마녀처럼 악의를 가졌다는 뜻은 아니고, 자연에서 얻은 벌꿀을 참을성 있게 모으고 맛본 뒤 거기서 조금씩 마술을 끄집어내며 살아온 고독한 세월이 주름에서 느껴진다. 브루노는 돈을 내고 받아 든 병을 Hiruko에게 건네며 말했다.

"이건 당신들을 위한 선물입니다."

"고마워요. 그런데 이건 어디에 좋은 벌꿀이죠?"

뜻밖의 선물에 놀란 Hiruko가 묻자 브루노가 웃음 띤 얼굴로 애매하게 답했다.

"이걸 먹으면 달에 갈 수 있대요."

이 수수께끼 같은 대답의 의미를 브루노와 헤어져 배로 돌아오는 와중에 계속 생각했다. Hiruko도 같은 생각을 하고 있었는지 트랩을 올라가다가 돌연 외쳤다.

"허니문!"

Hiruko는 나를 초대하는 듯한 몸짓으로 자기 선실 문을 열었
고, 내가 주저하며 안으로 들어가자 안에서 문을 잠갔다. 좋은
향기가 났다. 재스민 향인지도 모른다. 우리는 나란히 침대에 걸
터앉았다. 벌꿀의 표면은 호박 광석처럼 견고해서 도저히 손가
락이 들어갈 듯 보이지 않았다. 숟가락은 금속이니까 찔러 넣을
수 있을지도 모른다. 선실 어디에 컵과 숟가락이 있겠지 싶었는
데, 그 순간 Hiruko가 검지를 호박 속에 찔러 넣고 대담하게 원
을 그린 뒤 천천히 들어 올렸다. 손가락에 들러붙은 벌꿀과 병
속에 남아 있는 동포들은 잠시 이별을 아쉬워했지만, 결국 건져
올려진 분열파가 지금까지의 병 속 생활과 연을 끊고 Hiruko의
가느다란 손가락을 부드럽게 감싸며 연분홍색 입술 사이로 사
라져갔다.

"꿈같아."

Hiruko가 말했다. 꿈에는 악몽도 있으니, 꼭 '달콤함'이라는
뜻은 아닐 것이다. 그런 생각에 주저주저하고 있는데 갑자기
Hiruko가 나의 검지를 잡고 벌꿀 속에 집어넣었다. 은밀한 표
면장력과 부드럽게 손톱을 감싸는 느낌. 손가락이 두 번째 관절

까지 침투한 순간 Hiruko가 손을 놓았기에 나는 손가락을 빼려고 했지만, 관절에 끈적하게 달라붙는 벌꿀이 미련처럼 나를 잡아끌었다. 여기서 손가락을 빼는 건 무정하지만, 이대로 벌꿀 무침이 될 생각은 없다. 투명한 금색을 두르고 두꺼워진 손가락이 어쩐지 내 것이 아닌 것처럼 보였다. 꿀이 떨어질 것만 같아 서둘러 입에 넣으려고 했지만 빗나가고 말았다. 입 주위에 묻은 벌꿀을 손가락으로 문질러 입에 넣으려 해도, 꿀은 입속으로 들어오려 하지 않았다. 혀를 빼고 더욱더 끈적끈적해진 입술 주위를 핥았다. 나무껍질의 텁텁함과 꽃가루의 쓴맛이 담긴 달콤함이었다. 그때 Hiruko와 시선이 마주쳤고, 그걸 신호로 나의 심장이 부풀어 오르기 시작했다. 위로는 목이, 밑으로는 방광이 압박하여 온몸이 두근두근 고동쳤다.

"허니, 호니 같은 말의 어원에는 금색이라는 의미가 숨겨져 있대."

내가 상황을 얼버무리려고 그렇게 말했다.

"꿀벌은 코스모스를 좋아해. 코스모스 꽃술은 금색."

"꿀벌의 몸에 꽃의 금색이 스며들어 벌꿀도 금색이 돼. 색채가 운반되는 것인지도 몰라."

Hiruko는 내 호흡이 흐트러진 걸 눈치채지 못했는지 평소와 같은 어투로,

"너의 뺨에 금색의 언어."

하고 말하며 내 얼굴에 묻은 벌꿀을 닦으려고 손가락을 내밀었다. 가느다란 손끝이 입술 옆에 닿은 순간 내 마음이 터지며, Hiruko의 손목을 잡고 강하게 내 가슴으로 끌어당겼다. Hiruko의 상반신이 코스모스처럼 가볍게 팔랑 포개졌다.

Hiruko와 나는 식사 시간에 조금 늦고 말았다. 식당은 벌집을 쑤신 듯 소란스러웠고, 손님들의 왁자지껄한 수다에 포크와 접시가 닿는 소리가 뒤섞여 있는 건 거의 모든 사람이 이미 전채요리를 먹고 있었기 때문이었다. 나와 Hiruko가 자리에 앉자, 아카슈가 흘끗 내 얼굴을 보았다. 방금 우리가 선실에서 한 일을 꿰뚫어 보고 있는 듯해서 거북했다. 웨이터는 우리가 앉자마자 금세 다가와, 익숙한 손놀림으로 집게를 사용하여 월계수잎이 붙은 생선 초절임과 새하얀 생양파 링을 작은 접시 위에 올렸다. 노라와 나누크는 우리 쪽으로 눈길도 주지 않고 언쟁 중이었다.

"왜 빤히 보는 거야?"

"그야, 이상하니까."

"이상하긴 뭐가 이상해."

"고등어 초절임 좋아한다고 했으면서 어째서 안 먹어?"

"내가 좋아하는 건 시메사바*라는 요리야. 고등어를 식초에

248

절였다고 전부 다 좋아하는 건 아니지. 시메사바랑 비교가 되니까 도리어 이런 요리는 먹기가 힘들어."

"그건 내셔널리즘인데."

"무슨 소리야. 나의 내셔널리티는 고등어가 아니라고."

나는 엉겁결에 웃음이 터질 뻔했지만, 본인들은 진지한 얼굴로 말싸움하고 있었다. 아카슈는 턱을 파도에 흔들리는 돛단배처럼 좌우로 움직이며 두 사람을 화해시킬 말을 찾고 있었다. Hiruko는 포크를 손에 쥐고는 있었지만, 전채 요리에 손을 대지는 않고 촉촉한 눈으로 먼 곳을 보고 있었다. 나누크는 시야에 노라밖에 안 들어오는지,

"내가 뭘 좋아하고 싫어하는지 기억하는 행동을 그만둬줘. 나는 내가 아닌 인간을 연기하는 인간이야."

하고 말하며 도전적인 눈으로 노라를 보았고, 노라는 나누크를 노려보며,

"네가 자기 마음을 숨기는 건 남에게 거절당하는 게 무서워서잖아."

하고 되받아쳤다.

Susanoo의 표정을 훔쳐보니 독일어는 나보다 훨씬 잘 알아

---

*   고등어를 식초와 소금에 절여 조리한 음식.

들을 수 있을 텐데도, 나누크와 노라의 목소리가 들리지 않는지 우울한 듯 전채 요리를 입으로 가져갔다. 웨이터는 전채 요리를 날라 올 때만 젠체하며 프랑스어로 "오르되브르입니다" 하고 말했는데, 고급스러운 언어에 맞춰 고급스러운 크기로 잘린 생선을 포크로 누르고 거기서 더 잘게 잘라 입에 넣는 의식이 Susanoo에게는 어울리지 않았다. 내 머릿속에 떠오른 건 바다에서 건진 커다란 생선을 두 팔로 안아 올려 바위 위에 떨어뜨리고, 수렵용 칼로 살을 잘라 그대로 입에 넣는 Susanoo의 모습이다. 전채 요리나 메인 디시의 구별 따위 없다. 양념은 바다 소금에 맡기고 물론 포크나 젓가락도 사용하지 않는다. Susanoo로서는 어떤 나라의 풍습도 아마추어 연극으로밖에 보이지 않고, 그걸 진지한 표정으로 연기하는 인간을 내심 조소하고 있는 게 아닐까. 전채 요리라는 알량한 규칙을 따라 자잘하게 썰린 생선뿐 아니라 나누크와 노라의 대화도, 아카슈의 마음 씀씀이도, Susanoo는 전부 다 무시해도 좋은 잡음처럼 여기는 게 아닐까.

"무슨 생각 해?"

Hiruko가 자기 팔꿈치로 내 팔꿈치를 찌르며 물었다. 팔꿈치로 찌르는 게 그리 예의 바른 행동은 아니라고 생각은 하면서도 입 밖으로 내지 않았는데 Hiruko는 내 생각을 읽고,

"너에게 팔꿈치는 경쟁과 적개심의 상징. 나에게는 우정이 깃

든 추억. 고등학생 때, 수업 시간에 옆자리 친구와 함께 서로 팔꿈치를 붙이며 대화를 나누었어. 목소리를 내면 선생님에게 들키지만 팔꿈치는 조용하지."

하고 판스카로 변명했다. 팔꿈치로 전해지는 건 언어나 표정을 통해 전해지는 것과 달랐다. Hiruko의 팔꿈치가 내 몸에 닿았을 때, 타인의 뻣뻣한 영혼에 직접 닿은 듯한 감촉이 있었다.

"하지만 팔꿈치가 로맨틱의 전령은 아니지."

"로맨틱은 달다. 전채 요리는 시큼하다."

그렇게 말하며 Hiruko는 고등어 한 조각을 입에 넣고, 엄청 시다는 듯 입술을 오므렸다. 판스카에서 소외된 아카슈도 이 대화를 이해할 수 있었는지,

"이 전채 요리는 너무 셔."

하고 영어로 말했다.

나와 Hiruko는 판스카와 덴마크어로 둘만의 세계를 엮어왔고, 노라와 크누트는 여전히 독일어로 논쟁을 벌이고 있으며, Susanoo는 고등어와 함께 침묵을 나누고 있었기에, 아카슈는 어떻게든 그 틈에 영어로 끼어들고자 했을지도 모른다. 혹시라도 유엔이 이런 식이라면 지구는 어떻게 될까. 다양한 언어를 말하는 사람들이 뒤섞여 한자리에 모이는 건 좋지만, 누구나 자신이 이해할 수 있는 내용에만 반응할 것이다. 만약에 우주

인이 이 회의를 견학한다면 전원이 말싸움 중인 것처럼 보일지도 모른다. 사실은 몇 가닥이나 되는 이야기가 동시에 흘러가고 있는 거다.

"시큼한 건 전채 요리, 쓰디쓴 건 커피, 달콤한 건 디저트. 그런데 발트해 요리에는 매콤함이 빠져 있네."

대화 상대 찾기를 반쯤 포기하고 작은 목소리로 중얼거리는 아카슈의 말이 노라의 관심을 끌었고, 노라는 나누크와 말싸움하고 있었다는 사실조차 잊고,

"한 번의 식사에서 반드시 여러 가지 맛을 느끼도록 주의를 기울이는 게 아유르베다 식사법이라고 들은 적이 있는데, 맛은 전부 다 해서 네 가지야? 신맛, 쓴맛, 단맛, 매운맛?"

하고 아카슈에게 독일어로 물었다. 아카슈는 '아유르베다'라는 단어를 듣자, 오랜만에 어린 시절 친구를 우연히 맞닥뜨린 듯 얼굴이 환해져서는,

"맛에는 전부 여섯 가지의 방향이 있어. 신맛, 쓴맛, 단맛, 매운맛 말고도 짠맛과 떫은맛이 있지. 모든 맛의 대표자가 출석한 회의가 건강하다고 해. 하지만 솔직히 나의 혀는 무척 단순해서 스파이시만 있으면 충분해."

하고 독일어로 대답했다.

"발트해 요리는 스파이시와 거리가 멀어."

그렇게 독일어로 의견을 말하는 나누크의 이마에도 어느새 짜증 섞인 주름이 사라져 있었다. 여자 남자의 사랑싸움은 깊은 듯해도 얕다. 발트해가 얕아 보여도 깊은 건 해수욕 인파에 걸어 차이는 일 없이 해저에 축적된 역사의 깊이이리라. 어느 정도의 깊이가 없으면 대형 선박이 다닐 수 없다.

　그때, 내 등 뒤에서 여성의 목소리가 들렸다.

　"실례지만 독일어가 들린 것 같은데요."

　상반신을 틀어 올려다보니 머리칼을 잔물결처럼 묶은, 몽실몽실한 얼굴의 여성이 서 있었다. 동유럽에서 높은 교육을 받은 사람이 쓰는 정중한 독일어였다. 우리가 곧바로 대답하지 못하고 있었더니,

　"실례했습니다. 제가 잘못 들었나요."

　하고 영어로 말하며 그 자리를 떠나려 하기에 내가 황급히,

　"바로 들으셨습니다. 저희는 독일어로도 이야기합니다. 저희 테이블에는 여러 언어가 있습니다. 영어, 독일어, 판스카어, 덴마크어 등등이요."

　하고 대답한 독일어는 어쩐지 Hiruko가 말하는 판스카와 비슷한 리듬이 되었다. 부인은 방긋 웃으며 자기소개를 했다.

　"저는 헬라 부올리요키라고 합니다. 에스토니아에서 태어났지만, 어릴 때 집에서 자주 독일어를 썼고 독일 문학도 적지 않

게 읽었습니다. 이런 말씀 주제넘을지 모르겠지만, 저는 독일어가 저의 언어라는 생각이 듭니다."

이 사람은 옆에 있는 수성 테이블에 앉아 있다. 낯은 익은데 저 테이블 사람들이 침묵 언어밖에 쓰지 않기에 개개인의 성격이 인상에 남을 일이 없었다. 아카슈가 친근감을 담아 물었다.

"저도 대학은 독일이기에 독일어가 제 아버지 같은 느낌입니다. 제 어머니는 마라티어입니다. 당신도 독일어가 본인의 아버지 같다는 생각이 드나요? 어머니는 에스토니아어입니까?"

"네, 그렇습니다. 하지만 제 경우는 이모의 영향이 컸습니다. 어머니의 언니라고 할 수 있는 핀란드어에 매료되어 작가가 되었거든요. 해외에서는 어머니가 이모만큼 유명하지 않아서, 저는 독일어와 결혼한 핀란드어라고 알려져 있습니다."

"독일인과 결혼했다는 말씀인가요."

나누크가 쭈뼛쭈뼛 물었다.

"결혼은 하지 않았지만, 연인 관계였습니다."

노라가 눈썹을 치켜뜨며,

"당신은 혹시 나치의 손을 피해 북유럽으로 망명했던 베르톨트 브레히트를 숨겨준 작가인가요? 핀란드의 유명한 코뮤니스트이고."

하고 물으며 기억을 더듬듯이 눈동자를 움직였다. 노라의 입에서 나오니, '코뮤니스트'라는 단어가 '커뮤니티'처럼 울렸다.

"맞습니다."

어쩌면 이 배는 유령선인가. 이미 예전에 타계한 게 분명한 폴란드 작가가 타고 있기도 했다. 이루어지지 못한 바람, 원통함, 못다 한 말이 있기에 죽어도 죽지 못하는 사람들의 혼령이 배를 타고 영원히 바다를 떠돈다는 전설이 있다. 나 자신은 죽은 기억이 없고, Hiruko도 유령이 아니길 바란다. 문득 나와 가장 가까운 인간이 유령이 아닐까 불안해지는 순간이 있다. 어쩌면 이 배는 살아 있는 인간과 죽어 있는 인간이 뒤섞여 언어를 나누는 장소 아닐까. 우편선은 죽은 자와 산 자 사이의 편지를 운반하는 배일까. 아니면 지금 여기서 죽었는지 살았는지 하는 차이가 파도에 흔들리는 사이에 의미를 잃어가는 것일까.

"어째서 수성 테이블 사람들은 침묵하고 있나요?"

아카슈가 나도 궁금한 질문을 산뜻하고도 당당한 어투로 해주었다.

"침묵의 이유는 다양합니다. 제 경우는 문학사에서 사라졌다는 게 주요한 이유입니다. 언어로는 전쟁을 막을 수 없다는 걸 깨닫고 절망하여 입을 다문 사람도 있습니다. 어떻게 해도 거짓말밖에 할 수 없는 병에 걸린 솔직한 사람은 거짓말을 하지 않으려고 침묵하고 있어요. 침묵하는 이유는 사람마다 제각각이며—"

　그러면서 거기서 말을 끊고 헬라는 수성 테이블로 돌아가 주춤하는 백발의 여성에게 용기를 북돋아주며 데리고 나와서는,

　"이 사람의 이름은 오키치입니다. 한때는 나라를 구한 영웅으로 극찬을 받았던 적도 있어요. 하지만 인간이란 참으로 박정한 동물이지요. 시간이 흐르니 다들 오키치를 잊어버리고 말았습니다. 아이들에게 전하는 작업도 하지 않으니, 다음 세대부터는 누구도 오키치를 모릅니다. 당신들의 나라 사람이에요."

　하고 말하며 추궁하듯 Hiruko와 Susanoo의 얼굴을 보았다.

　오키치라고 불린 여성이 내리깔았던 눈을 들어 올리자, 나는 한순간 분가루와 동백꽃 향기를 들이마신 듯 현기증이 일었다. 긴 세월 살아온 피부는 시들어가는 과정에 있으면서도, 그 밑에 잠긴 술의 요정이 발효하듯, 머릿속을 어지럽게 하는 듯한 도취의 감정을 느끼게 했다. Hiruko는,

　"이 사람의 인생을 그린 영화를 본 기억이 안개 속이다. 연극이었나. 만화였나."

　하고 나에게 판스카어로 속삭였다. Hiruko는 어떤 이유에서인지 오키치에게 직접 말을 걸지는 않았다. Susanoo는 표정도 안 바꾸고 전채 요리를 다 먹더니 건방지게 포크를 내려놓으며 오키치를 향해 말했다.

"당신은 모두에게 잊힌 여자입니까. 나는 모두에게 잊힌 남자. 아니, 당신보다는 나으려나. 나는《고지키》라는 유명한 책 속에 등장해서 말이지. 그것도 영웅으로 등장해서, 완전히 잊어버릴 수는 없다고 생각해요. 다만 책이라는 건 모조리 거짓말투성이라, 나는 그 거짓말과 싸워야만 해. 당신도 그럴 거야. 그러니 책에 나오지 않는 인간이 더 자유롭다고도 할 수 있지."

영어를 쓴 건 주변 사람에게도 들려주고 싶어서겠지. Susanoo의 음성에는 언제나 암시와 도발이 깃들어 있어서 듣기만 해도 혈압이 오를 듯했다. 다행히 아카슈가 거기서,

"어떻습니까? 두 사람 다 오늘은 우리 테이블에서 식사하지 않겠습니까?"

하고 제안하며 일어나 의자를 옮기기 시작했다. Susanoo는 그 이상 아무 말도 하지 않았다. 둥근 테이블은 여섯 명이 여덟 명이 되어도 좁지 않았다. 식당 질서가 흐트러져서 웨이터가 인상을 썼지만 불평은 하지 않고 메인 디시 옮기는 일을 도와주었다. 나와 Hiruko는 의자를 밀어 떨어져 앉으며 헬라와 오키치가 앉을 수 있도록 두 사람분의 자리를 마련했다.

만약 내가 영어 테이블로 이동한다면 영어로 말하리라. 그와 마찬가지로 침묵의 테이블을 벗어나면, 그때까지 침묵으로 일관했던 사람도 침묵을 깨게 될까.

"당신이 브레히트의 창작을 도왔다고 알고 있어요. 브레히트의 희곡 중에는 사실 그가 아니라 당신이 썼다고 여겨지는 희곡도 있는 것 같던데요."

그렇게 말하는 노라의 뺨이 벚꽃색으로 물들어갔다. 헬라는 여유 있는 미소를 띠며 답했다.

"두 사람의 공동 창작 과정이 열정적이면 대체 어느 쪽이 텍스트를 쓰고 있는지 분간이 안 갈 때가 있지요."

나도 대화에 참여하고 싶어져서,

"당신은 조금 전에 문학사에서 사라졌다고 말했죠. 하지만 노라의 이야기를 들으면 실제로 잊힌 것도 아니로군요."

하고 말해보았다. 헬라는 순순히,

"브레히트를 도운 여자로 기억될 뿐입니다."

하고 대답했다. 노라가,

"당신은 브레히트가 나르시시스트라고 생각합니까?"

하고 특유의 직구를 날리자, 헬라는 그걸 멋지게 받아치며 대답했다.

"글쎄요. 파이프를 입에 물고 수상한 연기를 뻑뻑 피워대던 그 남자가 후세의 여자들로부터 교활하다는 비판을 받는 것도 이상한 일은 아니지요."

헬라의 말투에는 어딘가 산전수전 다 겪은 외교관 같은 면이 있다고 느꼈는데, 그건 내 인생 경험이 얕기 때문인지도 모른다.

"저는 브레히트가 나르시시스트라고 생각했습니다. 잘 알지는 못하지만 신나게 차를 몰고 다니면서 우쭐대다가, 우연히 뮤지컬 각본가로 성공해서 여배우와 가수에게 사랑받으며 즐겁게 살지 않았나 싶었죠."

노라가 이미 오래전에 타계한 극작가를 두 번 죽이자, 헬라는,

"그건 미국으로 망명하고 난 뒤의 이야기입니다. 제게는 함께 일하는 기쁨을 느끼게 해준 사람입니다."

하고 과거의 애인을 비호하고는, 거기서 한 호흡 쉬었다가 오키치라는 여성의 야윈 어깨에 손을 올리고 다시 말을 이었다.

"야마모토 유조라는 사람의 희곡을 브레히트에게 보여준 것도 저입니다. 그 희곡은 오키치 씨의 인생을 다룬 작품이었어요."

겐조가 아니고 유조인가. 야마모토라는 디자이너 이름은 들어본 적이 있는데, 이름이 유조였는지는 기억나지 않아서 Hiruko의 귓가에 입을 대고,

"야마모토는 디자이너 아니야?"

하고 작은 목소리로 물으니,

"그 야마모토가 아니야. 유명한 작가인 야마모토."

하고 내 귀에 입술이 닿을 듯이 하며 말해주었기에 뜨거운 숨

이 간지러웠다. 헬라는 우리를 보며 빙긋이 웃더니, 마치 고등학교 동급생 이야기라도 하는 것처럼 작가 야마모토에 대해 이야기했다.

"야마모토 유조는 독일 문학을 공부했습니다만, 북유럽 문학도 좋아해서 입센과 스트린드베리를 연구하기도 했습니다. 소설뿐만이 아니라 희곡도 썼어요. 그중 하나가 《여인애사》입니다."

"당신은 원서를 읽었습니까?"

나누크가 감탄사를 내지를 태세로 그렇게 물었는데,

"아니요. 영역본으로 읽었어요. 원서는 못 읽거든요. 그 영역본은 번역이 그리 좋지는 않았어요. 원서도 못 읽으면서 그런 비판을 하는 건 주제넘은 행동일 수도 있겠지만요."

라는 헬라의 대답을 듣고 맥이 빠진 눈치였다. 한편 노라는 더욱더 열을 올리며,

"하지만 별로인 영역본을 읽었음에도 그 희곡이 품은 가능성을 브레히트가 직감했으니, 번역이 존재했다는 것 자체만으로도 훌륭하다고 생각하지 않으세요?"

하고 말을 이었다.

"브레히트는 영어를 잘했나요?"

연달아 노라가 의문스럽다는 듯이 추궁하자 헬라는,

"아니요, 그다지 잘하지 못했어요. 하지만 영어를 잘하지 못하던 사람이 별로 좋지 않은 번역을 읽고도 이걸 꼭 리메이크하고 싶다고 생각하게 되었으니 역시 번역이 존재한다는 건 훌륭한 일이라고 생각합니다."

하고 묘하게 번역에 연연했다. 그 이유를 알게 된 건 탈린에 상륙하고 난 뒤였다.

"훌륭한 건 번역인가요, 아니면 파이프를 문 남자인가요?"

계속 물고 늘어지는 노라는 마치 브레히트라는 작가에게 헤어진 남자에 대한 불만이라도 품고 있는 듯했다. 브레히트와 연인 사이였다가 헤어진 헬라가 오히려 더 미움이 남아 있지 않은 듯했고, 그렇다고 숭배할 마음도 없는지,

"브레히트는 한 사람의 남성이었다기보다는 하나의 현상이었다고 생각해요. 하지만 그 이야기는 나중에 또 하죠."

라고 하며 그 주제에 깔끔하게 마침표를 찍었다.

메인 디시는 볶은 돼지고기여서 채식주의자인 아카슈의 접시에는 곁들여 나오는 감자만 잔뜩 쌓여 있었다. 콩을 입수할 수 없어서 대체육 패티를 만들지 못했다고 웨이터가 그리 죄송해 보이지도 않는 얼굴로 설명했다.

"오키치, 당신은 돼지고기 먹을 수 있어요?"

헬라가 영어로 묻자 오키치는 의외로 자신감에 찬 목소리로

대답했다.

"노 포크, 노 비프, 노 밀크."

"우유도 안 마시는군요. 말하자면 비건인가요."

이런 노라의 질문에는,

"밀크, 포비든."

하고 의미심장한 표정으로 대답하고는 혼자서 고개를 끄덕였다. 아마 노라와 아카슈도 그랬을 텐데 우유가 금지된 게 언제적 이야기인지 궁금했다. 내가 어떻게 질문하면 좋을지 몰라 입을 열지 못하고 있을 때 나누크가,

"오키치의 나라에서는 근대화가 시작되기 전까지 소고기도 먹지 않고 우유도 마시지 않았지."

하고 풍부한 지식의 한 부분을 펼쳐 보였다.

"그렇다면 중앙아시아의 소수민족처럼 소의 젖은 안 마시고 양의 젖을 마신 거야?"

아카슈가 묻자 나누크는,

"양의 젖도 마시지 않았어. 마신 건 어머니의 젖뿐이었을걸. 그렇지요?"

하고 오키치에게 동의를 구했다. 묵묵히 방긋방긋 웃고만 있는 오키치를 대신해 헬라가 설명했다.

"그래요. 우유는 금지되어 있었고, 오키치는 그런 탓에 체포

된 거죠. 시모다항이 개항하고 처음으로 미국 영사관이 생긴 것
까진 좋았는데, 초대 영사로 파견된 해리스라는 남자가 병에 걸
려서 좀처럼 낫질 않았어요. 우유를 마시고 싶다, 우유만 마시
면 병이 나을 듯하니 어디서 구해다 달라, 해리스가 오키치에게
부탁한 거죠. 만약 거절했다면 전쟁이 벌어졌을지도 몰라요."

"설마하니 전쟁이 벌어졌겠어요?"

하고 나누크가 참견했지만, 헬라는 진지한 얼굴로,

"아니, 아니, 전쟁은 의외로 하찮은 일로 벌어지기도 하니까요."

하고 대답했고, 그걸 받아 내가,

"오키치는 외교관이었습니까."

하고 묻자 헬라가 의외의 대답을 했다.

"아니요, 게이샤였습니다, 하지만 오키치는 외교관보다 훨씬
더 외교에 공헌했어요. 해리스 영사를 돌봐줄 여성이 한 사람 필
요하다고 미국 측에서 요청해왔을 때, 관리들은 게이샤가 필요
한 거라고 판단하고 싫다는 오키치를 억지로 해리스의 방에 집
어넣었는데 사실은 간호사로 일할 사람이 필요했던 거예요. 오
키치는 우유를 마시고 싶다고 보채는 병든 해리스가 가여워서
농가에서 우유를 받아 와 해리스에게 마시게 했어요. 영사는 회
복했고 양국의 외교는 일단 잘 진행되었는데, 그럼에도 법을 어
긴 오키치는 벌을 받게 되었습니다."

"어째서 우유가 금지되었던 거죠?"

내가 묻자 노라가 곧바로 대답했다.

"그건 불교가 원인이겠지."

"하지만 젖을 짜더라도 소는 죽지 않잖아. 불교는 동물을 죽여서는 안 되는 거지. 어째서 소의 젖을 짜는 게 문제가 될까?"

"복통을 일으키는 사람이 있어서겠지."

"설사는 정부의 소관 밖이잖아."

나와 노라의 대화를 듣고 있던 나누크와 아카슈가 웃는데, Hiruko가 평소와 달리 진지한 목소리로 이런 말을 했다.

"소를 키우는 사람들은 소가 죽으면 고기와 가죽을 처리했어. 고기를 먹기 위해 소를 죽이는 행위는 하지 않았어. 소가 살아 있는 동안은 그 우유를 짜서 마시는 일도 했을 거야. 우유를 약으로 몰래 사고파는 사람도 있었을지 몰라. 우유를 마시면 걸리지 않은 병도 있었을 테고. 만약 정말로 우유가 금지되어 있었다면 그건 잘못된 정치."

나는 Hiruko가 어째서 '만약 정말로'라고 가정 표현을 썼는지 궁금했지만, 그건 야마모토라는 작가가 쓴 희극이 픽션이며, 거기 쓰여 있는 이야기를 사실로 단정 지을 수는 없기 때문이겠구나, 하고 이해했다. 그러나 그렇다면 여기 있는 오키치도 가상의 인물일 가능성이 있다. 다들 말이 없기에 Hiruko가,

"어떤 음식이나 음료를 금지할 권리가 국가에는 없어."

하고 단언했다.

"맞아. 언론의 자유가 있다면 음식의 자유도 있어야 해."

하고 아카슈가 곧바로 동의했는데, 나누크는,

"공무원이 된 사무라이들은 무의식적으로 두려웠을 거야. 자기들이 이해할 수 없는 영역을 오가는 사람들, 사제나 방랑 시인이나 은둔자 같은 사람들 말이야. 동물의 신체나 영혼에 닿는다는 건 신들에게 닿는 것이기도 해. 인간과 신들, 인간과 소, 삶과 죽음 사이의 경계선을 자유롭게 넘나들 수 있는 사람들은 사무라이에게 사회라는 틀 바깥에서 존재했을 거야. 물론 사회에는 외부 따위는 없지. 하지만 그렇게라도 생각하지 않으면 사무라이들은 불안해서 살 수 없었던 게 아닐까."

하고 말했다. Hiruko가,

"오키치 씨는 안과 밖 사이의 경계선을 넘었어. 우유가 흐르듯이."

하고 말하자, 아카슈가 흥분하여 갑자기 큼직한 목소리로,

"사무라이에게는 불가능했던 외교를 성공시킨 게이샤에게 건배."

하고 말하며 물이 든 유리컵을 드높이 들어 올렸다. 사무라이와 게이샤라는 귀에 익은 단어가 갑자기 날아들자 영어로 말하

는 테이블 사람들의 얼굴이 일제히 우리 쪽으로 향했다.

"여러분, 배가 탈린에 정박하면 친구의 가든 하우스에 가서 차를 마실 계획인데요. 함께 가지 않으시겠어요? 여전히 할 이야기가 많이 남아 있습니다. 거기서 천천히 이야기 나누면 좋겠습니다."

탈린도 리가나 칼리닌그라드처럼 돌로 이루어진 땅이 시간을 잇고 있고, 벽돌이 과거로의 향수를 불러일으키며, 교회 탑이 하늘 높이 솟아 있는 아름다운 마을이었다. 그러나 마을의 주인은 일요일마다 마을을 산책하기보다는 교외의 텃밭으로 가서 정원을 가꾸거나 차를 마시는 걸 좋아한다고 헬라가 설명해주었다. 상인이든 학자든 정원을 가꾸지 않고 슈퍼마켓에서 산 채소만 먹으면 금세 얼굴이 창백해지고 목소리가 가늘어진다고 한다.

애호박, 콜라비, 루바브, 마타리 상추 등이 보기 좋게 배분되어 자라고 있었고, 싱그러운 이파리는 벌레 먹은 구멍도 없거니와 갈색으로 마른 부분도 없이 소중히 길러지고 있다는 걸 알 수 있었다. 나무로 지은 가든 하우스는 빨아서 빛이 바랜 청바지 같은 푸른색으로 칠했고, 그 앞으로 구스베리 나무가 우거진 한구석에 테이블, 벤치, 의자 등이 놓여 있었다. 헬라가 의자를 권해서 Hiruko, 노라, 오키치, 아카슈가 자리에 앉자 새소리가 하늘에 뜬 소리의 왕관처럼 사방에서 울리기 시작했고, 나는 어쩐지 영화 촬영에 엑스트라로 참여한 듯한 기분이 들었다.

"정원에서 뜯은 허브를 직접 블렌딩한 차입니다."

하고 말하며 헬라가 커다란 찻주전자를 들어 올렸다. 노라가 벌떡 일어서 컵에 따르는 걸 도왔다. 헬라는 체격이 좋았지만, 걸으면 중심이 흔들려서 흔들흔들하는 것처럼 보였다. 오키치가 갑자기,

"나는 홈랜드에서는 홈리스, 외국에서는 스페셜 게스트."

하고 말하며 깔깔 웃었다. 헬라가 선뜩한 얼굴로 찻주전자를 든 손을 허공에서 멈추었다. 방금 오키치가 터뜨린 웃음은 터부까지는 아니어도 유럽에서는 어른이 하지 않도록 조심하는 부류의 것이었다. 하지만 이 웃음의 어디가 나쁜지 생각해보아도 특별히 나쁜 점은 없다. 오키치의 웃음에는 될 대로 되라는 식의 태도, 옹어리 맺힌 분노, 앞이 보이지 않는 막다른 길, 그래도 웃으며 무엇에도 지지 않고 담담하게 살아가고자 하는 결의가 담겨 있었다. 헬라가 그런 오키치를 감싸듯이,

"이 사람은 정말로 수많은 고난을 겪어왔어요. 이 사람 덕분에 위험했던 두 나라 사이의 관계가 일단은 좋아졌음에도, 규칙을 어겼다는 점만으로 처벌받아야 했다는 이야기는 아까 했지요. 하지만 그 뒷이야기가 아직 더 있어요. 그러는 사이 오키치

는 영웅시되기 시작했고, 오키치를 주인공으로 하는 영화까지 만들어졌는데, 그게 상영될 즈음 오키치는 무척이나 가난한 생활을 하고 있었지만 누구도 경제적 도움을 주지 않았습니다. 어느 날, 자신을 주인공으로 한 영화가 어떤 영화인지 보고 싶어져서 영화관에 들어가려고 했다가 들개처럼 쫓겨났어요. 사실 이 장면은 픽션이지만요. 그래도 오키치의 만년을 잘 보여주는 부분이라고 생각합니다."

하고 설명했다. 노라는 무언가 번뜩 생각난 표정을 지었다.

"그걸 소재로 브레히트가 희곡을 썼지요. 아니면 그걸 쓴 건 당신이었나요?"

라고 하는 노라의 질문에 헬라는 미묘한 미소로 대답하며, 한동한 말이 없었다.

"물론 말씀하기 싫은 건 안 하셔도 될 테지만요."

하고 노라가 후퇴하듯 하자 헬라가 입을 열었다.

"제가 희곡의 재료를 모두 모아서 책상 위에 늘어놓아주었습니다. 설명도 해주었죠. 그래서 브레히트는 희곡을 쓰기 시작했고, 제 의견을 묻기에, 이렇게 하면 어때, 이렇게 하는 게 좋겠어, 같은 다양한 조언을 해주었습니다. 의견이 맞지 않아서 싸우기도 했어요. 완성된 원고는 물론 독일어였고, 그걸 제가 핀란드어로 번역했습니다."

"무슨 제목의 희곡인가요."

"《시모다의 유디트》입니다."

"읽은 적이 없어요."

"브레히트 희곡 원고는 사라졌고 단편뿐이라 상연되지 않았습니다. 하지만 그러는 사이 제가 작업한 핀란드어 번역본을 독일어로 다시 번역한 기특한 독일인 학자가 있었던 덕분에 출판이 되었어요."

"사람들이 읽게 하고 싶어서 당신이 번역을 출판사로 가지고 간 거로군요."

"아니요, 저는 서랍 속에 번역 초고를 넣어두고 조용히 떠났을 뿐입니다. 그것이 우연히 발견되었어요."

나는 '넣어두고 조용히 떠났다'라고 하는 부분에서 유령을 느끼고 등골이 오싹해졌다. 노라는 나와 달리 환한 얼굴로 흥분하며 말했다.

"원고는 사라졌지만, 그 번역이 남아 있어서, 그걸 중심으로 원전을 복간한 거로군요."

그 말을 들은 Hiruko가,

"모스크바의 로모노소프 대학이 핵전쟁으로 녹아 없어져도 리가의 라트비아 과학 아카데미를 본보기로 건물을 재현할 수 있어."

하고 돌연 영어로 말했다. 다들 수수께끼 앞에 선 얼굴을 하고 있었다. 나는 설명을 덧붙이려고 입을 열었는데, 일단 말을 시작하자 말할 생각이 없던 것까지 말하고 말았다.

"우리는 리가에서 아카데미 건물을 봤는데, 그게 모스크바대학을 카피한 거라고 합니다. 카피하고 싶어서 한 건 아니고, 자기 나라 건물의 카피를 남에게 선물하고 싶어 안달이 났던 독재자가 있었다고 해요. 하지만 지금 이야기를 듣고 보니 이런 생각도 드네요. 카피를 남겨두고자 하는 마음은 언젠가 자기가 사라질지도 모른다는 두려움에서 오는 게 아닐까, 하는. 그에 비하면 아무것도 두려워하지 않는 듯 보이는 오키치 씨가 떠난 운명의 여행은 참으로 다이내믹합니다. 게이샤에서 외교관으로, 범죄자에서 영웅으로, 영웅에서 노숙자로. 모어의 언어에 머물지 않고, 영어에서 독일어로, 독일어에서 핀란드어로, 핀란드어에서 다시 독일어로 오키치 씨의 이야기는 앞으로 나아갔다가, 원래대로 돌아왔다가 루핑을 반복하며 끝없이 여행을 계속해나가겠지요."

9장

Susanoo는 말한다

격렬하게 쏟아지는 햇살이 갑판을 은색으로 물들였다. 키 작은 금발의 젊은 남녀가 손을 잡고 이리로 걸어온다. 강한 바람에 맞서 몇 걸음 나아가더니, 둘이 같이 쓰러질 듯 웃으며 물러난다. 마치 바닷바람에 질 거라는 걸 알면서도 맞서 싸우는 놀이를 즐기고 있는 듯 보인다. 그러는 사이 두 사람이 꽤 가까이 다가왔는데 내 모습 같은 건 눈에 들어오지 않는지 쉬지 않고 대화를 나누었다. 프랑스어와 러시아어를 뒤섞은 듯한 매혹적인 울림이었지만, 알아들을 수 있는 단어는 하나도 없었다. 남들이 쓰는 언어에 신경을 쓰다니, 나도 크누트와 Hiruko의 영향을 받아 언어 오타쿠가 된 건가. 아니, 그런 일은 있을 수 없다. 나는 인간도 언어도 관심이 없다. 귓가에 윙윙거리는 바람 소리가 훨씬 더 내 마음에 와닿는다.

　머리칼이 눈을 가려 번잡스럽다. 자각하지 못하는 사이에 상당히 길어버렸다. 꽤 오랫동안 거울 속 내 모습을 찬찬히 점검하지 못한 탓이다. 화장실에 갈 때 거울로 흘끗 눈길을 주고, 일단은 내가 존재한다는 사실을 확인하는 정도였다.

　어느새 두 사람의 모습이 사라져 한숨 돌리고 있는데, 이번에는 키 큰 남녀가 다가왔다. 눈이 마주치기 직전에 얼굴을 돌렸다. 두 사람은 서로의 허리에 팔을 두르고 있다. 남자가 입은 재킷 옷자락이 바람에 펄럭이며 격렬하게 요동쳤지만, 여자가 팔로 꼭 누르고 있어서 뒤집힐 일은 없었다. 재킷의 밝은 블루가 썩 괜찮은 색이라고, 나는 나답지 않은 생각을 했다. 세상 남자들이 뭘 입든지 아무 관심도 없는 내가 어째서 갑자기 이런 생각을 하나.

　갈매기 한 마리가 천천히 머리 위를 배회하며 나를 관찰했다. 재킷의 밝은 블루는 바다와 하늘과 갈매기의 색과 잘 어울려서 선택된 거잖아, 그런 것도 눈치를 못 챈 거야, 하고 그 갈매기가 말했다. 그런가, 그런 거였나. 다들 풍경을 의식하여 그 일부로서 자기가 입을 옷을 고르나. 그걸 깨닫지 못하는 나 혼자만이 마치 헌책에서 잘라낸 고대인 일러스트를 오늘날 관광포스터 사진에 붙여놓은 듯 붕 떠 보이리라.

나의 재킷은 낡고 해졌으며, 기름때가 잔뜩 끼었고, 색이 바래어 딱딱하게 말라버렸다. 샀을 때 어떤 옷감이었는지도 이제 기억나지 않는다.

뱃머리 근처에서 바닷바람을 맞고 서 있는 게 힘들어져서, 나는 배꼬리 쪽으로 이동했다. 세탁해 갓 다림질하지 않고서야 그럴 수 없을 만큼 희고 눈부신 해군복을 입은 젊은 남자 둘이, 서로 겨드랑이를 간질이거나 뺨을 어루만지면서 장난치며 지나갔다. 근육질 팔뚝과 허리에서 엉덩이로 흐르는 선이 아름다웠고, 의복의 옷감은 그 몸을 감싸면서도 숨기려 하지 않았다.

그에 비하면, 나는 고대에서 겨우 기어 나온 듯한 존재다. 누더기를 몸에 걸치고 등을 구부린 채 눈을 내리깔고 발을 질질 끌듯 걷고 있다.

칠십대로 보이는 남성이 천천히 계단을 올라 갑판으로 나왔다. 중후한 금색 버튼을 목덜미에서 옷단까지 제대로 채웠다. 다리는 야위어도 가슴팍은 두툼하고 어깨도 넓었다. 반질반질한 가죽 구두를 신고 우뚝 서서 뒤에서 계단을 오르는 아내의 손을 꽉 잡으며 갑판으로 끌어 올렸다. 아내는 스카프로 머리를 감싸고 슈트 위에 비단 광택이 나는 점퍼를 입었다. 두 사람은 나무 상자 속 고급 와인처럼 '노후'라는 상자에 별다른 무리 없이 안착해 있었다. 그들에게 인생은 분명 어린 시절, 연애 시절, 육아

시절, 노후라는 식으로 확실히 구분되어 있으리라. 나의 인생에는 그런 구분이 없다. 어떻게 하면 망아지처럼 날뛰었던 사고뭉치 시절에 마침표를 찍을 수 있을까 하는 질문에 대한 답은 여전히 수수께끼이고, 화상 입듯 연애했던 일은 있어도 가족을 만드는 일은 단 한 번도 없었다.

배꼬리 갑판에 긴 나무 의자가 있었다. 거기 앉으면 춥겠지만 어느 정도 추운지 시험해보고 싶다는 기분도 든다. 망설이고 있는데 덩치가 작은 남자가 다가왔다. 비쩍 말라서 눈동자만이 푸른 불꽃처럼 빛났다. 어째서 이렇게 깡말랐나. 마치 양장점의 바늘에서 바닥으로 떨어진 한 오라기의 검은 실 같다. 이건 어디서 들은 적 있는 비유인데. 니콜라이 고골이었나. 그가 살던 항구 마을로 다가가니 그런 비유가 자연스럽게 떠오른 것인가.

남자는 나에게 도대체 뭘 말하려 하나. 내가 불안한 1초 1초를 견디고 있는데, 상대는 양쪽 주머니에 두 손을 찔러 넣고 싱글벙글 웃고 있을 뿐 좀처럼 용건을 꺼내지 않았다. 그러다가 오른쪽 주머니에서 과시하듯 망원경을 꺼내 한참 수평선을 바라보더니 다시 주머니에 넣고, 이번에는 왼쪽 주머니에서 작은 보드카병을 꺼내 한 모금 마시고 다시 제자리에 넣은 뒤 오른쪽 주머니에서 줄자를 꺼내 내 어깨에서 손목까지 재는 시늉을 하고는, 이번에는 왼쪽 주머니에서 카탈로그 같은 걸 꺼냈다. 마른 몸에 딱 붙은 주머니에서 저렇게 많은 물건이 나오다니. 마술사인가 싶었는데 갑자기 카탈로그를 내 가슴에 거칠게 들이댔다.

"이 카탈로그 안에 당신이 좋아할 만한 코트가 있을 겁니다."

그렇게 말하는 남자의 영어는 모음이 끈적거렸다. 망설이며 받아 들고 열어보니, 우연히 펼친 페이지에 산뜻한 하늘색 코트가 인쇄되어 있었다. 심장을 꽉 움켜 쥔 듯한 기분이었다.

"이게 갖고 싶어."

나는 그렇게 말한 후 어린아이처럼 속마음을 털어놓았다고 후회하며 서둘러 덧붙였다.

"코트를 살 마음은 없습니다."

"어째서죠?"

"돈이 없기 때문입니다."

돈이 없다는 걸 자백하는 건 조금도 부끄럽지 않았다.

"돈이 없어도 괜찮습니다."

"그렇군요, 돈이 아니면 뭘 내야 합니까? 설마 제 영혼과 바꾸는 겁니까?"

여유를 보여주기 위해 그렇게 농담하자 남자는 모욕을 당했다는 듯한 얼굴로 말했다.

"이건 메르헨이 아닙니다."

그러더니 내 눈을 찬찬히 뜯어보면서 한동안 말이 없었다.

"흠, 영혼은 필요 없다? 그럼 뭘 내야 합니까?"

"당신의 여권입니다."

그 말에는 순간 당황했다. 긴 시간 잊고 있던 급소를 돌연 찔린 기분이었다. 남자는 한 걸음 다가와 목소리를 낮추고 말을 이었다.

"당신한테 국적 같은 건 아무래도 상관없지요. 게다가 당신은 국가라는 단어가 생겨나기 훨씬 전에 태어났습니다."

이 녀석, 무슨 소리인가. 분명 언젠가 여권 같은 건 슈퍼마켓 포인트 카드와 다를 바 없다고 건방진 소리를 하고 다녔던 것 같긴 하다. 하지만 그건 강한 척한 것에 불과했고 여권은 나를 지켜주는 신이나 마찬가지다. 만약 분실한다면 엄청나게 불안할 것이다. 그 마음을 이 남자에게 털어놓고 싶지는 않아서,

"여권 따위 개에게 준다 한들 상관없지만, 어쨌거나 국경을 넘을 때 필요하니까 넘겨줄 수는 없습니다."

하고 합당한 이유를 댔다.

"정착하고 싶은 나라에 도착하면 더 이상 국경을 넘을 필요가 없어집니다. 그때 여권을 우편으로 저희 집에 보내주세요."

남자가 말했다.

문득 보니 남자의 잿빛 머리칼은 가늘고 푸석푸석했는데, 바람이 불어도 전혀 움직이지 않았다. 배꼬리 갑판에 부는 바람은

그리 세지 않았지만, 그래도 선체에 부딪혀 진행 방향이 흐트러진 공기가 때때로 원수라도 찌르듯이 좌우로 덮쳐왔다. 그럴 때면 머리칼이 얼굴에 부딪혀 정신이 없었다. 이 남자의 머리칼은 어째서 바람에 나부끼지 않는가. 당신은 악마입니까, 하고 농담할 뻔했지만 농담이 숨겨둔 폭탄에 불을 붙일 때도 있으므로, 되도록 무던하게 대화를 이어가면서 상대방의 존재를 캐자고 판단했다.

"당신은 재봉사입니까?"

"그렇습니다. 흘러간 시대의 직업이라고 생각하실지도 모르지만, 좋은 옷은 로봇에게 맡길 수 없습니다. 당신은 로봇을 만드는 기사만 있다면 다른 기술직은 필요 없다고 여기겠지요. 그건 아버지의 영향입니까?"

나는 숨을 삼켰다. 어째서 이 남자는 내 아버지가 로봇을 만들었다는 걸 알고 있을까. 평소에는 떠올리는 일도 없는 먼 과거가 파헤쳐져서 나는 동요했다.

"아버지의 영향? 아니, 아버지한테서 받은 영향은 없소."

"부모님의 영향을 받는 건 사회를 위해서나 개인의 건강을 위해서도 좋은 일입니다. 저는 조상 대대로 이어져온 직업을 이어받았습니다. 그 이외의 선택지는 머릿속에 떠올린 적도 없습니다. 당신은 아버지의 직업을 이어받자고 생각한 적 없습니까?"

"없습니다. 로봇 제작은 매년은 물론이고 매달 기술이 진보하지요. 누군가가 이미 소유한 기술을 계승하는 건 의미가 없습니다. 그런데 당신은 이름이?"

상대가 악마라는 망상을 떨쳐내기 위해서는 상대방에게 이름을 묻는 게 제일 쉽다.

"페트로비치입니다."

"크루즈 휴가입니까?"

"탈린에 사는 형 가족을 방문했습니다. 이제 장트페테르스부르크에 돌아가려고 합니다. 조금 더 외국에 있고 싶었지만, 아내 잔소리가 심해서요."

장트페테르스부르크라. 킬에서 학생으로 지낼 때 처음 듣고, 그렇구나, 독일인은 상트페테르부르크를 그렇게 부르는구나, '성스러운 페터의 성채'라는 뜻이네, 하고 감탄한 기억이 있다. 페터라는 친구가 그걸 알려줬었는데, 자기 이름이 성인(聖人)으로 지명에 들어간 걸 농담 삼아 자랑스러워하며 너의 이름이 들어간 지명도 있느냐고 물었지만 대답하지 못했던 기억이 났다.

"되도록 빨리 집에 돌아가지 않으면 또 부부 싸움이 날 겁니다."

"당신의 아내는 남편이 외국에 있는 걸 싫어하나."

"돌아다니면서 놀기만 하고 일을 게을리한다고 생각합니다."

"하지만 사실은 지금도 손님에게 코트를 팔려고 하고 있지. 일을 하고 있네."

"일이란 무엇인가. 이것에 대해 저와 아내는 꽤 의견이 갈립니다. 아내에게 일은 되도록 높은 가격을 매기는 게 중요합니다. 하지만 저는 루블이나 달러에 별반 관심이 없어요. 코트는 돈으로 살 수 없을 정도로 가치가 높은 것, 상품 이상의 존재라고 생각합니다."

"흠. 상품 이상? 과장이 지나치군."

"그렇지 않습니다. 그 코트를 입으면 자기 모습이 투명해진다거나 성(性)의 교환이 가능해지고 하늘을 날 수도 있어요. 코트란 본래 그런 물건이 아닙니까. 공무원도 학생도 교사도 제가 만든 코트를 입으면 하나의 신(神)이 될 수 있습니다."

"쳇. 좋은 코트를 입으면 인간다워진다는 건 이해가 가지만 하나의 신이 된다니, 비유가 지나쳐."

"자신이 인간답게 살아간다고 느끼는 건 상당히 어렵습니다. 살 수 없는 물건이 늘 주변에 넘쳐나니까요. 갖고 싶은 물건은 손에 들어오지 않고, 빚을 진 채 살기를 다들 강요합니다. 나는 하나의 신이다, 그렇게 느낄 때 비로소 인간다운 생활을 영위한다고 느낄 수 있는 겁니다. 신은 쇼핑 따위 안 하니까요."

"쇼핑을 안 하는 건 신들만이 아니라 유령이나 악마도 마찬가지야."

"유령의 존재를 믿으십니까."

"당신네 마을에는 유령이 빈번하게 출몰한다고 들었는데."

"확실히 장트페테르스부르크에는 유령이 드물지 않죠."

"어째서 장트페테르스부르크라는 독일식 발음을 쓰지?"

"안 됩니까. 독일과의 전쟁 당시에 그 도시는 러시아식으로 페트로그라드라고 불리게 되었지만, 저는 아내가 독일계 사람이라서 장트페테르스부르크라고 계속 부르고 있습니다."

"독일과 전쟁을 해? 20세기, 21세기, 대체 어느 전쟁 말인가?"

"제가 태어났을 때 이름은 레닌그라드였습니다. 하지만 그런 건 이제 아무래도 좋아요. 제가 고대부터 쭉 살아 있는 존재라고 믿고 살아가는 편이, 지금 일에 최선을 다해야 하는 의미를 이해하는 데 도움이 됩니다."

"당신에게는 확실히 어딘가 초자연적인 힘이 있는 것 같군."

"그건 그렇지요. 저는 동물이 몸이 두르고 있는 모피를, 인간이 몸에 두르는 코트로 바꿔버립니다. 그렇게 동물의 능력을 빌리는 거죠. 재봉사와 구두장이는 요술을 부리는 존재입니다. 아, 그리고 대장장이도요."

"대장장이?"

"대장장이는 신들의 자손입니다. 당신의 아버지는 아마도 볼

룬드* 님을 아셨을 겁니다."

금속을 참을성 있게 녹이고, 자르고, 구부리고, 접합하여 인간의 모양으로 만든 로봇을 만들던 아버지는 어쩌면 요술을 부렸던 것인지도 모른다. 하지만 슬프게도 아버지가 만든 로봇들은 인간을 속이는 도구가 되었고, 아버지는 그걸 막을 수 없었다. 나도 어릴 때는 무언가를 만들고 싶다고 생각했다. 로봇보다 훨씬 더 크고 고개를 들어 올려다봐야 할 정도로 거대한 기계를 만들고 싶었다. 선박, 그래, 나는 선박에 매료되었고, 킬에서 조선학을 배우고 싶어 유럽에 왔다. 그랬는데 지금은 조선업에 종사하기는커녕 그저 승객으로 배를 타고 파도에 흔들리는 중이다. 나는 대체 뭘 하고 있는 건가. 내가 걸어야 하는 길에서 벗어나고 말았나. 아니, 그렇지는 않다. 나는 물길을 안내하는 사람이다. 그리스신화에 나오는 카론**의 자손이다. 인간을 먼 곳으로 데려다주는 역할을 맡았다. 이것이야말로 조선업과 견줄 정도로 훌륭한 일이 아닌가.

크누트. 나누크. 아카슈. 노라. 여행의 목적지에 도착하면 그들에게는 다시 새로운 여행이 시작되는 것일 테지만, 내게는 여

---

* 북유럽신화에 나오는 전설적인 대장장이.
** 망자를 강 건너 저승으로 안내하는 뱃사공.

행의 목적지가 고향이다. 아버지와 어머니는 내가 돌아왔다는 걸 알고 놀랄 것이다. 한차례 흥분이 가라앉으면 내게 이렇게 물을지도 모른다. 너는 바다 건너에서 무엇을 가지고 돌아왔느냐. 멀리서 무엇을 배우고, 어떻게 성장했느냐.

어린 시절, 아버지가 서양에서 돌아온 친척 사진을 보여준 적이 있었다. 사진 속 청년은 영국풍 망토를 몸에 두르고, 반짝반짝 빛나는 가죽 구두를 신고서 증기기관차에서 내려, 막 인력거를 타려는 참이었다. 모여든 마을 사람들의 눈은 낯선 망토에 쏠려 있었다. 영화에 나오는 요릿집 안주인 같은 기모노를 입은 여성이 옆에 서 있었다. 지금은 그 기모노가 서양에서 돌아온 이가 입은 망토보다 몇십 배는 더 값비싸겠지만, 당시에는 어떠한 가치를 바다 밖에서 가지고 돌아오는 것이 유학생의 역할이었고, 그 가치가 망토로 변해 반짝이고 있었다. 나의 낡고 해진 재킷을 본다면 아버지와 어머니는 슬퍼하리라.

그런 걸 생각하고 있는데 나누크가 저편에서 경쾌한 발걸음으로 다가와,

"무슨 생각 해?"

하고 나의 모어로 말을 걸었다. 갑작스러웠기에 나도 모르게 솔직하게,

"코트에 대해서 생각하고 있다. 너는 고향에 돌아갈 때, 고급

코트를 입고 돌아갈 텐가?"

하고 물어보았다. 나누크는 단어의 뜻은 이해했지만 질문의 의미를 전혀 이해하지 못했는지 되물었다.

"고향과 코트는 무슨 관계가 있지?"

역시 이해하기 어려운 질문인지도 모른다. 나는 영어로 설명했다.

"자네는 덴마크에서 유학했다. 자네의 부모님은 아마도 자네가 출세하기를 바라겠지. 자네는 대학을 나와, 예를 들면 코펜하겐 중앙병원 의사가 되었어. 그런 자네가 휴가를 얻어 고향의 부모님을 뵈러 간다. 그때 고급스러운 코트를 사서 입고 가겠나. 아니면 늘 입던 재킷을 그대로 입고 가겠나."

나누크는 웃음을 꾹 참는 듯한 얼굴로 대답했다.

"너는 의외로 시대에 뒤처졌구나. 요즘 세상에 의사가 되면 부자가 된다고 생각하는 사람은 아무도 없어. 인턴 시기는 일이 힘들고, 코펜하겐에서 살려면 돈이 아주 많이 들지. 그린란드 고향집에서 느긋하게 온라인 비즈니스라도 하며 돈을 벌고, 심심할 때 천천히 온라인 쇼핑을 하는 녀석이 훨씬 더 멋 부린 옷을 입고 있겠지."

내가 말이 없자 나누크가 덧붙였다.

"나는 아직 한 번도 의학 공부 같은 걸 해본 적이 없고, 대학도 더 이상 안 다녀. 장래에 생물학을 전공하면 좋겠다는 생각은 있는데, 그러려고 여태 걸어온 길에서 벗어나버렸지. 앞으로 어떻게 될까. 미래는 안갯속에 가려 안 보여. 그런 불안정한 시기에 목적도 확실하지 않은 여행을 하고 있어."

"자네는 집을 나온 걸 후회하나."

"아니. 너는?"

"나도 후회 없다. 하지만 지금은 어쩐지 내가 나고 자란 장소로 돌아가고 싶다는 기분이 드는군. 날씨 탓인지도 모르지. 자네는 고향에 돌아가고 싶지 않은가?"

"지금은 가고 싶지 않아. 아직 둘러보고 싶은 마을과 풍경이 한참 더 많이 남아 있어. 고향은 얼음으로 만들어진 게 아니니 녹아서 없어지는 것도 아니고, 언제든 돌아가고 싶을 때 가면 돼."

"하지만 인간은 나이를 먹지."

"아직 그런 걸 걱정할 나이는 아니잖아."

"과연 그럴까. 고향과 멀어지면 자기가 나이를 먹는다는 걸 깨닫지 못할 뿐 아닐까. 고향에 있으면 빨리 대학을 졸업해라, 취직해라, 독립해라, 결혼해라, 너도 흰머리가 늘었다, 가족이나 친구들이 끊임없이 참견하니까, 지금이라는 시간에 머무르지 못하고 매일 나이를 먹어가지. 하지만 머나먼 나라에 살면 아무리 시간이 흘러도 집을 나왔을 때와 같이 젊은 상태로 시간이 흘러. 우라시마 타로 이야기를 아는가."

"물론 알지. 바닷가에서 불량소년들이 바다거북을 괴롭히잖아. 어부 우라시마가 거북을 돕지. 거북은 우라시마를 드래곤 팰리스에 초대해."

나의 모어로 그렇게 대답한 나누크의 어휘는 풍부했지만, 아무래도 용궁이라는 단어는 모르는 것 같아서 알려주었다.

"드래곤 팰리스는 용궁이라고 하네."

"용궁? 고유명사인가? 그건 어디에 있어?"

"바다 밑에 있지."

"어느 바다?"

"글쎄. 중국 남쪽이 아닐까. 용궁에서는 끊임없이 맛있는 요리가 나오고 아름다운 무희들이 넋을 놓을 듯한 음악에 맞춰 춤을 춰. 그걸 즐기다가 손가락 사이로 모래가 빠져나가듯이 시간이 흘러 우라시마 타로는 자기 몸이 노화하는 걸 깨닫지 못하는 거야."

"용궁은 웰니스 호텔 같은 곳이군."

"거기보다 훨씬 좋은 곳이지. 호텔 유토피아라는 이름이 어울려. 하지만 우라시마 타로는 어느 날 고향이 그리워져서 어촌으로 돌아와. 그러자 아는 사람이 아무도 없었지. 용궁에서 선물로 받은 상자를 열자, 연기가 무럭무럭 피어오르며 우라시마 타로는 한순간에 백발의 노인으로 변신해. 변신한다기보다는 이미 늙어 있었지만 그게 여태 자기 눈에는 보이지 않았던 거지."

《도리언 그레이의 초상》하고 비슷하네. 그 작은 상자가 인간의 늙음을 도맡았던 거로군."

하고 나누크가 영어로 말하자, 어느 틈엔가 내 등 뒤에 서 있던 노라가,

"도리언 그레이의 이야기를 하고 있어?"

하고 물었다. 나누크는 독일어로 귀찮은 듯이 대답했다.

"아니야. 드래곤 팰리스 이야기야. 그 성에서 시간을 보내는 한 아무도 나이를 먹지 않아. 일도 할 필요도 없어. 맛있는 음식과 아름다운 음악과 춤이 있어."

"하지만 드래곤 팰리스에는 드래곤이 있잖아. 무섭지 않아? 나라면 그런 데 절대로 안 가."

하고 노라가 뜻밖의 부분을 신경 썼다.

"그 드래곤은 악당이 아니야. 손님을 극진히 대접하고 씀씀이도 좋은 억만장자야."

"나이트클럽 같은 데야?"

"아니, 무료야."

"하지만 마지막에는 손님을 잡아먹을 거잖아."

"그런 나쁜 드래곤이 아니라고. 작은 뱀이 수행을 거듭한 끝에 크고 훌륭한 용으로 성장한 거지. 그 용은 권력이 있지만 그걸 악용하지 않고 모두를 지키려 해. 정신이 우아해서 폭력은 안 써."

나는 나도 모르게 열심히 용을 칭찬했는데, 노라는 이해가 가지 않는지,

"그 드래곤이 모두의 행복을 생각하는지 어떤지는 모르겠지만, 권력을 독점하고 있는 건 맞잖아. 그건 민주주의적이 아니라고 봐."

하고 불만을 토로했다.

"아무도 민주주의 이야기 같은 건 하지 않았어. 너는 민주주의밖에 관심이 없어?"

나누크가 그렇게 말하며 노라를 노려보자, 노라도 나누크를 같이 노려보았다. 두 사람 사이에 긴장감이 흐르고, 그게 사랑인지 적대감인지 알 수 없었던 나는 귀찮아져서 두 사람과 떨어진 곳으로 이동했다.

차가운 난간에 손을 얹고, 해수면에 흰 거품이 그리는 모양을 관찰하고 있는데, 새빨간 스카프를 두른 젊은 여자 하나가 사선 뒤쪽에서 다가오고 있는 게 시야에 들어왔다. 여자는 봉지 안에서 빵 조각 같은 것을 꺼내 하늘로 던졌다. 그러자 어디서 왔는

지 갈매기 몇 마리가 모습을 드러냈다. 떨어지는 빵 조각에서 가장 가까이 있던 갈매기가 비행 방향을 바꾸어 빵이 바다에 떨어지기 직전에 부리로 집었다. 그다음 던진 빵은 다른 갈매기가 옆에서 쓱 날아와 부리로 물었다. 빵을 던지느라 팔을 들어 올린 여자의 얇은 코트 소매가 느슨하게 내려와, 포동포동하고 향긋한 지방으로 빛나는 팔뚝이 보였다. 여자가 이쪽으로 고개를 돌리기에,

"갈매기 사료, 배 안 매점에서 팝니까?"

하고 물어보았다.

"어제 먹다 남은 빵."

"매일 갈매기에게 빵을 주십니까?"

"지루할 때만. 아무도 나하고 놀아주지 않아. 그래서 갈매기와 놀고 있어."

"당신의 코트, 얇군요. 춥지 않습니까. 바람이 찬데요."

"바람은 무섭지 않아. 파도가 몸으로 덮쳐 임신하는 건 걱정."

나는 잘못 들었나 싶어 가만히 여자의 얼굴을 보았다. 여자는 태연히 말을 이었다.

"갈매기는 어디에 알을 낳으려나."

"예?"

"계속 날아다니니까 공중에서 낳겠지. 하지만 알이 떨어져서

깨지면 어떻게 해?"

여자가 스카프를 벗자, 몸을 뒤트는 뱀처럼 생긴 적갈색 머리칼이 바닷바람에 나부껴 미친 듯이 춤을 추었다. 여자는 침착하게 주머니에서 차례차례 빗을 꺼내 하나하나 머리에 꽂아나갔다. 날뛰던 머리칼이 빗으로 잠재우자 금세 차분해졌다. 마지막에는 머리 모양이 멋지게 정돈되어, 그대로 대사관에서 열리는 리셉션에 참가해도 전혀 이상하지 않을 듯했다.

"자, 이걸로 준비 완료."

"당신은 빗의 천재로군요. 갈매기 조련사인 줄 알았더니 머리칼이라는 야생적인 동물도 가볍게 조련하시네요."

"날뛰는 머리칼을 제어해서 결혼을 준비해요. 당신도 해보는 게 어때요?"

나는 조금 놀라 물어보았다.

"신혼여행입니까?"

"아니요, 신랑은 배에 타지 않았어요. 다음 항구에서 기다리고 있어요."

"상트페테르부르크에서요?"

"맞아요."

신부가 얼굴을 붉혀서 나는 그럴 마음이 없었지만, 상대의 벌거벗은 몸을 본 듯한 기분이 들어 서둘러 수면으로 시선을 돌렸다.

"상트는 성스럽다는 뜻인데 성인은 결혼도 안 하고 재산도 없어."

여자가 갑자기 혼잣말처럼 말했다.

"상트, 페테르, 부르크. 당신 남편이 될 사람 이름이 피터입니까? 표트르입니까, 아니면 페테르?"

"상트페테르부르크라는 도시 자체예요."

"도시와 결혼하는 겁니까."

"고대인은 섬이나 산하고도 결혼했잖아요."

지금은 풍경이 되어버린 것들을 인간이 욕망하던 시대도 있었다. 갑자기 배가 고팠다. 잘 생각해보면, 먹고 싶다고 생각하는 것들도 풍경에서 끄집어낸 것들이다. 땅을 파서 캐낸 뿌리, 비틀어 딴 과일, 뜯어낸 이파리. 풍경 자체는 먹을 수 없지만, 손을 뻗어 떼어내서 조리하면 먹을 수 있다.

"슬슬 식사 시간이네요. 당신은 러시아어로 말하는 테이블 사람이던가요?"

하고 말을 걸어보았지만 여자는 그 질문에는 대답하지 않고 갑판을 스르륵 미끄러지듯 멀어져갔다. 여자가 떠난 건 내 탓이 아닌데, 갈매기들이 흘끗흘끗 비난하는 눈으로 날 보는 게 불쾌했다.

식당으로 들어가자 Hiruko와 크누트가 테이블 위에 손을 포개고 있었다. 나는 괜스레 짜증이 나서,

"Hiruko, 너 그런 소년 같은 옷차림에 애들이나 신는 운동화를 신고서, 화장도 안 하고, 그 꼴로 고향에 돌아가도 부끄럽지 않겠냐. 게다가 벌이도 없는 남자까지 데리고 말이지. 부모님이 뭐라고 말할 거 같냐?"

하고 모어로 듣기 싫은 말을 해주었다. Hiruko는 전혀 동요하지 않고,

"낡아도 한참 낡은 소릴 하네. 배가 고파서 기분이 언짢아?"

하고 가볍게 받아쳤다. 나누크가 와서 자리에 앉았고, 뒤를 따르듯이 노라가 옆에 앉았다. 아카슈도 뒤를 이었다.

"Susanoo, 고향에 갈 때 입을 코트는 찾았어?"

나누크가 나에게 물었다.

"이 우편선에도 호화선처럼 부티크가 있어?"

사정을 모르는 아카슈가 천진하게 물었고 나는 거만한 투로 대답했다.

"기성품은 안 사. 하나 맞출 생각이다."

"Susanoo는 여행이 끝나고 부모님에게 돌아갈 때, 훌륭한 코트를 입고 갈 계획이야. 그게 유학한 가치가 있었다는 증거가 되니까."

하고 나누크가 모두에게 설명한 뒤 덧붙였다.

"여행하는 건 청년 시기를 길게 늘이는 일. 고향에 돌아가는 건 나이를 먹는 일."

"나이를 먹는다기보다는 어른이 된다는 거 아닐까?"

노라가 의미심장하게 물었지만 나누크는 무시하며,

"별다른 일을 하지 않고 드래곤 팰리스에서 아름다운 것에만 둘러싸여 평생을 살아간 사람도 있겠지. 그래도 괜찮다고 생각해."

하고 말했다. 크누트가,

"그거 내 얘기야?"

하고 딱히 화난 기색도 없이 물었다.

"아니, 크누트는 달라. 앞으로 공주의 부모님 집에 가서 결혼 허락을 받을 계획이 아닌가. 텔레비전 드라마 같군."

내가 놀리듯 말하자 Hiruko가,

"그렇다면 넌 뭘 할 생각이야? 드래곤과 싸워서 공주님을 구할 거야?"

하고 영어로 건방진 소리를 했다.

"맞아. 무슨 문제 있나?"

"공주님 이름은? 나인 포?"

"뭐야, 그건."

"재수 없는 숫자 두 개, 9와 4. 9는 쿠, 4는 시*. 괴로운** 일과 죽는*** 일."

"그런 이름의 프린세스가 있겠나."

"쿠, 시. 쿠시나다히메. 신화 속에서 스사노오는 쿠시나다히메를 구하지."

크누트가 햇빛에 광합성이라도 하는 듯 느긋한 표정으로,

"남자가 드래곤을 퇴치하는 시대는 끝났어. 현실의 여자를 봐. 드래곤이 덮쳐온다면, 가령 노라라면 외교관처럼 훌륭하게 교섭해서 공격을 막겠지."

하고 말했기에 나는 살짝 언짢아져서,

"드래곤한테 외교관의 교섭 따위 안 통해. 먹고 싶다고 생각한 건 공주든 아이든 다 먹어버리지. 너는 남자가 되어서 Hiruko를 지킬 생각이 없나."

하고 추궁했다. 크누트는 태연히 대답했다.

"없어. 드래곤이 Hiruko를 삼켜버리기 전에 Hiruko는 드래곤에게 말을 걸어 대화에 끌어들인 뒤, 그걸 녹음해서 드래곤어(語)

---

*   쿠와 시는 각각 9와 4의 일본말이다.
**   일본어로 '쿠루시이'.
*** 일본어로 '시누'.

문법서를 쓰겠지. 내 역할은 그 책의 공저자가 되는 일인가."

"야마타노 오로치."

Hiruko가 말했다.

"어?"

"야마타노 오로치."**

"그 야타노로 어쩌고가 드래곤의 이름이야?"

"야마타노 오로치는 드래곤이 아니야. 물을 담당하는 신. 물은 가장 소중하고 가장 청결한 지하자원. 석회나 석유가 없어도 물만 있으면 인간은 살 수 있어."

"하지만 난방은 어떻게 해. 이제부터 긴 겨울이 시작될 거야. 물만 가지고는 추울 거야."

"태양이 따뜻하게 데워줘."

이날의 요리는 새빨간색으로 시작하여 새빨간색으로 끝났다. 처음에 나온 것은 보르시**였다. 진홍색 수프 한가운데 하얀 사워크림이 큰 숟갈로 한 스푼쯤 올라가 있다.

"드디어 러시아에 상륙하니까 러시아 요리구나."

---

*   신화에 나오는 머리와 꼬리가 여덟 개씩 달린 거대한 뱀.
** 고기와 채소를 넣고 비트로 빨갛게 물들인 러시아식 스튜.

하고 나누크가 말하자,

"우크라이나 요리야."

하고 노라가 옆에서 정정했다. 나누크는 발끈했지만 대응은 하지 않았다. 나는 보르시가 어느 나라 요리인지 알지 못하므로 참견할 마음은 들지 않았지만, 비트의 짙은 홍색을 응시하는 동안 학생 시절에 킬 근교에서 딱 한 번 마신 피의 수프가 생각났다. 자전거로 시골을 돌다가 화장실을 빌린 농가에서 맛본 것이었다. 돼지고기와 돼지의 혈액이 들어 있는, 약간 시큼한 수프였던 걸로 기억한다. 돼지의 내장이 들어 있었을지도 모른다. 식사 후 농가의 아들이 토마토와 단호박과 강낭콩 심은 밭을 보여주었다. 밭에 심은 비트를 걸 본 건 그때가 처음이었다. 덥수룩하게 풍성한 잎이 달린 머리가 땅에서 튀어나와 있었다. 그걸 뽑아 흙을 털고 둘로 쪼개 내게 보여주었다. 속은 어두운 홍색이고, 신경이나 혈관이 흐르는 인체 모형의 살 절단면 같았지만, 살과 달리 보석처럼 투명한 빛을 발했다. 이토록 강렬한 홍색은 달리 존재하지 않을 듯했다. 피의 색이 아니다, 하고 마음속으로 되뇌면서 겨우 마음의 평정을 찾았다.

나는 보르시를 바라보며 그런 걸 생각했다. 이것은 피의 색이 아니다. 뿌리의 색이다. 눈을 드니 수프를 먹기 시작한 Hiruko의 입술이 비트의 홍색으로 물들어 지저분하게 부풀어 오른 것처럼 보였다. 크누트의 입술도 립스틱을 바른 것처럼 요염했다.
아카슈는 수프에 손을 대지 않고 그런 크누트의 얼굴을 빤히 바라보며 다소 상기된 목소리로 물었다.

"너는 다음에 정박하는 항구 마을을 둘러볼 거야?"

"물론이지. 상트페테르부르크야. 유럽 중에서도 가장 유럽다운 마을이라고 삼촌이 말했었어. 한 번은 보고 싶어. 어찌 되었든."

그러자 활발하게 이야기를 이어가려는 크누트를 Hiruko가 드물게 아수라의 얼굴로 가로막으며 말했다.

"마을을 둘러볼 시간은 없어. 배에서 내려, 역으로 가서, 모스크바행 열차를 찾고, 차표를 사서, 시베리아철도를 타야 해."

"어, 그런 계획이었어?"

아카슈가 얼빠진 목소리로 물었다. Hiruko는 천천히 고개를 끄덕이며,

"이대로 계속 배를 타고 간다면 배는 서쪽으로 돌아가. 발트해의 형태를 생각해봐. 상트페테르부르크를 지나면 다음은 핀란드. 서쪽 세계로 돌아가는 거야. 우리는 동쪽으로 가기 위해, 바로 지금, 바다와 헤어져야만 해."

하고 무슨 비장한 결단이라도 내린 듯 거창한 말투를 쓰기에 나는 하도 어처구니가 없어서,

"흥, 아가씨, 그건 어렵겠는데."

하고 말해주었다. Hiruko가 불안한 눈으로 나를 보았다.

"어째서 어려워?"

"비자도 없이 러시아에 상륙할 수 있을 리가 없잖아."

얼굴에 핏기가 싹 가신 Hiruko를 위로하듯 노라가,

"배 안에서 비자를 발급받을 수도 있을 거야."

하고 말했다. 그때,

"러시아 입국을 원하십니까?"

하고 성량이 풍부한 남자 목소리가 들렸다. 어느 틈엔가 내 등 뒤에 선장이 서 있었다. 두프라는 이름의 네덜란드인이었다. Hiruko가 도움을 요청하듯 고개를 끄덕이며 대답했다.

"맞습니다. 무슨 일이 있어도 입국해야 해요."

"비자는?"

"없습니다."

"그렇다면 아쉽게도 어렵겠는데요. 주민등록이 되어 있는 나라로 돌아가 거기서 비자를 받은 후 다시 오기 바랍니다."

Hiruko는 격렬히 눈을 깜박이며,

"우리는 러시아로 망명하려는 게 아닙니다. 그냥 들를 뿐이에요."

하고 통용되지 않을 게 뻔한 변명을 했다. 선장은 쓴웃음을 지

으며 말했다.

"잠시 들른다고 해도 비자가 필요합니다. 그런 소리를 한다면 인생 전체가 잠깐 들른 꼴이 될 테고, 이 세상에 비자 따위 존재하지 않겠지요."

"어떻게 안 될까요?"

"제 개인이 할 수 있는 일이라면 도움을 드리고 싶습니다. 하지만 저는 일개 선장이고 배로 사람을 실어 나르는 일은 할 수 있지만, 마법을 부려 주머니에서 비자를 꺼내 드릴 수는 없습니다."

"하지만 칼리닌그라드에서는 상륙할 수 있었잖아요. 거기도 러시아고요."

"그곳은 특별 지구입니다. 본토에서 떨어져 있으니까요."

크누트는 이건 직접 이야기해서 해결을 보아야 하는 문제라고 깨달았는지, 선장에게 인사를 한 뒤 우리 한 사람 한 사람의 얼굴을 보며 말했다.

"그렇다면 작전 회의를 하자."

갑자기 리더를 연기하기 시작한 크누트의 태도에는 다소 화가 치밀었지만, 어차피 좋은 안건이 나올 리 없을 테고 침몰하는 배의 선장을 떠맡은 격이다. 부러울 것도 뭣도 없다.

"역시 발트해로 들어온 게 문제 아니었을까. 아무리 힘들어도 인도양으로 나가야 했어.”

하고 말하는 아카슈에게,

“인도로 어떻게 가? 중동을 거쳐서?”

하고 입 다물고 있으려 했던 나도 엉겁결에 말을 뱉었다.

“지중해로 나가 마르세유에서 프랑스 배를 타고 아프리카 해
안선을 따라 가야 했어. 희망봉까지 가면 그 뒤로는 아무도 방해
하지 않거든.”

하고 아카슈가 여전히 포기하지 않고 말하기에,

“아프리카 대륙 해안선은 지나갈 수 없어. 게다가 프랑스 배
같은 건 더 이상 없고. 언제 적 얘기인가.”

하고 말해주었다.

“팔방이 뚜껑.”

하고 Hiruko가 중얼거렸다.

“그게 무슨 뜻이야?”

나누크와 크누트가 동시에 같은 질문을 던졌다. 마치 그 단
어의 의미만 알면 길이 보일 거라고 믿듯 관심이 뜨거웠다. 슬
픔에 잠긴 Hiruko가 대답하지 못하고 있기에 내가 대신 대답해
주었다.

“여덟 개의 방향이 몽땅 셧다운되었다는 얘기지. 야마타노 오
로치(八岐大蛇)에게는 머리가 여덟 개 있었다는 사람도 있어.”

"머리가 아홉 개 달린 드래곤도 있어. 너희들, 그린란드라는 선택지를 잊은 거 아니야?"

"북극을 통과해서 지구의 뒷면으로 나가는 건가."

"맞아. 북쪽으로 가는 거야. 그게 더 가까울지도 몰라."

"머리가 아홉 개 달린 드래곤이라면 나가*를 말하는 거야? 그렇다면 역시 인도지."

"인도는 경유할 수 없어. 아프리카를 종단해서 남극을 지나 호주로 빠져나가는 게 낫지 않나."

토론의 실이 서로 뒤엉켜 방향성을 잃어가는 와중에 점점 더 깊이 고개를 숙이는 Hiruko를 격려하듯 노라가 말했다.

"그러니까 동쪽으로 가고 싶다면 우선 서쪽으로 가라는 거지."

이 대사만 들으면 노라가 그럴싸한 말만 뱉어내는 점쟁이 여자가 아니냐고 할지도 모르겠지만, 지도를 보면 여자가 하는 말도 나름대로 일리가 있다. 러시아에 입국할 수 없다면 핀란드로 가는 수밖에 없다. 당장은 배에서 내리지 않아도 된다는 사실에 나는 안심했다. 며칠이나 열차 차량에 갇혀 시베리아를 횡단해야 한다니 질린다. 나는 바다가 좋다. 배에 탄 뒤로 내가 있을 곳

* 인도 신화에 나오는 뱀의 정령.

에 있다는 편안한 마음이 들었다. 그걸 이제야 깨달았다. 디저트
는 새빨간 구스베리 잼을 뿌린 요구르트였다.

식당을 나와 선실로 돌아가려는데, 좁은 통로에서 선장이 다
리를 넓게 벌리고 뒷짐을 진 채 해양 지도를 보고 있었다.

"신기하지 않습니까. 물을 마시러 작은 연못으로 모여드는 동
물들처럼 다양한 나라가 물가에 늘어서서 물을 향해 고개를 내
빼고 있어요."

그 말을 듣고 지도를 보는데 확실히 그런 식으로 보인다. 각
나라의 해안선은 짧다.

"왜 이렇게 비좁게 모여들면서까지 다들 해안선을 원할까요."

"바다로 나가는 출구가 행복으로 가는 입구라고 믿고 있기 때
문이겠지요. 하지만 바다로 가는 출구를 처음부터 포기한 스위
스 같은 나라가 훨씬 더 평화로울지도 모릅니다."

하고 선장이 진지하게 말했다.

"섬나라의 경우는 바다로 둘러싸여 있기에 바다가 출구라는
감각은 없습니다."

하고 말하자,

"어디서나 바다로 나갈 수 있다는 건 행복해 보이기는 합니
다. 하지만 위험하기도 하지요. 해수면이 점점 올라와 바다가 섬

을 삼켜버리는 꿈을 꾼 적은 없습니까?"

하고 선장이 물었다.

"꿈은 꾸지 않습니다. 저는 꿈을 꾸고 그걸 친구와 이야기하는 현대인은 아니라."

그렇게 대답했는데 어째서 거짓말을 해야 했는지 나로서도 이상했다. 선장은 살짝 마음이 느슨해진 표정을 지으며 말했다.

"그렇군요, 당신은 현대인이 아니군요. 선장이라는 직업도 실은 신화에도 나오는 오래된 일이라서요."

그때 Hiruko가 고개를 수그린 채 다가왔다. 선장은 그 모습을 보고 갑자기 부드러운 표정을 지으며 물었다.

"기분은 괜찮아지셨습니까."

Hiruko는 고개를 들고 무표정하게 끄덕였다.

"걱정하지 말아요. 마지막에는 다 잘될 거니까."

선장은 Hiruko를 격려하고는 투박한 손목시계를 코앞에 대고 시간을 보았다.

"저런, 큰일이군. 일이 있어 먼저 실례하겠습니다."

돌연 Hiruko와 둘이 남게 되자 어색했다.

"어째서 그렇게 무서운 얼굴을 하고 있어?"

"솔직히 너한테는 화가 난다."

"왜?"

"너만 혼자 행복을 다 차지하니까."

무표정했던 Hiruko의 얼굴에 깜짝 놀라는 표정이 떠올랐다.

"행복을 다 차지한다고? 나는 부모에게 버려진 집 없는 아이. 당신은 대를 이을 아들이잖아."

그런가, Hiruko는 부모가 자랑스러워한 우등생 딸이 아니다. 몸이 흐늘흐늘해서 버려진 또 다른 딸이다. 갈대로 만든 배에 태워 멀리 흘려보낸 존재. 그게 신화 속에 나오는 그 여자아이의 역할이다.

"나는 나라 밖으로 흘려보내졌어. 유학(留學)이라고 부르지만 유학의 유는 유배의 유(流)."

"하지만 너는 모두에게 사랑받고 있어. 나는 미움받는 사람이다."

"당신은 언젠가 집으로 돌아가 가업을 이을 테니 여행지에서 사랑받을 필요 따위 없다고 남을 깔보고 있잖아."

"내가 가업을 이을 거라고 누가 그랬지?"

"난폭하게 구는 건 돌아갈 곳이 있는 남자들의 특징이야. 돌아갈 집이 없어서 쭉 밖에서 살아가야 한다면 모르는 사람들의 마음을 읽는 연습을 하거나 외부 사람과 자신을 이어가려고 노력할 테지. 그렇게 하지 않는 건 언젠가 집으로 돌아가 유산을 몽땅 이어받을 거라는 계산이 있어서잖아."

항구가 천천히 가까워졌다. 나는 갑판으로 나갔다가 햇살에 눈이 부셔 눈을 가늘게 뜨며 멀리 무엇이 보이는지 확인하려 했다. 이제까지 발트해 연안에 있는 이런저런 역사적인 항구 마을을 둘러볼 기회가 있었지만, 나로서는 도무지 관심이 가지 않았다. 하지만 상트페테르부르크는 이름을 듣기만 해도 가슴이 뛴다. 뒤에서 누가 어깨를 두드려 돌아보니, 깡마른 재봉사 페트로비치가 서 있었다. 재봉사는 가죽 트렁크를 일단 마룻바닥에 내려놓고, 꾸깃꾸깃 뭉쳐진 종잇조각을 주머니에서 꺼내 내 가슴팍에 드밀며,

"이 종이에 주소가 쓰여 있어. 이리로 여권을 보내줘."

하고 건방지게 말했다.

"아까는 깜박하고 못 물어봤는데, 외국의 여권 따위는 가져다가 어디에 쓸 건가."

"너희 나라로 망명할 거다."

"하하하. 농담이겠지. 내 나라에 온다고 해서 좋은 건 아무것도 없네."

"있어. 네가 깨닫지 못할 뿐이다."

"교환할 코트는 어디에 있나."

"너의 선실에 가져다 두었다."

그 말을 남기고 재봉사는 그 자리를 떠났다. 작별 인사치고는

그럴싸한 농담이다. 재료도 시간도 없이 코트를 만들 수 있을 리가 없다. 주소를 준 건 편지를 쓰라는 뜻일 텐데, 얼굴을 마주하고 서신 교환 얘길 꺼내는 게 여고생 같아서 부끄러웠을 테지. 요즘 메일은 언론통제 등의 영향으로 안 오는 경우가 많지만, 옛날부터 썼던 편지, 특히 배편으로 보내는 전갈은 확실히 전달되는 모양이다. 그런 상황 속에서 재봉사는 외부와의 연결을 확보해두고 싶었으리라.

나는 갑판을 돌아 트랩이 보이는 위치로 갔다. 모피 모자를 쓴 여성이 무거운 듯 슈트케이스를 양손에 들고 굽이 높은 하이힐을 신은 채 야지로베에*처럼 균형을 맞추며 하선했다. 재봉사가 그 뒤를 따랐다. 육지에는 군대 제복 비슷한 걸 입은 남자들 여럿이 서서 배에서 내려오는 사람 하나하나를 그 자리에서 검사했다.

나는 배에서 내려 상트페테르부르크를 산책하는 내 모습을 상상해보았다. 높은 건물에 부딪혀 진행 방향을 방해받은 강풍이 적이라도 무찌를 기세로 골목길에 새어 불어닥친다. 공기의

---

*   가로대 양 끝에 추를 달아 좌우 균형을 이루며 막대가 넘어지지 않도록 한 장난
    감. 막대 양 끝에 짐을 달고 어깨에 지고 가는 에도시대 소설 인물 이름에서 딴
    말이다.

흐름은 인간의 형상을 하고 고독한 통행인을 덮친다. 사람 잘못 봤어, 네가 덮치고 싶은 건 너의 것을 빼앗은 적이잖아, 하고 바람을 향해 말을 걸어보지만 안 통한다.

"왜 그래?"

등 뒤에서 말을 건 사람은 노라였다.

"상트페테르부르크의 구시가지를 걷는 상상을 하고 있었어."

"하지만 너무 추워 보여. 여기가 흑해나 카스피해가 아니라서 아쉽네."

"하는 수 없어. 대부분 바다가 출입 금지가 된 시대다."

"발트해가 우리를 받아준 걸 감사해야 한다는 얘기야?"

"감사는 하지 않지만 와서 좋았다. 특히 상트페테르부르크에 올 수 있어서 좋았어."

"하지만 배에서 못 내리잖아."

"상관없어. 갑판에서 보는 것만으로도 좋다. 어차피 내가 보고 싶은 건 눈에 보이지 않는 것이니."

"뭘 보고 싶은데?"

"질투와 원한."

"그런 걸 봐서 어쩌려고?"

"질투와 원한은 세계를 떠돌고 있어. 하지만 이 마을에서는 그게 유령이 되어 나타나지. 장기 적금으로 산 소중한 방한 코

306

트를 강도가 채 갔다면 어쩌겠나? 인간의 약점을 파고들어 돈을 버는 대부업 종사자들이 활개치는 한편, 정작 자기는 높은 이상을 갖고 공부하고 있지만 가난해서 굶어 죽기 일보 직전에 처한 학생이라면 어쩌겠어? 자기가 받아야 할 유산을 누나에게 빼앗긴다면 어쩌겠나? 질투와 원한이야."

그때 나누크가 다가왔다.

"흔치 않은 일이네. 너희 둘이 임시 회의를 열다니."

노라는 난처한 얼굴로,

"원래는 자기가 받아야 할 유산을 누나에게 빼앗긴다면 어쩌겠냐고 Susanoo가 묻고 있는 참인데."

하고 나누크에게 도움을 요청했다.

"하하하. 그건 오래된 신화 속 이야기야. 누나인 아마테라스에게는 끝없이 열린 하늘을 통치하라고 했고, 남동생인 스사노오에게는 밤과 바다를 통치하라고 했지. 물론 다양한 설이 있어서 꼭 그런 배분이 있었다고는 아무도 단정 지을 수 없고, 그냥 신화일 뿐이지만."

나누크의 설명을 흥미롭게 듣고 있던 노라가 말했다.

"밤을 관장하다니 멋있다. 밤은, 꿈과 사랑의 시간이잖아. 바다도 근사해."

"바다 같은 건 영토 안에 들어가지 않아."

"바다를 통치하라고 한 건 정치가로서 재능을 인정받았다는 증거야."

"어째서지."

"그야, 외무부 장관과 환경부 장관을 겸임하는 거나 마찬가지잖아. 공업 폐기물이 바닷속에 쌓이고 그게 새로운 용궁이 되었어. 용궁에서 춤을 추던 미녀들은 사실 위장에 비닐이 가득 쌓인 돌고래들. 용궁의 고급 요리에 사용된 생선 살에는 작은 플라스틱 파편이 무수히 쌓여 있어. 거기다가 석유 탱크나 군함이 종종 침몰해서 바다를 더럽히지. 바다를 어떻게든 하지 않으면 지구가 망가져. 그런 무거운 과제가 너에게 주어졌다는 말이잖아?"

나는 뺨을 맞고 정신이 번쩍 드는 기분이었다. 이제까지 훌쩍훌쩍 울거나, 토라져서 입을 다물거나, 허세를 부리면서 살아왔는데, 나에게 바다가 할당되었다는 것은 부모님에게 사랑받지 못해서가 아니라 그 반대였다. 바다가 망가지면 더 이상 지구에 생명은 없다. 아무리 태양이 비춘다 해도 그 열기에 타버려서 모든 게 말라비틀어지리라. 그러니.

나는 다시금 드넓은 바다로 시선을 던졌지만, 반짝이는 파도는 의외로 싸늘했다.

10장

Hiruko는 말한다(4)

보랏빛 섞인 묵직한 잿빛 구름과 암흑색에 가까운 바다 사이 옅은 오렌지색 굵은 띠 한 줄이 수평선과 나란히 떠올랐다. 그 띠 한가운데 더 짙은 오렌지색 석양이 선명하고 둥글다. 나는 그것을 저녁 해, 석양이라고 부르지만 태양으로서는 저녁도 밤도 오전도 오후도 아니다. 빛이 비칠 때는 아침 햇살이라 부르고, 어둠 속에 남겨지면 태양이 졌다고 느끼는 우리는 지나치게 자기중심적으로 태양을 본다.

항구 부두에 서 있는 기린 가족 같은 크레인이 천천히 멀어져 간다. 비슷한 높이의 네모난 건물들도 시시각각으로 작아진다. 눈을 감으니 이번에는 전혀 다른 풍경이 보였다. 비잔틴 양식의 대성당 지붕, 러시아정교회의 양파 모양 지붕, 로마노프 왕조 궁전의 눈부신 금색과 달콤한 흰색. 다시 눈을 뜨자 사라진다. 눈을 감고 있는 동안에만 보이는 게 있는 모양이다. 상트페테르부르크 항구까지는 갔지만 마을을 보지도 못하고 출항하게 되었다.

"무슨 생각 해?"

그런 목소리가 들렸다. 어느 틈엔가 비스듬히 내 뒤에 서 있던 크누트였다. 바람 소리가 거칠어 누가 뒤에서 다가와도 발소리가 안 들린다.

"상트페테르부르크가 멀어져."

"아쉽네."

"슬퍼."

"슬픔이란 건 꽤 강한 감정이야. 정말로 슬픈 거야?"

"눈물."

"우리 언젠가는 꼭 다시 여기 올 거야. 그때는 입국 비자라는 말이 사어(死語)가 되었을지도 몰라."

"러시아를 지나지 않고는 내가 태어난 집으로 갈 수 없어."

"왜 그렇게 생각해? 돌아갈 길은 다른 데도 많은데."

"나는 니가타항에서 자랐어. 맞은편 해안은 러시아였어. 러시아는 유럽으로 이어지는 다리."

크누트는 침묵했다. 영원히 이어질 듯한 저녁의 시간 속에서 나도 입을 다물었다.

나는 여행을 떠날 때, 정말로 시베리아철도를 타고 동쪽으로 갈 작정이었나? 만약 진심이었다면 미리 비자를 신청하고 티켓을 끊어뒀을 터. '어떻게든 되겠지'라는 가벼운 기분으로 배에 올랐나? 그렇게 무모한 짓을 하는 건 꿈속의 나뿐. 그렇다면 내가 지금 있는 곳은 꿈속인가? 깊은 잠에 빠졌다가 "우리 비행기는 잠시 후 나리타 국제공항에 착륙하겠습니다" 하는 기내 방송에 잠이 깨, '뭐야, 꿈이었구나'라고 생각하며 서둘러 안전벨트를 매는 중인가? 그렇다면 헬싱키에서 이 비행기를 탔다는 말이 된다. 그렇게 생각한 순간, 붉은 소방선이 날치 지느러미처럼 흰 거품을 일으키며 옆으로 지나갔다. 이곳은 역시 바다, 나는 지금 배의 갑판에 서 있다. 비행기 같은 걸 타고 있는 게 아니다. 하지만 도대체 무슨 생각으로 발트해에 뛰어들었지? 코펜하겐에서 배에 올랐을 때, 다 같이 어떤 여행 계획을 세웠더라? 하나도 기억나지 않는다. 마치 시간이라는 이름의 걸레가 우리 뒤로 따라와 끊임없이 기억의 흔적을 지워버린 것처럼.

"우리는 정말로 시베리아철도를 탈 생각이었을까. 아니면 처음부터 어렵다는 걸 알면서도 모른 척한 걸까."

크누트도 나와 같은 생각을 하고 있었는지 그렇게 말했다.

"모른 척한 이유는?"

"그러지 않았다면 출발조차 할 수 없었을 테니까."

"발트해가 눈가리개야?"

"동쪽으로 가고 싶다는 마음은 진심이었어. 어떤 바다라도 좋았지. 갇혀 있는 사람에게는 바다가 출구로 보이니까 아무튼 바다로 나가고 싶었어."

"바다의 마음을 이해하고 싶어. 작은 바다든, 큰 바다든, 제각기 어려운 문제를 떠안은 채 애쓰고 있어."

"무슨 문제?"

"예를 들면 지중해. 가난을 피해 고무보트에 올라타는 사람들. 맞은편 해안은 풍요로운 것처럼 보이니까. 하지만 파도가 치고, 바람이 불고, 보트가 뒤집히고, 사람들은 물에 빠져. 그리고 흑해는 베트남."

"어째서 흑해의 문제가 베트남이야?"

"지금도 발밑에 폭탄이 묻혀 있어. 전쟁은 한참 전에 끝났는데."

"지뢰?"

"흑해에는 지뢰가 떠다녀."

"수뢰 말이구나. 잘못 건드리면 사람도 배도 같이 폭파하지. 바다는 어째서 이렇게 고뇌로 가득할까."

"바다는 문제를 낳지 않아. 문제를 만드는 건 언제나 인간."

"물론이지. 바다는 현명해."

"바다가 인간의 문제를 해결해준다면 좋을 텐데."

"거울로 비춰주긴 하지만 해결은 못 해줘."

"우리는 동쪽으로 나아가지 못해."

"발트해가 동쪽의 바다라고 불리긴 하지만 동쪽으로 데려다 주는 택시는 아니니까."

"고등학생 때 소프트볼 연습을 했어."

"어?"

"소프트볼에서는 투수가 어깨를 크게 회전시켜. 우리가 발트 해를 반 바퀴 돈 이유는──"

나는 실제로 공 던지는 자세를 취했다. 공을 든 손을 크게 회전시키다가 알맞은 위치에서 공을 던지면 똑바로 앞으로 날아 간다.

'탄력을 받기 위해서.'

그렇게 말하고 싶어서 '탄력을 받다'에 해당하는 표현을 생각 했지만 당장 떠오르지 않았다. 탄력을 받기 위해 딱 좋은 구간에 서 공을 놓아 던져야 하는데 그게 안 돼서 언제까지고 공이 날아 가지 않을 때가 있다는 걸 설명하려고 했는데, 이것도 말로 표현 하기가 어려워서 나는 나의 팬터마임 재능을 시험해보았다. 그 걸 본 크누트가 눈을 가늘게 뜨고 웃으며 말했다.

"공에서 언제 손을 떼는지가 중요하구나. 너는 분명 좋은 투수였을 거야."

"투수는 못 했어. 나는 미래가 무서워. 그래서 공이 날아가는 걸 허락할 수 없어. 미래는 답. 답이 나오는 게 무서워."

"미래 같은 건 존재하지 않을지도 몰라. 다음 현재가 오고, 그 후 곧바로 다음 현재가 오는, 그런 연속일 뿐, 미래는 아무리 지나도 오지 않아. 그렇다면 불안을 느낄 필요도 없겠지."

"다음은 없어."

"그건 아니야. 다음 체류지는 항상 존재해. 내 경우는 헬싱키야."

"우리는 동쪽으로 가고 싶어. 헬싱키는 서쪽."

"그건 그렇지만, 그래도 핀란드는 러시아와 다른 방식으로 동쪽과 이어져 있는 게 아닐까."

"무슨 소리야?"

"네가 언젠가 말했지. 아시아에서 유럽으로 들어가는 문은 헬싱키에 있다고. 그 문을 지나 너는 내게 왔다고. 그렇다면 같은 문을 거꾸로 통과하면 돼."

크누트에게 헬싱키의 문 이야기를 한 적이 있을지도 모른다. "공항은 어느 나라든 비슷비슷해서 지루해." 크누트의 그 말에 나는 반론을 제기했다. 내 기억 속의 헬싱키 공항은 다른 어떤 공항과도 달랐다. 복도며 벽이며 천장까지도 얼음으로 만들어져 있었고 그게 푸른빛을 발하며 반짝반짝 빛나고 있었다. 맑고 찬 공기가 목을 촉촉하게 적시며 피부를 팽팽하게 긴장시켰다. 여행의 추억을 파는 상점 선반에는 유리로 만든 작은 무민과 스너프킨, 스니프가 나란히 늘어서서 아침 이슬처럼 반짝이고 있었다. 발걸음을 멈추고 상품을 바라보다가 당분간은 집에 갈 일이 없을 테니 기념품은 사지 말자고 생각한 순간, 심장이 바늘에 몇 차례나 찔린 것만 같은 쓸쓸함이 밀려왔다. 가족에게 선물을 전하고, 사진을 보여주며 여행담을 이야기할 수 있다면 얼마나 즐거울까.

환승 게이트를 향해 그대로 통로를 걷는데, '아시아로 향하는 문'이라는 뜻의 영어가 눈에 들어왔다. 핀란드어와 스웨덴어 밑에는 한자와 한글이 있었다. 아시아로 향하는 문. 그것은 시도 노래도 아닌, 한 항공사가 고안한 선전 문구에 불과했는지도 모르지만, 내가 마침내 그 문 너머에 있는 미지의 세계에 당도했다는 생각이 들자, 기쁨이 동그란 알갱이가 되어 혈액을 타고 체내를 마구 달리기 시작했다. 눈앞을 지나가는 사람들은 다들 스케이트화를 신고 얼음으로 만들어진 바닥을 휘휘 미끄러져 간다. 구스베리 주스병이 담긴 상자를 썰매에 쌓아 밀며 옮기는 종업원도 스케이트화를 신고 있다.

"처음으로 유럽에 온 이야기를 할 때 넌 무척 즐거워 보였어."

크누트의 목소리가 나를 백주몽에서 깨웠다.

"그때는 정말로 즐거웠어. 그 기분을 쭉 잊고 있었다."

이제는 헬싱키에 가더라도 아름다운 얼음의 공항은 눈에 들어오지 않으리라. 유럽이 내 안에서 꿈이 되기를 그만두고 생활의 공간이 되었기 때문이다.

생활의 공간이라고는 해도 한곳에서 편안하게 살 수 있는 건아니다. 영주권이라는 단어는 이미 죽은말이 되었고, 이민자는줄넘기라도 하듯이 계속해서 눈앞에 나타나는 국경을 뛰어넘으며 살아갈 수밖에 없다. 게다가 "줄넘기는 체력을 기르기 위해자발적으로 하는 겁니다"라고 허세를 부리며 여유 있는 미소를띨 줄 아는 자만이 살아남는다. 자기 방에서 잠들 때에도 이튿날눈을 뜨면 오전 중에 짐을 꾸려 그 방을 나와 다른 나라로 이사가야 할지도 모른다고 자각하며 살아간다. 체류 허가 신청을 받는 구청에서는 친척 집을 전전하는 엄마 없는 아이의 기분이 들기도 한다.

그러다 문득 좋은 생각이 났다. 차라리 나 자신이 집이라고 여긴다면 불안은 사라질지도 모른다. 어느 지역으로 이주하든지자기가 집이면 집을 잃을 일이 없다. 그리고 그 집에 크누트가살고 있다면, 이별의 아침은 영영 오지 않는다.

"무슨 생각 해?"

"내가 집이라는 생각이 들어?"

"네가 집이라고?"

"응."

크누트는 한 걸음 물러서서 나의 전신을 음미하는 척했다.

"겉으로 보기에는 작은 집처럼 보여. 곰 같은 내가 그 집에 들어갈 수 있을지는 걱정이지만, 그래도 집 안은 분명 엄청나게 넓을 거야."

"나는 네가 살 수 있는 집이 될 때까지 계속해서 증축할 거야."

"나는 내 몸이 크다고 믿고 있지만 사실은 작아. 어느 나라랑 똑같이 말이지."

"너는 크지만 유연. 신화 속 영웅이 되려 하지 않으니까."

"그 부분은 안심해도 좋아. 내가 북유럽신화 속 거인이 아니라는 건 보증할게."

그때 등 뒤에서 아카슈의 목소리가 들렸다.

"나도 신화 속 영웅하고는 상당히 거리가 먼 존재야. 그러니 나도 끼워주겠니?"

내가 곧장 대답하지 못하고 있었더니 아카슈가 답답하다는 듯이 같은 질문을 다른 언어로 바꾸어 반복했다.

"나도 그 집에 살아도 될까?"

내 안에서 반사적으로,

"환영."

하고 대답이 튀어나왔고, 아카슈는 가느다란 몸을 아래위로 통통 튕기듯 뛰었다. 새빨간 사리가 바람에 날려 미친 듯이 춤을 추자 타오르는 불꽃처럼 보였다.

"한참 찾아다녔어. 나를 받아줄 집은 지상에 존재하지 않는다는 생각에 포기하고 있었지."

"어째서?"

"나는 아버지가 될 수 없어. 어머니가 되기도 어렵고. 아이인 채 살 수도 없지."

"그렇지 않아. 너라면 어머니든 아버지든 될 수 있어. 쭉 아이로 사는 인생도 괜찮잖아. 네가 되고 싶은 건 뭔데?"

"새가 되고 싶어."

내가 놀란 눈을 하고 있는데 노라가 주변을 두리번두리번하며 다가왔다.

"나누크 못 봤어?"

"노 나누크, 노 리스크."

개그도 농담도 안 되는 대꾸를 하며 양팔을 펄럭펄럭 날개처럼 움직이는 아카슈를 본 노라가 웃음을 터뜨리며 물었다.

"아카슈 아주 신이 났네. 복권이라도 당첨된 거야?"

노라가 긴장을 풀고 웃게 만드는 사람은 아카슈뿐이다.

"Hiruko는 자기가 집이라는 말을 꺼냈고, 크누트는 그 집에서 살 거래. 나도 그곳에 살아도 되겠냐고 물었더니 Hiruko가 허락한대."

노라는 그 말을 듣더니 걱정스러운 표정으로,

"넌 방해꾼이 되는 게 무섭지 않니? 물론 쟤들이 널 그렇게 취급하진 않겠지. 하지만 애물단지, 좋게 말해 덤으로 얹힌 역할밖엔 할 수 없을걸. Hiruko와 크누트는 커플이니까."

하고 아카슈에게 타이르듯 말했다. 고개 숙인 채 말이 없어진 아카슈를 두고 볼 수 없었던 내가 노라에게 말했다.

"커플이라는 말은 욕조. 집의 어느 일부에 지나지 않아. 매일 아침부터 밤까지 욕조에 들어가 있는 사람은 없어. 나는 욕조가 아니라 집이 되고 싶다. 하우스보트. 바다의 보헤미안. 아카슈가 타면 하우스보트는 가라앉지 않아."

"그거야 지금 우리가 하는 여행을 집에 빗댄 경우잖아. Hiruko, 네가 배의 집이고, 우리가 거기에 올라탔지. 하지만 조만간 그 여행도 끝나. 이 여행을 평생 계속할 수는 없으니까."

담담히 이야기하는 노라를 향해 크누트가 중얼거렸다.

"이 여행이 정말로 곧 끝날까. 그리 간단히 답을 찾을 수 있을 것 같지는 않은데."

노라는 크누트의 말을 무시하며 아카슈에게 물었다.

"너도 한 사람의 인간한테 유일무이한 존재로 사랑받고 싶다는 욕망은 있지 않아?"

등 뒤에서 기침 소리가 들렸다. 돌아보니 나누크가 뾰로통한 얼굴을 하고 서 있었다.

"크누트가 Hiruko와 결혼한다 치자. 결혼 후 얼마 지나지 않아 크누트가 긴 여행을 떠나. Hiruko는 집에서 몇 년이고 크누트가 돌아오길 기다리며 실을 자아. 그런 전개가 싫어서 Hiruko는 스스로 배가 되겠다고 한 거야. 그러니 아카슈도 그 배에 타는 게 좋아. 옆에서 제4자가 토를 달 일이 아니지."

간접적으로 비판을 받은 노라가 입을 다물자, 나누크는 말을 이었다.

"노라, 너는 Hiruko와 크누트가 이자나미와 이자나기*가 될 거라고 믿고 있어. 여자와 남자밖에 없는 세계 말이야. 거기서는 아카슈가 방해꾼이겠지. 그런 세계와는 이제 작별이야."

"이자 어쩌고가 누구야?"

노라의 얼굴에 호기심이 반짝거리기 시작했다. 나누크는 어깨를 펴고 설명했다.

---

* 일본의 창세신화 속 남신과 여신. 두 신이 기둥을 돌아 만나 하나가 되면서 일본의 국토를 낳았다.

"여신과 남신. 맨몸으로 만나서 서로의 신체에 들어가고 나온 곳을 구석구석 들여다보며 관찰해. 해부학적으로 섹스란 어떠한 행위를 통해 일어나는 건가, 고지식하게 생각하면서 말이야. 둘은 물론 연애나 성욕 같은 현대적인 언어를 알지 못했지만, 자손을 만드는 편이 좋겠다고, 그것만은 확신했어. 그리고 아이 만드는 법을 자기 힘으로 발견하지. 아무도 알려주지 않으니."

"아무도 알려주지 않는다?"

"그 무렵에는 생물 선생님 따위도 없었고, 뱀도 없었고, 해설책이나 비디오도 없었으니까."

"그 무렵이란 게 언제야?"

"역사가 시작되기 전의 이야기지. 하지만 언어는 이미 존재했던 모양이야. 언어가 존재했는데도 역사가 아직 시작되기 전이라는 게 모순이지만."

나누크는 그렇게 생각나는 대로 술술 이야기를 뱉으며 웃음을 참고 있었지만, 나는 웃기는커녕 울고 싶은 기분이었다.

"둘이 마주 보고 상대방 몸을 구석구석 관찰하며 나이를 먹는 건 싫어. 나는 이자나미가 아니야. 여자 샘플도 아니야. 나는 Hiruko. 지상에는 다양한 신체가 살고 있어. 인간만 보고 살면 그걸 잊어버려. 다양한 신체를 떠올리며 살고 싶어. 사자, 매, 뇌조, 사슴, 거위, 거미, 물고기, 불가사리, 아메바."

자기를 잊지 말라는 듯이 갈매기 한 마리가 머리 위에서 날카로운 소리를 질렀다.

"여자는 모든 남자를 쏘아 떨어뜨려. 갈매기처럼 격추당해 바닥에 뻗도록 말이지. 크누트는 엄마가, 나는 장래의 아내가, Susanoo는 누나들이."

나누크가 뻔뻔하게 배우 흉내를 내며 말하자, 노라는 갑자기 솟구치는 눈물을 흘리지 않으려고 촉촉한 눈을 들어 잿빛 하늘을 올려다보았다. 나는 고등학교 연극제 때 우리 반이 연기한 체호프의 희곡《갈매기》를 떠올리고 있었다. 나는 무대장치 담당이었지만 연습 때는 늘 참가했다.

"체호프가 상트페테르부르크에 살았나?"

내가 아무런 예고 없이 그런 질문을 던졌지만, 나누크는 조금도 놀라는 기색 없이 대답했다.

"아니."

"러시아의 문호들은 다 상트페테르부르크에 산 줄 알았어."

"고골이나 도스토옙스키는 상트페테르부르크에 살았지만, 체호프가 살았던 곳은 아조프 해안가에 있는 마을이야."

하고 술술 대답했다. 분명 나누크도 체호프를 생각하고 있었던 것이리라.

"어떻게 알아?"

"매일 독서에 빠져 있거든. 너희들, 이 배에 있는 도서관 가본 적 있어? 동유럽 문학과 북유럽 문학의 보고야."

"너는 여행하면서도 대학에 다니듯 매일 공부를 하는구나. 나의 지식은 여행이 시작되고 조금도 늘지 않았는데."

크누트가 다소 질투하듯 눈을 가늘게 뜨고 나누크를 보며 말했다.

"책이라는 문을 통하면 어떤 나라든 비자 없이 입국할 수 있어. 더 이상 존재하지 않는 나라에도. 고대 로마제국이든 소비에트연방이든."

나누크가 신이 나서 이야기를 이어가는 게 조금 거슬렸던지 크누트는,

"독서를 통해서 세계를 배울 수 있다면, 애써 배를 타고 여행할 필요도 없겠지."

하고 전에 없이 불편한 말투로 반박했다. 나누크는 그 말에 더욱더 우월감을 느꼈는지 코끝을 미세하게 위로 쳐들며 한층 거만한 말을 내뱉었다.

"배와 책의 관계는 네가 생각하는 것처럼 그렇게 단순하지 않아. 책을 쓰는 인간은 위기의식을 갖고 있지. 어떤 문명이든 언젠가는 바다에 잠길 가능성이 있다는 걸 알고 있어. 그러니 세상 모든 도서관은 배야."

노라의 슬픔에 젖었던 눈이 차츰 따스함과 그리움을 되찾기 시작했다. 그 의사의 심술궂은 성격에 물든 이래, 나누크의 지성과 웅변은 나날이 발전하고 있다. 그 반짝거림에 매료된 노라는 나누크의 거만함을 멈추게 할 수 없을 듯했다.

"배가 가라앉지 않기 위해서 승객이 해야 할 일은 없을까?"

노라의 질문을 무시하고 나누크는 단언했다.

"세상 모든 배는 가라앉아. 세상 모든 갈매기는 격추당하지. 세상 모든 나라는 언젠가 사라져."

크누트가 콧구멍을 크게 벌리며 평소보다 조금 낮은 목소리로 물었다.

"그렇다면 Hiruko라는 집의 배도 가라앉는다고 생각하나."

나누크의 대답은 의외였다.

"Hiruko는 결코 안 가라앉아. 물에 버려지면서부터 인생이 시작되었으니 이제 와서 가라앉을 이유가 없어. 그나저나——"

하고, 거기까지 영어로 이야기하던 나누크는 내 얼굴을 보며 나의 모어로 말했다.

"이에*와 이이에**는 발음이 같네."

* 일본어로 집.
** 일본어로 아니.

324

이에와 이이에. 똑같진 않지만 닮았다. 두 단어 사이 작은 틈으로 소용돌이가 일면서 내 기억의 방을 비집고 들어와, 먼지를 덮어쓰고 있던 오래된 노트의 페이지가 격렬하게 펄럭거리기 시작했다.

"어린 시절 나는 집에서 아니라는 말만 되풀이해 들었어. 집에서는 아가씨나 공주님을 원했는데 나는 그거와 다른 인간이라고 느꼈지. 그래서 이번에는 내가 먼저 집에 아니라고 말하고 머나먼 땅으로 떠났어. 그런 내가 지금, 이이에에서 이에가 되려고 해. 진심으로 모두가 사는 집이 되고 싶어. 모순이지. 어쩌면 나는 아마노자쿠***인지도 몰라."

나누크는 '아마노자쿠'라는 단어에서 움찔했지만, 그 밖의 단어는 하나하나 음미하듯 고개를 끄덕였다. 나의 모어를 더할 나위 없이 사랑하는 나누크와의 거리가 확 좁아지고 크누트가 멀어진다. 나는 서둘러 크누트의 팔에 내 팔을 끼우며,

"사라진 집, 찾기를 그만둔다, 내가 집."

하고 판스카어로 고쳐 말했다. 모어로는 무수한 언어를 덧대야 하는 내용이 판스카어로는 하이쿠처럼 농축된 표현이 가능

*** 일본의 민간설화에 등장하는 악귀로, 독심술을 부려 인간으로 하여금 의지에 반하는 일을 하게 만든다.

하다. 크누트는 눈꼬리에 주름을 잡으며 미소 짓더니, 내가 끼운 팔 끝에서 손가락을 찾아내 아플 만큼 세게 쥐었다.

"집이 된다, 나 자신이, 집이 된다."

이번에는 모어로 혼잣말했더니 교통안전 표어처럼 들려서, 조금 더 시적인 표현을 만들어볼까 궁리하다가,

"좁다란 집을, 바다에 띄워보니, 광활해지네."

하고 모어로 말해보았다. 나누크는 나의 시적 시도에는 직접적으로 반응을 드러내지 않고,

"집을 갖는 게 아니라 자기가 집이 되겠다고 하는 Hiruko의 아이디어가 최고다."

하고 엉성하게 결론을 지었다. 노라는 그런 나누크를 노려보며 되물었다.

"여자가 집을 지키고, 남자가 밖에서 일하는 거야?"

이번에는 내가 오해를 풀 순서였다.

"그게 아니라 나 자신이 집이자 배. 물가에 묶어두었는데 밧줄이 끊어진 하우스보트. 그 안에 크누트가 타고 있다. 아카슈도 타고 있다."

"Hiruko, 크누트와 단둘이 있고 싶다는 바람이 너한테는 정말로 없니?"

"두 사람밖에 타고 있지 않은 배는 물에 잠긴다."

"그래서 셋이 타는 거야?"

"나도 타자."

나누크가 말하자 노라가,

"그렇다면 나도 태워줘."

하고 조건반사처럼 재빨리 대답했다.

"안 돼."

거만한 의사의 얼굴에서 어린 소년의 얼굴로 급변한 나누크가 그렇게 말하며 노라를 밀어냈다.

"왜 안 돼?"

"여자는 배야. 너도 스스로 배가 되어 승객을 태워."

"성별로 역할을 정하는 건 시대착오잖아."

"너는 다른 여성의 배에 올라탈 타입이 아니야. 아카슈는 다른 나무에 기생하는 타입이고, 크누트도 기생 관목 타입이지. 나한테도 그런 면이 있어. 그러니 Hiruko를 따라가는 거야. 하지만 노라, 너는 달라. 너하고 Susanoo는 달라. 애초에 이 여행은 왜 따라온 거야?"

"나는 태평양을 보고 싶어."

노라의 대답에 놀란 나누크가,

"태평양을 봐서 어쩌려고?"

하고 물었지만, 나도 상당히 놀랐기에 노라의 대답이 듣고 싶었다.

"태평양에 아주 신기하고 새로운 섬 하나가 떠 있대. 그 섬을 내 눈으로 꼭 보고 싶어."

나누크가 신경질적으로 미간을 움찔움찔하며 말했다.

"바다 깊은 곳에서 솟아오른 어느 서쪽 섬의 활화산 이야기를 읽은 적이 있어. 분화구는 해면에서 얼굴을 내밀고 있지. 분화가 있을 때마다 용암이 흘러나와 굳어져서 섬이 커져. 분화를 반복하는 동안 섬은 점점 커져가고, 그러는 사이에 태평양에 새로운 대륙이 탄생할지도 모른다고 생각하는 학자도 있나 봐."

"아니, 내가 읽은 건 화산이 아니라 쓰레기로 이루어진 섬 이야기야. 바다에 버려진 쓰레기가 해류를 따라 모여서 만들어진 섬이 태평양에는 몇 개나 있다고 해. 그 가운데 어쩐지 Hiruko의 나라와 똑같이 생긴 제도(諸島)가 있대."

나의 심장박동이 빨라지기 시작했다. 혼슈가 바다에 잠기기 직전에 주민들이 새로 생긴 쓰레기의 섬으로 피난했을 가능성도 있다. 새로운 섬에서 역사를 다시 시작하자고 결심하고, 이전의 일은 모두 잊어버렸다. 그래서 연락이 안 된 것이다. 나를 기억하는 사람은 이제 없다. 노라도 나누크도 새로운 섬이 탄생했다고 이야기하는데, 나는 과거에 존재한 섬이 가라앉아버렸을지도 모른다는 데만 정신이 팔렸다.

328

석양의 위치는 그대로였지만 머리 위에 먹구름이 망토처럼 뒤덮이더니 주변이 어두워졌다.

"혼슈는 바다에 잠겼고 주민들은 그 쓰레기의 섬으로 이주했다. 만약 그런 거라면 어쩌지?"

나 혼자 어두운 상상을 안고 있는 게 마음이 무거워서 목소리를 내서 말해보았더니, 크누트가 재빨리 내 어깨에 손을 올리며 말했다.

"거대한 섬은 그렇게 간단히 물에 잠기지 않아. 게다가 만약 그런 민족대이동이 있었다면 뉴스에 나왔을 거야."

"증발."

"어?"

"나의 나라는 주전자의 물뿐만 아니라 인간이 증발하는 나라였어. 어느 날 갑자기, 가족이고 친구고 동료에게도 작별을 고하지 않고 다른 땅으로 옮겨 가서, 새로운 이름을 만들고, 새로운 인생을 시작해. 그런 일이 벌어지는 나라였어. 만약 국민 전체가 동시에 증발한 거라면? 해외에 있는 가족이나 친구에게 알리지 않고 말이야."

"그럼 난처한 일이지만, 그래도 생각하기에 따라서는 그리 슬픈 일도 아니야. 사는 장소가 바뀌었을 뿐이지. 누구도 목숨을 잃지는 않았어. 쓰레기의 섬으로 집단 이주하는 게 이웃 나라로 망명하는 것보다야 심리적으로 안정이 될지도 몰라. 외국인 배척주의자로부터 폭행을 당할 염려도 없고."

나를 위로할 심산인지 나누크가 그렇게 말했는데, 머리 위는 먹물을 쏟은 것처럼 어두운 먹구름이 뒤덮여 있었다. 노라도 자기 나름의 방식으로 나를 위로하려고 밝은 목소리로 말했다.

"쓰레기의 섬은 이 세상의 천국인지도 몰라. 쓰레기에서 에너지를 얻을 수 있으니, 원자력도 석탄도 필요 없지. 쓰레기를 재료로 자동차나 냉장고도 만들 수 있어. 천연자원을 수입하지 않아도 되니 다른 나라에 의존할 필요도 없지. 교류하더라도 어차피 싸움만 나니까, 처음부터 교류가 없는 게 낫다는 판단하에 주변 나라들하고 관계를 끊어버린 거야. 그런 일도 있을 법하지 않아?"

"말하자면 이웃 나라와 교류하는 건 지하자원이 필요해서인가. 지하자원을 팔고 싶어서인가. 이유는 그것뿐인가."

크누트는 분개하고, 아카슈는 동의한다는 듯 쉼 없이 고개를 끄덕였다.

어두운 바다 저편에 반짝이는 반딧불이 같은 빛은 어선일까. 아니면 군함일까. 고장 난 텔레비전과 오래된 자동차 타이어 같은 것들이 산처럼 쌓여 열을 뿜어대자, 금붕어 꼬리지느러미처럼 투명하고 슬픈 불꽃이 타오르는 광경이 내 눈앞에 떠올랐다.

"열이 나는 거 아니야?"

크누트가 그렇게 묻기에 이마에 손을 대보니 확실히 열이 있었다. 타는 쓰레기, 태우는 쓰레기, 안 타는 쓰레기. 더는 그렇게 '탄다'라는 글자로 분류되지 않겠구나.* 머릿속이 폭주하는 쓰레기의 혼돈에 휘말려 불온한 열을 분출하고 있었다.

그때 갑자기 이마를 가격당해 몸이 젖혀졌다. 돌풍이었다. 주변 사람 모두가 배를 움켜쥐듯 등을 둥글게 만 모습이 보였기에 반사적으로 나도 그들처럼 했다. 삐걱대는 굉음만이 머리 위로 가득했다. 몇 차례 심호흡 후 겁에 질려 고개를 드니, 선체가 크게 획 기울어 나는 균형을 못 잡아 비틀댔고, 거의 쓰러질 듯하며 갑판 바닥에 손을 짚었다. 몸을 일으키자 어느새 해수면이 가까이 다가와 있었고, 짙은 녹색의 강한 소용돌이가 서로 부딪히며 부서졌다. 파도의 벽 두 개가 정면충돌하고 새하얀 물보라가 기둥처럼 하늘로 솟구치더니, 다음 순간, 내 머리 위에서 차가운 물거품이 떨어져 내렸다.

"지금 바로 선내로 들어가십시오."

장화를 신은 선원 두 사람이 엄한 목소리로 소리 지르며 달려왔다. 발이 갑판에 딱 붙어 움직일 수가 없었다. 억지로 한쪽 다

---

* 일본은 쓰레기를 배출할 때 타는 쓰레기와 안 타는 쓰레기로 분류해 내놓는다.

리를 들려고 하자 몸이 꼬꾸라질 듯했다. 선원 하나가 내 몸을 부축하며 천천히 걸어나갔다. 다른 선원은 아카슈를 부축하여 사선 뒤에서 걷는 게 시야에 들어왔다. 선내로 들어가는 입구 근처까지 와서 계단을 내려가기 전에 뒤돌아보니 아카슈가 바로 뒤에서 힘없이 웃고 있었고, 그 뒤로 크누트와 나누크가 비틀거리며 걸어오는 모습이 보였다. 노라가 없다.

"노라는 어딨어?"

있는 힘을 다해 목소리를 짜내보았지만, 목소리가 바람에 지워져 나에게조차 거의 들리지 않았다. 내 뒤를 따라 아카슈, 크누트, 나누크가 차례로 무사히 선내로 들어왔다. 나는 노라를 찾기 위해 다시금 갑판으로 나가려 했다.

"어디 가는 거야."

서둘러 내 손목을 잡는 크누트에게,

"노라가 없어. 찾아야지."

하고 대답하며, 내 손목을 놓으려 하지 않는 크누트를 끌고 계단을 올라 둥근 창문이 달린 철문을 열자, 거센 바람이 휘몰아쳤다. 고개를 내밀고 갑판 상황을 살피니 노라가 비의 커튼을 헤치고 이리로 걸어오는 모습이 보였다. 왼팔로 얼굴을 감싼 채 오른손으로 난간을 더듬으며, 비틀거리지도 않고 한 걸음 한 걸음 확실한 발걸음으로 이쪽을 향해 걸어오고 있었다.

맨 처음 노라를 만났을 때가 떠올랐다. 트리어의 로마 유적, 카이저테르멘 터널식 통로 출구에서 모습을 드러낸 노라는 역광을 받아 머리 윤곽이 금빛으로 빛나며, 전투의 여신상처럼 가슴을 펴고 있었다. 고대 로마의 돌 위를 걷는 발걸음은 확실했고 조금도 흔들림이 없었다. 발밑이 돌층계에서 거친 바다로 바뀌었지만 노라의 몸은 균형을 잃지 않았다. 아무도 받쳐주지 않는데도 혼자서 폭풍우 속을 걸어나간다.

노라에 비하면 나는 물 위에 뜬 갈대와 같아서, 장시간 파도에 흔들리는 걸 잘한다는 것 외에는 아무런 특기도 없다. 그러면서 커다란 배가 되겠다는 둥 하는 건 웃음거리나 다름없지 않을까.

"너희들, 태풍이 몰아치는데 밖에는 왜 나갔어?"

선내로 들어오자 보란 듯이 기다리고 있던 Susanoo가 학생들을 야단치는 운동부 선생님 같은 말투로 말하기에 나는 짜증이 치밀어서,

"앞으로 어떻게 할지 갑판에서 이야기를 나누는 중에 태풍이 온 거야. 너는 회의에 초대받지 못했나 보네?"

하고 모어로 비꼬아주었다. Susanoo는 실실 비웃으며 숨도 쉬지 않고 대답했다.

"오래전부터 회의는 내 관심 밖이라 말이지. 혹시 네가 의장인가. 재미있군. 하지만 도중에 감당이 안 된다고 해서, 네, 이만

여기서 해산입니다, 같은 선언은 하지 않도록. 아하핫. 해산이라는 말이 그립지 않나? 초등학교 소풍 때 담임이 무책임한 선생이었거든. 이제 자기는 술이라도 마시러 가고 싶었는지, 이 역에서 해산입니다, 여러분 알아서 각자 집으로 가세요, 하고 선언했지. 부모님이 자동차로 태우러 오는 아이도 있었지만, 전철 비용도 안 가져온 아이는 훌쩍훌쩍 울기 시작했어."

소풍이 끝날 때 슬픈 기분이 어린 시절 기억의 밑바닥에서 솟았다. 우리의 여행은 어린 시절 소풍처럼 끝나서는 안 된다.

"지금, 뭐라고 한 거야?"

크누트가 불안한 듯 Susanoo에게 물었다. 자기 발언을 영어로 번역할 만큼 친절하지는 않은 Susanoo를 대신해 내가 판스카어로 의역했다.

"만약 내가 의장이라면 해산이라고 말해서는 안 된다."

"그러니까 네가 여행의 끝을 선언해서는 안 된다는 거야? Susanoo가 너한테 그런 말을 했구나. 꽤 멋진 말인데?"

크누트가 그렇게 말하며 장난치듯 Susanoo의 어깨를 안고 흔들자, Susanoo는 누가 몸에 손을 대는 게 몸서리치게 싫다는 듯 마구 흔들어 떨쳐내며,

"Hiruko는 본능적으로 좋은 아이디어를 가지고 있어. 우리는 그저 거기에 따르기만 하면 돼. 늘 따르기만 하겠다는 건 아니지

만, 기본적으로는 그걸로 충분해."

하고 아까와 반대로 나를 높게 평가하듯 말했다. 그 탓에 내가 짊어진 책임이라는 이름의 배낭이 더욱 무거워져버렸다.

"살롱으로 가자."

아카슈의 제안에 따라 우리는 쪼르륵 살롱으로 향했다. 천장이 낮고 어둑한 공간에 '살롱'이라는 명칭은 어울리지 않았다. 양쪽 벽에 일렬로 늘어선 창문 너머로 어두운 하늘과 난폭한 바다가 서로 영토를 차지하려 싸우고 있는 풍경이 보였다. 금연일 텐데 어디선가 차가운 담배 연기 냄새가 났다. 앞쪽 바에는 위스키와 보드카 라벨에 쓰인 알파벳과 키릴문자가 늘어서 있었지만 바텐더는 없었다. 이런 살롱이라도 카운터와 테이블에만 불을 밝히고 나머지는 어둡게 해두면 조금은 분위기를 낼 수 있을 텐데, 전체적으로 어중간하게 어둡기만 하고 공간은 허름했다.

다른 손님이 없었기에 어느 좌석이든 고를 수 있었다. 무언가가 올려져 있는 테이블이 있어서 관심이 생겨 다가가보았다. 볼펜과 주사위와 종이였다. 누가 직접 스고로쿠* 판을 만들었는지, 각각의 칸에 지금까지 배가 정박했던 항구 이름이 적혀 있었다. 뤼겐섬, 슈체친, 그단스크, 칼리닌그라드, 리가, 탈린, 상트페테

---

*   주사위를 굴려 말을 전진시키는 일본의 전통놀이.

르부르크. 공백이 두 칸 있다.

"스고로쿠."

내가 문득 떠오른 말을 내뱉었다. 어릴 때 레트로 감성의 취미인 스고로쿠가 유행해서 친구 집에서 같이 논 기억이 있다. 인디고블루 빛깔 푸른 바다에 돛단배가 떠가고, 강가에 벚꽃이 피어 있고, 소나무가 몸을 배배 꼬며 서 있는 그림을 배경으로, 에도 시대의 명소에서 명소를 누비는 게임이었다. 지금 생각하면 그 그림들은 호쿠사이의 우키요에 스타일을 따라 한 게 분명하다. 어쩌면 호쿠사이가 스고로쿠 디자인을 고안한 적이 있고, 내가 본 스고로쿠는 그걸 따라 한 것이었는지도 모른다. 호쿠사이라는 이름이 마치 이웃에 사는 특이하고 상냥한 아저씨처럼 그립다. 스고로쿠라는 말도 포근하게 그립다.

"스고로쿠가 뭐야?"

크누트가 묻자,

"모노폴리 같은 거야."

하고 나누크가 재빨리 대답했다. 모노폴리는 미국에서 태어난 스고로쿠다. 내가 일하는 메르헨 센터에도 아이들을 위해 마련해두었는데, "자본주의사회에서 살아남는 기술을 이민 온 아이들에게 가르치는 게임이야"라고 동료가 비꼬듯 말한 적이 있었다. 우리는 누가 먼저랄 것 없이 그 테이블을 둘러싸고 앉았다. 나누크는 팔을 뻗어 종이를 손에 쥐며 보더니 중얼거렸다.

"손으로 그린 건가. 누가 여기에 놔뒀을까."

나는 주사위를 굴렸다. 6이 나왔다. 6은 우리들의 인원수다. 우연이라는 생각이 들지 않았다.

"우리 여섯 명은 앞으로도 함께 여행해."

"주사위가 그렇게 예언한 거야? 주사위가 또 뭐라고 했어? 언제 골인하는지, 출발점으로 돌아가는지, 그런 것도 아나?"

그렇게 묻는 나누크는 본격적으로 게임에 몰두하려는 어린이의 얼굴이었지만, 나는 오히려 돌연 훅 나이를 먹은 기분이었다.

"스고로쿠에서 출발점으로 돌아가는 건 불운. 하지만 여행에서 길을 잃으면 원점으로 돌아가는 게 정답. 내가 제일 처음 유럽을 걷기 시작한 출발점, 그곳은 헬싱키."

"그랬구나, 스타트가 헬싱키였구나."

허를 찔린 듯 그렇게 말하며 아카슈는 걱정스러운 듯 말을 이었다.

"하지만 거기서 어떻게 나아가? 설령 헬싱키에서 내린다고 해도, 러시아 영토를 지나가지 않으면 동쪽으로는 못 가는 거 아닌가."

"북쪽으로 가는 게 맞겠지. 열차로 핀란드를 북상해서, 노르웨이 북부 해안에서 북극으로 나가는 거야. 지구의 정수리에 닿으면, 거기서부터 베링해협을 향해 남하하는 거지. 너희들은 동서의 축에 너무 집착해. 남북을 시야에 넣는 게 어때."

지적인 얼굴로 돌아온 나누크가 말했다.

"북극을 고려하는 것만으로는 부족해. 남반구까지 시야에 넣어야지."

아카슈의 대답에 나누크가 설명했다.

"하지만 남반구로는 못 가. 우리는 북반구에 갇혀 있으니까. 아카슈, 너는 남반구를 대표하는 역할을 도맡고 있는데, 사실 인도도 북반구에 있어. 우리는 이대로 북반구에서 더 북쪽으로 가는 수밖에 없어. 더 북쪽으로, 생각할 수 있는 한 북쪽으로."

마치 '북쪽'이라는 단어가 '진실'이나 '신'을 의미하기라도 하듯 열정적인 어조였다.

"북쪽 땅을 달린다는 건 좋은 생각 같아. 배에서 내려서 자동차도 달리지 않는 얼음 위를."

나는 그렇게 말하며 우리가 여섯 마리의 시베리안 허스키가 되어 달려가는 모습을 상상했다.

"우리 북극 탐험가가 되는 거야?"

탐험가 복장이 전혀 안 어울릴 것만 같은 아카슈가 묻자,

Susanoo가 갑자기 생각난 듯이 크누트를 놀렸다.

"그러고 보니 크누트 라스무센이라는 북극 탐험가가 있었지. 개 썰매를 탄 인류학자. 어릴 때 그런 제목의 전기(傳記)를 읽고 감동했었어. 하하하. 나도 멋진 아이였던 시절이 있었지. 크누트 라스무센이 어쩌면 크누트의 선조인가?"

"라스무센은 그린란드에서 태어났어. 오히려 나누크의 선조 겠지."

별로 관심이 없다는 듯 크누트가 나지막이 응답했다. 나누크 도 지지 않고 대답했다.

"라스무센이 태어난 건 그린란드지만 덴마크인이야. 그러니 너의 선조겠지. 그나저나 Hiruko가 개 썰매 여행을 선택했다니 놀라운데. 세상에는 다양한 탈것이 있지만, 개 썰매를 타고 자 기 집까지 돌아가겠다는 발상을 할 수 있는 사람은 흔치 않지. Hiruko, 네가 처음 개 썰매를 탄 건 어디야?"

나누크로부터 갑작스러운 질문을 받은 나는 서둘러, 개 썰매 를 타자는 아이디어를 제안하려던 건 아니었다며 오해를 풀려 고 했지만, 내가 언어를 찾는 짧은 시간 사이에 살롱 저편에서,

"누가 의사 좀 불러줘!"

하는 비명이 들렸고, 제일 먼저 노라와 아카슈, 뒤따라 크누트 가 일어나 목소리가 들리는 쪽으로 달려갔다. 나누크도 천천히

자리에서 일어나 뒤를 쫓았다. 어쩐지 일어서지 못하고 있는 나를 보며 Susanoo가 빙글빙글 웃으며 말했다.

"너는 남을 돕는 타입이 아니지. 어딘가 잠이 덜 깬 몽유병자처럼 늘 어슬렁어슬렁 걸어 다니고 있어. 남을 돕진 않지만, 자기중심주의자도 아니야. 자기 욕망이라는 게 거의 없으니까. 아메바 같은 인간이랄까."

"나한테도 욕망은 있어."

"무슨 욕망인가."

"내가 집이 되어서, 여러 사람이 안에서 살 수 있도록 하고 싶어."

"갑자기 그런 말을 꺼내는 건 이제 더 이상 돌아갈 집이 없다는 걸 깨달았기 때문이겠지."

크누트와 친구들이 좀처럼 돌아오지 않기에, 나는 Susanoo를 혼자 거기 남겨두고 찾으러 갔다. 통로를 걷는데 앞쪽에 사람들이 모여 있는 게 보였다. 가까이 갈 수 있는 곳까지 다가갔는데, 사람이 많아 더 이상 나아갈 수 없어서 한동안 기다렸더니 구경꾼이 한 사람 두 사람 자리를 뜨면서 크누트, 아카슈, 노라의 모습이 보였다. 크누트가 나를 발견하고 다가왔다.

"무슨 일이야?"

"날개를 달고 바다로 뛰어들려는 여성이 있었는데, 우연히 지나가던 사람이 막은 모양이야."

"이런 태풍 속으로?"

"강한 바람을 타면 날 수 있다고 생각했을지도 모르지."

도무지 내키지 않는다는 듯한 발걸음으로 Susanoo가 등 뒤에서 다가왔다. 구경꾼이 사라지자, 길이 1미터쯤 되는 백조 같은 날개 두 개를 단 여성이 바닥에 앉아 있고, 구급대원으로 보이는 남자가 옆에 무릎 꿇고 앉아 맥박을 재는 모습이 보였다. 비는 여전히 거세게 내리고 있었고, 여성의 적갈색 머리칼은 흠뻑 젖어 이마와 턱에 찰싹 달라붙어 있었다. Susanoo는 아무런 망설임 없이 그 여성에게 다가가 바닥에 무릎을 꿇고 앉더니,

"괜찮습니까."

하고 물었다. Susanoo는 그 여성을 알고 있는 듯했다.

구급대원은 방해하지 말라는 듯이 Susanoo를 노려보았지만, 고개 숙인 여성은 Susanoo 목소리를 듣고 얼굴을 벌떡 들며 요염하게 눈을 가늘게 뜨고는,

"상트페테르부르크에서 결혼할 예정이었는데 상륙조차 하지 못했어요."

하고 호소했다. 입술이 새빨갛게 타오르고 있었다.

"그래서 갈매기가 되어 날아가려고 했습니까."

"아닙니다. 이건 퍼포먼스 의상이에요."

여성은 그렇게 말하며 마치 아무 일도 없었다는 듯이 설명을 시작했다.

"이 배는 디너쇼도 없는 수수한 우편선이라 자원봉사를 신청했어요. 이래 봬도 저는 오래전에 레퍼반*에서 무대에 선 적도 있었어요."

눈을 깜박이는 여성의 커다란 눈은 화장이 뭉개져서 푸르스름하게 짙은 회색으로 가장자리가 번져 있었다.

"어째서 바다에 뛰어들려고 했습니까."

"가정 폭력 때문이에요. 전부터 폭력이 있었어요. 결혼 후에는 더 심해질 것 같아서 도망치기로 했죠. 달아나 외국에서 살려고 했어요. 그런데 바닷물이 밀려와서 임신하고 말았습니다. 보세요. 흠뻑 젖었어요."

"걱정할 것 없습니다. 저는 지금부터 고향으로 돌아가 대장장이가 될 겁니다. 항상 불을 피울 테니 젖은 날개 깃털이나 의복도 금방 마를 테지요. 같이 가시겠습니까."

Susanoo가 구혼하듯 말했다. 심지어 대장장이가 될 거라고 선언한다. 나는 귀를 의심했다. 쭉 함께 여행했는데도 Susanoo는

---

*   독일 함부르크 최대의 유흥가로, 레퍼반 페스티벌은 세계적인 클럽 축제다.

내가 모르는 곳에서 누군가를 만나고, 대화를 나누고, 장래의 계획을 세우고, 사랑까지 한 것이다. 여성은 작은 새처럼 감정을 읽을 수 없는 눈으로 Susanoo를 보며 말했다.

"불을 피우려면 장작이 필요할 테니, 숲속의 나무를 베어 넘어뜨리겠지요. 하지만 새가 쉬어 갈 수 있도록 나무 한 그루는 남겨두어야 합니다. 당신이 바로 그 나무로군요."

그때 나누크가 한 남자를 데려와서 소개했다.

"이분은 내과 의사입니다."

의사는 구급대원과 이야기를 나누더니 여성을 향해,

"선실에서 옷을 벗고 몸을 말리십시오. 진찰은 그다음입니다. 선실 번호가 어떻게 됩니까?"

하고 사무적인 어조로 물었다. 여성은 일어나 두 사람의 부축을 받으며 선실 쪽으로 사라졌다.

우리 여섯 명은 기일에 모이는 가족들처럼 쪼르륵 살롱으로 돌아왔다.

"네가 로맨티스트일 줄이야."

크누트가 놀리듯 말하며 Susanoo 쪽을 보았다.

"살롱은 공기가 안 좋아. 100년 전 승선객이 여전히 담배를 태우고 있어."

Susanoo는 크누트의 놀림을 무시하고, 온화한 목소리로 그렇게 말했다. 나의 귀에는 그 말이 오래전부터 익숙한 목소리처럼 들렸다. 초등학교 교실에서 옆에 앉았던 아이의 목소리와 똑같았다. 그럴 리가 없는데도.

아까 있던 테이블로 돌아와 앉자, Susanoo가 여전히 거기 놓인 수제 스고로쿠 종이를 들더니,

"헬싱키 다음이 포흐욜라*네. 재밌군."

하고 말하기에 놀라서 들여다보자, 아까까지 공백이었던 두 칸에 '헬싱키'와 '포흐욜라' 두 지명이 적혀 있었다. 그걸 본 나누크도 눈이 휘둥그레졌다.

"다음 정박지가 헬싱키인 건 사실이지만 그다음이 포흐욜라라니, 누가 장난친 거겠지."

"하지만 헬싱키야말로 신화인지도 몰라."

하고 크누트가 태연하게 말했다.

"어째서?"

"핀란드는 이제껏 동과 서 사이에서 최선을 다해 균형을 맞춰 왔어. 도대체 언제까지 그런 일이 가능할까. 신화가 아닌가. 아무튼 외줄타기처럼 어려운 곡예를 휴식 없이 영원히 이어갈

---

* 핀란드어로 북쪽의 땅이라는 뜻. 핀란드 신화에 존재하는 장소로 강력한 마녀가 관장하는 영원히 춥고 불길한 곳이며 모든 질병과 추위의 근원이다.

수는 없어. 언젠가는 지상으로 떨어져 은퇴하고 싶다고 생각하
겠지."

"포흐욜라가 뭔데?"

노라의 질문에 나누크가 기다렸다는 듯이 대답했다.

"칼레발라**에 나오는 전설 속 지명이야."

"포흐욜라에는 사미*** 민족이 살고 있지 않았나?"

크누트가 자신 없는 투로 묻자,

"현실의 인간은 전설의 땅에 살지 않아. 현실의 세계에도 전
설 속의 인물은 살지 않고."

하고 노라가 옆에서 항의했다. 소수민족을 신화 속 인물로 만
드는 게 참을 수 없는 모양이다. 내가 살던 나라가 사라진다면,
살아남은 내가 전설 속의 나라 주민이라는 취급을 받을지도 모
른다. 그렇게 되면 전설의 땅을 찾아 여행을 떠나는 것도 좋겠
다. 어차피 거기서밖에 살 수 없을 테니까. 아니면 이 여행이 이
미 그에 맞먹는 것일까.

**   고대 핀란드의 민족 서사시. 원시의 바다를 떠돌던 여성 일마타르의 무릎에 갈
     매기가 날아와 알을 낳고 이것이 바다로 떨어져 깨지면서 천지 성신이 창조되
     었다. 이후 영웅들의 결투와 모험, 혼례와 사냥 등 방대한 이야기로 구성된 전
     설이다.
*** 사프미라고도 불리는 소수민족으로 스칸디나비아반도 북부와 러시아 콜라반도
     등지에 거주하며 혹한의 땅에서 유목과 수렵 생활을 한다.

전설 속의 땅으로 가기 위해서는 전설에 나오는 교통수단을 이용하는 게 좋은 건 당연하다. 배나 개 썰매는 전설에도 나오지만, 비행기는 전설에 나오지 않는다. 만약 전설의 땅까지 날아서 간다면, 비행기가 아니라 새의 등이라도 타고 가는 게 좋으리라.

전설의 땅? 거기까지 생각하다가 나는 정신을 차렸다. 내가 향하는 곳은 전설의 땅 같은 데가 아니다. 새의 등에는 타보고 싶지만, 새에게 태워달라고 해서 현실 나라에 도착할 기회를 뺏길 마음은 없다. 오히려 이상할 게 전혀 없는 비행기를 타고 싶다. 안전벨트를 매고, 플라스틱 나이프와 포크로 기내식을 먹으며, 옆에 앉은 크누트와 수다를 떨면서, 종종 무릎과 허리를 가볍게 어루만지며 하늘을 난다. 그걸로 족하다. 그런 현실이 돌아온다면 그 이상은 아무것도 바랄 게 없다.

나는 스고로쿠에 적힌 지명을 응시하며 그런 걸 생각하고 있었다. 그건 그렇고 도대체 누가 여기 헬싱키와 포흐욜라의 지명을 적어 넣은 걸까. 우리는 그리 긴 시간 살롱을 떠나 있지 않았다. 아까도 지금도 사람의 그림자는 없었다. 살롱은 선내에서 가장 인기가 없는 장소였다. 일부러 그런 데 모여 기분이 우울해지는 담배 냄새를 맡으며, 두서없는 수다를 이어가는 우리. 목적지도 가는 길도 무엇 하나 확실치 않은 여행을 계속하는 우리. 숨이 멎을 듯한 광경이나 입맛을 다시게 되는 음식을 찾아 여행하는 것도 아니고, 연구 과제 때문에 조사차 길을 나선 것도 아니다. 정치적 박해를 피해 도망친 것도 아니고, 이상향의 나라를 찾아 나선 것도 아니다.

"섬[島]이라는 한자와 새[鳥]라는 한자는 많이 닮았네."

나누크는 갑자기 그런 말을 꺼내더니, 재밌는 놀이가 생각난 아이처럼 얼굴에 생기가 돌아서는 볼펜을 손에 들고 스고로쿠 종이의 여백에 '島'과 '鳥'라는 두 개의 한자를 적었다. 크누트는 부러운 표정이었고, 노라는 푹 빠진 눈빛으로 미소 지었다.

"그래서 뭔가."

Susanoo만이 깔보는 얼굴로 말했다. 나는 언어와 장난치는 나누크가 좋았기 때문에, 그 유희가 결코 유치한 장난이 아니고 우리를 먼 곳으로 데려가줄 것임을 확실히 하려는 듯이,

"새가 하늘을 난다. 그 그림자가 해수면에 떨어져 섬이 된다."

하고 영상으로 엮어보았다. 내 머릿속에 떠오르는 새는 갈매기, 바다는 잿빛이고, 거기 떠 있는 섬은 사도섬이었다.

"새가 줄을 지어 날면, 그 그림자가 열도가 되지. 나는 열도가 좋아."

아카슈가 눈을 감고, 눈꼬리가 내려간 지장보살처럼 미소 띤 얼굴로 말했다.

"각각의 섬은 독립해 있다. 하지만 고립된 건 아니다. 붓질 한 번으로 뚝뚝 끊어진 선을 그리듯이, 보이지 않는 움직임 속에서 이어져 있다."

그렇게 말하고 보니 내가 가고자 하는 장소의 이미지가 어두운 바닷속에서 고래처럼 떠올랐다. 내 말에 노라가 걱정스러운 듯이 창밖을 보았다.

"하지만 태풍이 불어닥치고, 지진이나 쓰나미가 오고, 역병이 만연하면 섬 주민은 불안하잖아. 대륙에 사는 사람들과 달리 외부에서 도와주러 오는 사람이 없으니까."

"섬 주민들은 외부에서 도와주러 오는 사람을 오히려 경계한다. 밖에서 들어오는 무리는 섬을 점령하려는 책략을 갖고 있을지도 모르니까. 역사가 그걸 알려주었다."

나는 그렇게 말하고 나서 어디서부터 그런 생각이 떠올랐는지 스스로도 어리둥절했다.

"그래서 고립을 선택한다고?"

노라가 그렇게 말하며 분개했을 때, 유리가 깨지는 듯한 소리가 났다. 깜짝 놀라 창문 쪽을 보니, 다행히 유리창은 깨지지 않았다. 파도는 쉬지 않고 밀려와 시간을 삼킨다. 멀리 등대 불빛이라도 보인다면 대륙과 바다의 윤곽이 어렴풋이라도 느껴질 텐데, 아득히 먼 곳에는 방향을 잃은 어둠이 소용돌이치고 있을 뿐 빛은 전혀 보이지 않았다.

"이제 방향까지 잃어버렸네. 답이 없는 여행이다."

아카슈가 아카슈답지 않게 맥이 빠져 말했다.

"가장 답을 바라는 건 Hiruko, 너잖아. 하지만 답을 도출하려면 우선 질문이 분명해야겠지."

노라의 말에 조금 생각해보았는데 질문다운 질문이 떠오르지 않아서,

"답은 이미 길에서 몇 번이나 나왔는지도 몰라. 그게 답이었다는 걸 깨달은 건 과거를 되돌아보았을 때."

하고 도망쳤다. 상당히 엇나간 답변이라고 생각했는데, 이어지는 크누트의 Susanoo를 향한 질문은 그 이상으로 주제에서 빗나갔다.

"아까 그 천사, 누구였어?"

Susanoo가 아주 싫지는 않은 표정으로 대답했다.

"나의 약혼녀. 프린세스 페뉴."

"페뉴?"

"페뉴*는 빗이다."

그 말에 나는 깜짝 놀랐다.

* 프랑스어로 빗이라는 뜻.

"혹시 쿠시나다히메*?"

"그렇다, 쿠시, 이나다, 히메. 쿠시는 기묘하다 할 때 기(奇) 자를 쓴다. 신비로운 논, 벼가 끝없이 자라나는 논. 이나다** 공주는 그런 논이다. 농업이 제대로 이루어지지 않으면 정착하기 어려우니까. 하지만 정착해서 쭉 같은 사람들끼리만 생활하면 인간은 광기에 사로잡힌다. 미친 생각 하나하나가 머리카락이 되어 미치광이 춤을 춘다. 그런 머리카락을 빗으로 차분하게 진정시키는 게 쿠시나다히메, 프린세스 페뉴다. 이 배에 그녀가 타고 있는 한 우리는 안전하다. 봐라, 폭풍우도 잠잠해지고 있지 않나."

그 말을 듣고 자리에서 일어나 창문으로 다가가서 바깥을 보니 정말로 폭풍우가 잦아들고 있었다. 부드럽게 서로 부딪히며 즐거운 듯 부서지는 파도는 이제 무서운 얼굴을 하고 있지 않았다. 우리는 파도를 닮았다. 서로 밀치락달치락 맞부딪히며 형태를 무너뜨렸다가 다시 새로운 형태를 만들고, 다양한 방향으로

---

* 일본어로 쿠시는 빗. 히메는 공주. 쿠시나다히메는 전설에 등장하는 여인으로 거대한 뱀 오로치에게 잡아먹힐 위기에 처한다. 하늘에서 추방된 스사노오는 아름다운 쿠시나다히메에게 매료되어 결혼하면 오로치를 퇴치하겠다며 부모에게 승낙을 얻어낸다. 스사노오는 신통력으로 쿠시나다히메를 빗으로 변신시켜 자기 머리에 꽂고 오로치를 퇴치한다.
** 일본어로 '논'이라는 뜻.

시선을 돌리면서, 항상 흔들린다.

"저녁 식사 시간이야."

크누트의 말에 우리는 각자 독특한 자세로 자리에서 일어섰다. 내일 어떻게 될지는 알지 못해도, 우리는 아직 계속해서 이대로 함께 여행할 수 있을 것만 같았다.

전쟁이 사어(死語)가 되는 날이 오기를

인간 세상에서 전쟁이라는 단어가 사어(死語)가 되는 날은 언제쯤 올까. 인류의 역사에서 가장 잔인하고 끔찍한 말. 국가를 위한다는 그럴듯한 이름 아래 대량 살상이 아무렇지도 않게 일어난다. 마을은 잿더미가 되고 아이들은 부모를 잃으며 피 끓는 증오가 대지를 뒤덮는다. 누가 이런 삶의 터전을 원한단 말인가. 누가 이런 지옥에서 살기를 바라겠는가. 세계는 이제 거대한 물처럼 유기적으로 이어져 있어서 지구 어딘가에서 일어나는 전쟁이 나와 무관하지 않다. 다와다 요코의 말처럼 "오늘 읽던 소설을 내일도 같은 방에서 계속 읽는 걸 행복이라고 실감"*하게 되는 나날이다. 서유럽 동쪽 끝 베를린에 거주 중인 작가가, 전철로 한 시간 거리인 폴란드로 전쟁의 화마를 피해 살던 집을 버리고 도망쳐 나온 우크라이나 사람들의 아픔을 통감하며 한 말이다.

지구의 작은 점 한 칸을 빌려 살고 있는 우리는 모두 거대한 배를 타고 하나의 수면 위를 나아가고 있는 운명 공동체이다. 발트해에서 배로 여행 중인 Hiruko와 크누트, 노라와 나누크, 아카슈와 Susanoo처럼. "단 여섯 명이지만 이만큼 넓고 다양한 세계가 펼쳐질 수 있다는, 가능성과 놀이의 마음을 전하고 싶었다"** 고 다와다 요코는 《태양제도》 탈고 후 밝혔는데, 서로 다른 국적을 가진 젊은이들이 각자의 언어로 각자의 취향을 이야기하며 배를 타고 항구를 도는 이 이야기의 구성 전체가 하나의 총체적인 은유다. 작가가 바라는 미래 사회가 투영된 거대한 상징이다. 여러 인종이 한배를 타고 친구가 되어 테이블에 둘러앉아 국가 이야기, 의식주 이야기, 언어 이야기로 장난치기도 하고 진지해지기도 하면서 앞으로 어떤 미래에 살고 싶은지 이야기한다. 세계 곳곳에서 전쟁과 그 유사한 움직임이 터져 나오고 있는 요즘, 가장 필요한 건 여러 인종과 여러 국가 사람이 둘러앉은 유머러스한 저녁 테이블인지도 모른다.

* 다와다 요코 인터뷰, 「소설을 계속 읽을 수 있다는 행복」, 〈아사히 신문〉, 2022년 8월 30일.
** 「배 여행으로 묻는 '국가란 무엇인가?' — 다와다 요코, 《태양제도》로 장편 3부작 완결」, 〈아사히 신문〉, 2022년 11월 16일.

"제가 와세다대학에서 러시아문학을 배울 무렵에는 아프가니스탄에서 소련과 미국이 대립했습니다. 그 후로도 새로운 세력이 대두해 힘의 관계가 복잡해지긴 했지만, 냉전은 무대를 바꾸어가며 지금도 계속되고 있어요. (……) 어떻게 하면 이해관계나 각종 거래로 얽힌 여러 나라 사람이 의견을 맞춰갈 수 있을까요. 국가 원수라면 어려워도 유엔 청년 회의 같은 공간이라면 가능할지도 모릅니다. 그런 테이블이 많이 생기면 좋겠다고 생각합니다."*

번역가로서 나는 지난 몇 년 동안 이들의 테이블에 함께 앉아 있었다. Hiruko의 여행 3부작 《지구에 아로새겨진》과 《별에 어른거리는》, 그리고 《태양제도》까지 우리말로 옮기며 그들의 모든 순간에 함께했다. 물론 이 세 권을 읽어주신 당신도 같이. 다와다 요코는 "1부는 모어로 말이 통하는 사람과 이야기하는 게 즐거울 거라는 환상이 깨지고, 2부는 각자의 아픔이 침묵이라는 행태로 드러난다. 3부는 다 같이 한자리에 모여 즐겁게 토론하는 자리가 열리기를 바라는 마음을 담았다"**라고 창작 의도를 밝힌 바 있는데, 당연하게도 내게는 발언권이 없었다. 그러나 작중 인물들이

---

*   다와다 요코 인터뷰, 「소설을 계속 읽을 수 있다는 행복」, 〈아사히 신문〉, 2022년 8월 30일.

354

모두 테이블을 떠난 불 꺼진 식당에서 조용히 혼자 글을 끼적인 '옮긴이의 말'이라는 이 애증의 지면이 있다. 미움은 말초신경까지 집중하게 만드는 번역이란 노동 끝에 산문을 써야 한다는 부담이고, 사랑은 그동안 입이 없는 그림자처럼 이 테이블에 앉아 하염없이 듣기만 했던 나에게도 발언권이 생겼다는 즐거움이다.

나는 말한다. (Hiruko 일행의 테이블에 앉은 일곱 번째 인물처럼 한글로 열변을 토하며) 난 말이야, 앞으로 다가오는 시대에는 패러다임이 완전히 바뀌어야 한다고 생각해. 경제성장이니 부국강병이니 그런 게 아니라 '우리는 모두 이어져 있음, 거대한 물처럼 하나임', 이게 제일 중요한 가치관이 되어야 한다고 봐. 여기서 말하는 우리는 우리나라가 아니야. 지구도 아니야. 전 우주라는 차원이야. 1925년에 시골 학교 선생님이자 농민이자 과학자이자 동화 작가이자 시인이었던 미야자와 겐지는 말했어. "은하계 전체가 한 사람의 나라고 느낄 수 있다면 즐겁지 않겠니"***라고. 정말 멋진 말 아니니? 7년 전쯤이었나, 《봄과 아수라》라는 시집을 번역하다 겐지가 자기 동생한테 보낸 편지 속에서 이 글을 발견하고 온몸

** 「코로나로 생긴 침묵을 깨고 싶다―다와다 요코 3부작 완결편《태양제도》」,〈요미우리 신문〉, 2022년 11월 22일.

*** 《미야자와 겐지의 문장들》, 정수윤 엮고 옮김, 마음산책, 2023.

에 찌릿찌릿 전율이 흘렀어. 그 후로 이 한 문장이 언제나 내 몸속에 흐르고 있거든. 은하계 전체가 한 사람의 나라고 느낄 수 있다면…… 내가 너이고, 네가 나인 세상이야. 가자지구의 아이가 나이고, 전쟁터에서 젊은이가 살이 찢길 때 나의 몸 어느 한구석이 찢어지는. 그런 사상이 아주 기본적인 상식으로 전 세계에 퍼진다고 생각해봐. 그때에는 지구상에 전쟁이 종식될 거야. 전쟁은 죽은 언어가 되어서 더 이상 이 지구에 발을 붙이지 못할 거야. (물을 한 모금 마시고) 그런 미래가 온다면, 정말로 너무너무 즐겁지 않겠니? 그때엔 나도, 너도, 우리 모두, 이 세상 사람이 아니겠지만, 그래도 그런 날이 온다고 상상하는 것만으로도 기뻐.

"나는 어떤 미래가 온다면 행복해질까. 그걸 언어로 표현하고 그 속에서 기쁨을 느낄 수 있어야 합니다. 그걸 상상할 수 없다면 그런 미래를 만들 가능성은 줄어들 테니까요."*

다와다 요코는 말한다. 언어에는 그런 힘이 있다. 말하는 대로 이루어지며, 글로 쓰는 대로 가능성이 열리는 힘이. 전쟁이 사

---

* 「축소되는 사회에 희망은 있는가?—다와다 요코가 말하는 미래」, 〈아사히 신문〉, 2024년 1월 1일.

어가 되는 날이 오기를. 나는 말로써 내가 원하는 미래를 찾았다. 전쟁이라는 개념 자체가 사람들의 머릿속에서 사라진 세상. 1000년이 지난 어느 날, 지금 우리가 신라 시대 문헌이나 헤이안 시대 책자나 그리스신화를 뒤적이듯이 먼 과거의 책과 종이에 관심 갖는 미래의 독자가 이 글을 읽는다면, '아, 옛날에는 이런 단어도 있었구나. 그 개념을 지우자고 주장했구나. 그래서 우리가 살아 있구나' 하고 생각할지도 모른다. 내가 원하는 미래는 딱 그런 세상이다.

근미래가 배경인 Hiruko의 여행 3부작에서 사어가 된, 혹은 될지 모르는 단어는 총 네 개 등장한다. 1편 《지구에 아로새겨진》에서는 '외국인'과 '간바루(열심히 하다)'가 기억 저 멀리 사라진 단어가 되었고, 3편 《태양제도》에서는 기부할 옷이 담긴 컨테이너 속에 사어가 된 '제3세계'가 숨어 있다. 또, 비자가 없어서 입국하지 못하는 상트페테르부르크에서 슬픔에 잠긴 채 배 갑판에서 그 땅을 바라만 보는 Hiruko를 달래며 크누트가 말한다.

"우리 언젠가는 꼭 다시 여기 올 거야. 그때는 입국 비자라는 말이 사어(死語)가 되었을지도 몰라."(310쪽)

다른 나라 국적을 가진 사람이 그 나라에 들어가도 좋다는 허가증인 '입국 비자'가 아무도 사용하지 않는 죽은말이 된 시대라면 필연적으로 전쟁도 아무런 의미가 없다. 이 나라나 저 나라를 자유롭게 오고 가고 먹고 마시며 문화를 만끽할 수 있다면 굳이 영토를 넓히기 위해 다툴 필요가 없으리라. 외국인이라는 말조차 사라졌을 만큼 내 나라 사람과 남의 나라 사람을 구별할 필요가 없으니, 세계는 그저 반짝이는 거미줄처럼 사람과 사람, 마을과 마을의 작고 촘촘하고 무엇보다 무해한 연결망이다. 국가와 국가 간의 장벽이 유명무실해졌으니 거대한 무력 충돌이 일어날 가능성이 없다. 군대는 오래 사용하지 않아서 녹슬어버린 칼처럼 폐기되며, 과학자들은 망가진 지구의 환경을 어떻게 회복시킬까만을 고민한다. 성숙한 의식을 가진 대부분의 세계시민은 정복 전쟁에 대한 야망을 품은 독재자나 그 무리가 나타나지 않도록 다 같이 눈을 부릅뜨고 감시하며 그 싹만 보여도 뿌리째 뽑아 없앤다. 다양한 취향을 가진 여러 계층의 사람들이 배려하고 이해하며 공감하고자 애쓴다. 착취도 없다. 불평등도 없다. 모두 조금씩 일하고 조금씩 벌며 좋아하는 여행지에 가고 좋아하는 책을 읽고 좋아하는 일을 한다. 싫어하는 일을 하더라도 노동 시간이 길지 않으니 참을 만하다. 직업에 귀천이 없고 누가 누구를 무시하거나 자기 잣대로 판단하는 일 없이 모두가 각자의 자리에서 각자의 모양대로 빛나며 그들이 스스럼없이 서로 소통하고 이야기를 나눈다. 내가 원하는 미래. 그런 사회를 상상하는 것만으로도, 우리는 그런 미래를 만들 가능성에 한 발 더 다가간다.

"인간의 수명이 길어진 오늘날에는 스스로 자기 삶에 만족을 느끼고 있는지 없는지가 중요해집니다. 나는 타인에게 무엇을 행하며 만족을 얻을 것인가. 그동안은 뭐든 확장하고 성장하는 게 추앙받았지만, 고령화가 가속하면 필연적으로 가치관이 바뀔 것으로 예상합니다. 얼마나 적은 것으로 얼마나 큰 만족을 얻을 것인가. 자원을 많이 소비하더라도 환경이 파괴되면 궁극적으로 모두가 큰 대가를 치러야 합니다."[*]

축소되는 사회에서 인간은 어떤 미래를 맞이하며 살아갈지에 대한 질문에 다와다 요코가 한 대답이다. 아울러 같은 인터뷰에서 향후 국가의 역할에 대해서는 이렇게 말했다.

"정부는 되도록 사회보장제도에 자금을 투입하고 최대한으로 전쟁을 막아야 합니다. 말로는 인구가 줄어 경제적으로 위기에

---

[*] 「축소되는 사회에 희망은 있는가? ─다와다 요코가 말하는 미래」, 〈아사히 신문〉, 2024년 1월 1일.

처했다고 하면서 인간이 인간을 망가뜨리고 있어요. 우선은 이런 쓸모없는 짓을 멈추어야 합니다."

Hiruko의 여행 3부작은 인류에게 몰아닥친 위태로운 파도 속에서 태어났다. 일본 문예지〈군조(群像)〉에《지구에 아로새겨진》이 2016년 12월 호부터 2017년 9월 호까지,《별에 어른거리는》이 2019년 1월 호부터 10월 호까지,《태양제도》가 2021년 10월 호부터 2022년 7월 호까지 연재되었다. 기원전부터 지구에 존재하며 진화를 거듭하던 코로나바이러스가 돌연 모습을 드러내 지구를 혼돈과 공포로 몰아넣고 세계의 국경을 봉쇄해버린 게 2020년. 이어 러시아가 키이우를 비롯해 우크라이나 전역에 미사일을 쏘며 전쟁을 개시한 것이 2022년 2월. 가자지구를 둘러싼 하마스와 이스라엘 간의 분쟁은 2023년 10월, 피로 얼룩진 복수의 전쟁으로 확산되어 현재까지 그 불길이 꺼질 줄을 모르며, 2024년 10월, 1만여 명의 북한군이 러시아 병력 지원을 위해 우크라이나에 파병된 사실이 이후 드론 무기에 촬영된 영상으로 여실히 증명되었고, 2024년 12월, 대한민국의 대통령이 갑작스럽게 비상계엄을 선포했으나 시민들의 신속한 대처로 불발되는 등 세계는 지금 대단히 불확실하고 위태로운 상황을 맞이했다. 미야자와 겐지와 다와다 요코와 나와 이 책을 손에 든 독자 여러분의 바람에 역행하는 미래가 펼쳐지려 하고 있다. 국경은 더 견고해졌으며, 무기는 불티나게 팔리고, 혐오와 증오는 골이 깊어졌다. 외국인과 입국 비자와 전쟁이 사어가 되기는커녕 더욱 생생하게 활개를 친다.

그렇다고 포기할 수는 없는 일이 아닌가. 아니, 이런 상황일수록 더더욱 올바른 방향으로 미래를 상상하는 우리의 말과 글과 힘이 필요한 때가 아닌가. 국가와 국가, 인종과 인종, 언어와 언어 사이의 벽을 초월한 대화, 토론, 공감, 유대가 그 어느 때보다도 시급하다. 정치하는 사람들에게 맡길 것이 아니라, 모든 작고 소소한 단위에서, 예를 들면 같은 취미를 가진 사람들끼리, 같은 여행지를 좋아하는 사람들끼리, 같은 학문을 공부하는 사람들끼리, 각자의 자리에서 각자의 목소리로 발언하고 이야기를 나누고 고민하는 시간이 소중하다. 광장이든 인터넷이든 심지어 이런 소설책의 후기 같은 곳에서도. 다와다 요코의 말처럼 "아무튼 한자리에 모여 토론하자!"*는 말이다. 침묵하지 말고 목소리를 내야 한다는 말이다. 그래야 특정 정치인이나 사업가들의 논리대로 미래가 흘러가지 않는다. 그들은 스피커를 갖고 있지만, 우

* 「코로나로 생긴 침묵을 깨고 싶다 — 다와다 요코 3부작 완결편 《태양제도》」, 〈요미우리 신문〉, 2022년 11월 22일.

리에게는 무수히 많은 의지가 있다. 지구에 살고 있는 대다수 사람이 원하고 바라고 소망하는 방향으로 미래를 만들기 위해서는 구체적인 언어로 계속해서 말하고, 말하고, 또 말해야 한다. 우리는 전쟁을 원하지 않아. 우리는 싸우고 싶지 않아. 우리는 함께 나아가고 싶어. 하나가 되어 포용하고 이해하고 사랑하고 싶어.

끝으로 일본의 어느 일인 출판사에서 지금은 거의 찾아볼 수 없는 활판 인쇄로 발행한 다와다 요코의 시집《아직 미래》에서 시 한 구절을 가져와 옮겨놓는다. 우리 모두의 미래는 바로 이런 모습일진대, 달깍달깍 태엽이 감기는 소리를 들으며 어디로 어떻게 걸어갈 것인가.

한 줌의 재가 된 나
를 주머니에 넣고
벽시계는 휙 먼지를 닦으며
하루만큼의 태엽을 감는다
– 〈아직 미래〉*에서

정수윤

*   다와다 요코,《아직 미래(まだ未来)》, 유메아루샤(ゆめある舎), 2019.

은행나무세계문학 에세 • 20

태양제도

1판 1쇄 발행 2025년 1월 15일

지은이 · 다와다 요코
옮긴이 · 정수윤
펴낸이 · 주연선

(주)은행나무
04035 서울특별시 마포구 양화로11길 54
전화 · 02)3143-0651~3 | 팩스 · 02)3143-0654
신고번호 · 제 1997 ― 000168호(1997. 12. 12)
www.ehbook.co.kr
ehbook@ehbook.co.kr

ISBN 979-11-6737-520-9 (04800)
ISBN 979-11-6737-117-1 (세트)